WINTERSTORMEN

Olga van der Meer

Winterstormen

Westfriesland

Eerste druk in deze uitvoering 2009

www.kok.nl

NUR 344
ISBN 978 90 205 2927 2

Copyright © 2009 by 'Westfriesland', Hoorn/Kampen
Omslagillustratie Jack Staller
Omslagontwerp Van Soelen Communicatie

HOOFDSTUK 1

Julian huilde. Judy Verschuur streek met een vermoeid gebaar een vochtige haarlok van haar voorhoofd. De baby was pas vier dagen jong, ze zat nog midden in haar kraamtijd. Hier zou ze van moeten genieten, dacht ze cynisch. Het constante gehuil van Julian maakte dat echter onmogelijk. Zelfs als hij stil was, leek zijn doordringende geschreeuw nog in haar oren te weerklinken. Tegelijkertijd was ze blij als hij wakker werd, want de ongewone stilte tijdens zijn slaapjes gaven haar iedere keer het angstige gevoel dat er iets niet in orde was. Als haar man Arnoud haar niet tegenhield, zou ze steeds het kinderkamertje in sluipen om te controleren of Julian nog wel ademde.

'Was dit nou werkelijk wat we graag wilden?' vroeg Judy op de avond van de vijfde dag na Julians geboorte wanhopig.

'Het wordt vanzelf makkelijker,' probeerde Arnoud haar te troosten.

'Zou het?' Ze waagde het zijn woorden te betwijfelen. Tijdens de laatste maanden van haar zwangerschap had ze talloze roze dromen gehad over deze eerste tijd, waarvan iedereen zei dat die uniek was. Tot nu toe viel het haar echter bitter tegen. In plaats van heerlijk met haar mannetje in het grote tweepersoonsbed te liggen en zich te laten verwennen door Arnoud en de kraamverpleegster, was ze naar haar gevoel alleen maar bezig met Julian zijn fles te geven, hem te verschonen en hem te troosten. Ze was nog nooit eerder in haar leven zo moe geweest als nu. Dat de kraamverpleegster wegens overstelpende drukte en een nijpend personeelstekort slechts halve dagen kwam, hielp er ook niet aan mee om zich wat beter te voelen. Arnoud deed zo veel hij kon, maar met zijn eigen zaak kon hij het zich nu eenmaal niet veroorloven om een langere periode helemaal niet te werken. Ondanks de situatie thuis ging hij toch iedere dag even naar de lunchroom annex banketbakkerij die hij samen met zijn zus

Connie bezat. Bij grote drukte of problemen liep het uurtje dat hij gepland had om weg te zijn, dan fors uit.

'Je stelt te hoge eisen aan jezelf,' sprak Arnoud nu bemoedigend. 'Je kunt niet verwachten dat het meteen allemaal van een leien dakje gaat, dat is niet reëel. Het krijgen van een baby gooit je hele leven overhoop, om over de lichamelijke gevolgen nog maar niet te spreken. Geef jezelf wat tijd om aan de veranderde situatie te wennen en probeer een beetje te genieten.'

'Waarvan?' vroeg Judy stekelig.

'Vanmiddag heeft Julian twee uur achter elkaar geslapen. Ik heb een tijdje naast zijn bedje naar hem zitten kijken, het was een schitterend gezicht. Dat ontspannen gezichtje, die gebalde vuistjes naast zijn hoofd, prachtig,' zei Arnoud enthousiast. 'Jammer dat jij in die tijd ook sliep, anders hadden we samen van de aanblik van onze zoon kunnen genieten.'

'Ik was bekaf. De hele ochtend terwijl jij in de lunchroom was, heeft hij gehuild,' zei Judy kortaf.

Hij keek haar even opmerkzaam aan. 'Dat klinkt als een verwijt aan mijn adres.'

Judy zuchtte diep. 'Ach nee, zo bedoel ik het niet. Jij kunt er ook niets aan doen dat hij juist stil werd op het moment dat jij thuiskwam, ik heb alleen wel het idee dat je me niet helemaal gelooft. Ik krijg het gevoel dat jij vindt dat ik vreselijk overdrijf en dat ik me aanstel.'

'Natuurlijk niet.'

Het klonk overtuigend genoeg, toch geloofde Judy hem niet helemaal. Arnoud kon haar soms zo sceptisch aankijken als ze klaagde. Maar misschien klaagde ze ook wel te veel, dacht ze toen eerlijk. Het was een enorme ontgoocheling voor haar dat ze niet voortdurend op de roze wolk vertoefde die veel tijdschriften haar beloofd hadden. Haar wolk was donkergrijs en dat was een behoorlijk groot verschil. Het moedergevoel was er gelukkig wel. Direct toen ze Julian voor het eerst in haar armen had gekregen, was ze overvallen door dat beroemde oergevoel. Ze had haar leven willen geven voor hem als dat nodig mocht zijn. Stapelverliefd was ze op dat kleine ventje, helaas kon hij haar ook stapelgek maken met zijn voortdurende, doordringende gehuil. In de paar dagen dat hij op de wereld was, had ze al van alles geprobeerd om hem stil te krijgen, ondanks de bewering van haar kraamverpleegster dat het huilen vanzelf wel over zou gaan en dat ze er niet al te veel aandacht aan moest besteden. Judy kon dat echter niet. Als Julian huilde, sneed dat dwars door haar hart heen. Dan wiegde ze hem eindeloos in haar armen, probeerde ze hem uit zijn flesje te laten drinken uit angst dat hij nog honger had en sprak ze sussende woordjes tegen hem.

Deze avond was dat niet anders. Terwijl Arnoud toekeek, liep Judy rondjes door de huiskamer heen met een huilende Julian in haar armen.

'Misschien is hij wel gewoon moe en wil hij slapen,' zei Arnoud.

'Wat weet jij daar nou van?' viel Judy ongewoon fel voor haar doen uit.

'Niets,' gaf Arnoud toe. 'Ongeveer net zo veel als jij waarschijnlijk.'

'Maar ik probeer tenminste nog iets om hem stil te krijgen.'

'Lieve schat, hij heeft eten gehad, hij heeft een boertje gelaten en hij heeft een schone luier om. Meer kun je niet doen. Leg hem in zijn bedje en laat hem gewoon even huilen, dan valt hij waarschijnlijk vanzelf wel in slaap.'

'Dat klinkt wel erg makkelijk,' zei Judy moedeloos.

'Het hoeft ook niet zo ingewikkeld te zijn. Geef Julian maar hier en ga jij nu eens lekker zitten. Vergeet niet dat je nog herstellende bent van de bevalling.' Arnoud nam Julian van haar over en dwong haar plaats te nemen op de bank. Met Julian tegen zijn schouder, schonk hij iets te drinken in en zette dat voor haar neer. Het onbedaarlijke huilen van Julian ging over in een licht gesnik, even later was hij stil.

'Waarom is hij bij jou wel stil?' vroeg Judy zich hardop af.

'Omdat ik een man ben. Wij mannen begrijpen elkaar. Nietwaar, kerel?' Arnoud kietelde Julian onder zijn kleine kinnetje. Het kind keek hem met grote ogen aan. 'Zie je wel? Wij voeren een woordloos gesprek samen. En nu ga ik deze man vertellen dat hij lekker moet gaat slapen en ons niet mag storen vannacht.'

'Ons?' informeerde Judy liefjes. 'Jij bent nog niet één keer wakker geworden van hem.'

'Ik hoor dat nu eenmaal niet, maar als jij me roept, ga ik er met alle liefde uit voor hem.'

'Alsof dat nut heeft als ik toch al wakker ben.'

'Je bent een kleine zeurpiet,' sprak Arnoud bestraffend. Hij hield Julian vlak voor haar gezicht. 'Zeg je zoon welterusten, ik ga hem in bed leggen.'

'Veel succes,' wenste Judy. Ze wist wel bijna zeker dat Julian weer zou gaan gillen op het moment dat hij neergelegd werd. Het bleef echter stil in de kinderkamer, ook toen Arnoud na tien minuten terug kwam.

'Hij slaapt,' meldde hij.

Judy keek hem ongelovig aan. 'Hoe krijg je dat voor elkaar?' Arnoud ging naast haar zitten en sloeg zijn arm om haar heen. Judy kroop heerlijk tegen hem aan. 'Je bent te gespannen en je wilt het allemaal te goed doen. Een baby voelt dat aan en reageert daarop door te huilen,' zei hij. 'Het komt allemaal wel goed, heus. Je moet een beetje meer vertrouwen krijgen in jezelf. Jij en Julian moeten elkaar leren kennen en samen een ritme opbouwen, dan komt de rest vanzelf.'

'Laten we het hopen. Ik voel me inderdaad erg onzeker als hij huilt en ik weet niet waarom,' bekende Judy.

'Als baby's huilen willen ze eten of aandacht,' wist Arnoud met de ervaring van vijf dagen vaderschap. 'En maak je niet zo veel zorgen, deze periode gaat vanzelf voorbij. Voor je het weet, maakt hij je in ronde woorden duidelijk wat hij wil,' grijnsde hij.

'Je bedoelt te zeggen dat ik dan naar deze dagen terugverlang?' lachte Judy met hem mee. 'Dat is iets wat ik me nauwelijks kan voorstellen, moet ik eerlijk zeggen. Ik had verwacht dat het makkelijker zou zijn.'

'Dat wordt het nog wel,' sprak Arnoud met vertrouwen. 'Wat is het overigens een heerlijk jochie, hè? Ik kan uren naar hem kijken. Soms fronst hij zijn wenkbrauwen in zijn slaap en dan is het net of hij heel diep over een probleem nadenkt. Andere keren vertrekt hij dat mondje zo dat het lijkt of hij lacht.'

'Het is een volmaakt kind,' was Judy het helemaal met hem eens. Ze meende het, al werd ze, nu al, af en toe tot wanhoop gedreven als hij huilde. De verliefdheid op haar kind was ondanks dat in grote mate aanwezig. Van tevoren had ze niet beseft dat dit gevoel zo allesomvattend zou zijn.

De televisie bleef die avond uit. Arnoud en Judy bogen zich over de talloze foto's die Arnoud inmiddels al van Julian had gemaakt en Judy beschreef zijn eerste dagen op deze wereld in het babyboek.

'Dat wordt leuk,' zei Arnoud waarderend. 'Grappig zoals jij je gevoelens verwoordt. Het is me al vaker opgevallen dat jij daar goed in bent, daar zou je iets mee moeten doen.'

'Toevallig dat je dat zegt,' ging Judy daar serieus op in. 'Ik speel al langer met de gedachte om iets in de journalistiek te gaan doen. Er zijn diverse cursussen op dat gebied.'

'Waarom niet? Je moet altijd je hart volgen in wat je doet, dat is beter dan in een baan te blijven hangen die geen voldoening meer geeft. Dat heb ik ook gedaan met Connie samen en daar heb ik nog geen seconde spijt van gehad.'

'Ooit,' schoof Judy het alweer van zich af. 'Voorlopig heb ik mijn handen vol aan Julian en aan mijn baan, al moet ik er eerlijk gezegd niet aan denken om daar straks weer heen te gaan en Julian aan vreemden over te laten.'

'Doe dat dan niet,' zei Arnoud laconiek. 'Ja, kijk niet zo verbaasd naar me. Als jij liever je werk opzegt om zelf Julian te verzorgen zal ik daar heus geen probleem van maken.'

'Ik weet het niet,' aarzelde ze. 'Is het tegenwoordig niet erg achterhaald om je compleet op het moederschap en het huishouden te storten? Van overheidswege wordt er behoorlijk druk uitgeoefend om juist vrouwen zoals ik aan het werk te houden. Economische zelfstandigheid en onafhankelijkheid staan erg hoog in het vaandel.'

'Als je dat soort overwegingen niet meetelt, wat wil je dan zelf het liefst?'

'Mijn baan opzeggen,' antwoordde Judy zonder aarzelen. Ze schrok zelf van dit antwoord, blijkbaar was ze er onbewust toch meer mee bezig dan ze zelf gedacht had. 'Kinderen zijn maar zo kort klein, voor je het weet moet hij hele dagen naar school,' zei ze er verontschuldigend achteraan.

Arnoud knikte bevestigend. 'Lieverd, als dit is wat jij wilt, doe het dan,' raadde hij haar aan. 'Trek je niets aan van de algemeen geldende regels die er heersen, doe wat je eigen gevoel je ingeeft.'

'Het is natuurlijk wel heel erg burgerlijk en ouderwets.'

'Nou en? Emancipatie houdt niet in dat je koste wat kost moet blijven werken, maar dat je als vrouw zijnde je eigen keuzes maakt. Werken kun je je hele leven nog, maar je kind is maar één keer klein. Als je in de jaren tot Julian naar school gaat een opleiding doet, is het trouwens ook geen verloren tijd. Over vier jaar kun je dan een baan zoeken waar je plezier in hebt en die je voldoening schenkt.'

'Het klinkt wel heel erg aantrekkelijk,' peinsde Judy.

'Meld dan morgen meteen aan je werkgever dat je na je zwangerschapsverlof niet meer terugkomt,' zei Arnoud voortvarend.

'Is dat niet heel erg drastisch? Moeten we hier niet goed over nadenken?'

'Waarom? Het gaat erom dat je gelukkig bent, niet dat je doet wat er van je verwacht wordt. Bovendien is het wel zo netjes om je werkgever tijdig op de hoogte te stellen, zodat hij vervanging kan zoeken.'

'Oké, je hebt gelijk, ik doe het,' zei Judy ineens enthousiast. Er verschenen rode blosjes van opwinding op haar bleke wangen. De toekomst zag er plotseling heel erg aantrekkelijk uit voor haar. Werken in de journalistiek had haar altijd getrokken, maar het was er op de één of andere manier nooit van gekomen. Ze had geen hekel aan haar huidige baan als administratief medewerkster en min of meer automatisch was ze daar blijven hangen. Deze periode in haar leven was echter perfect om het roer volledig om te gooien. Het feit dat ze daardoor de verzorging en opvoeding van Julian niet uit handen hoefde te geven en ze zelf bij hem thuis kon blijven, gaf de doorslag. Julian was háár kind, zij was de aangewezen persoon om hem te verzorgen, niet een betaalde leidster op een crèche.

Ze voelde zich meteen een heel stuk beter na dit besluit. De moeheid leek van haar af te glijden en ze voelde zich geladen met nieuwe energie, alleen al bij het vooruitzicht.

Samen verzorgden ze Julian voor ze laat in de avond naar bed gingen. De baby werd amper wakker. Met gesloten oogjes dronk hij zijn fles leeg en liet hij zich verschonen. Op het moment dat Arnoud hem terug in zijn bedje legde gaapte hij hartgrondig en verzonk direct daarna weer in diepe rust. Twee gebalde vuistjes lagen naast zijn gezichtje, zijn beentjes had hij opgetrokken.

'Wat een plaatje, hè?' zei Arnoud trots.

Met de armen om elkaar heen geslagen bleven ze een paar minuten naar hem kijken voor ze naar hun eigen slaapkamer gingen. Judy voelde zich volkomen gelukkig toen ze in Arnouds armen in slaap viel. Dit was wat ze zich tijdens haar zwangerschap had voorgesteld: een tevreden slapende baby en twee dolgelukkige ouders.

Lang duurde haar rust echter niet. Een zwak gehuil van Julian, dat al snel overging in luid gekrijs, deed haar later wakker schrikken. Lodderig staarde Judy naar de wekker, amper gelovend wat ze zag. Er was nog maar net een uur verstreken sinds ze naar bed waren gegaan. Julian kon onmogelijk al honger hebben, toch schreeuwde hij het hele huis bij elkaar. Slaapdronken hees Judy zichzelf overeind. Haar lichaam voelde zo zwaar aan dat het haar moeite kostte om haar benen op de grond te zetten. Ze wierp een blik op de slapende Arnoud, even kwam ze in de verleiding om hem wakker te maken, zoals hij zelf al voorgesteld had. Meteen liet ze dat plan weer varen. Zij was nu toch al wakker, het had geen enkel nut om ook de slaap van Arnoud te verstoren.

Wankelend liep ze naar de babykamer. Julian lag met een rood aangelopen gezichtje te krijsen, totaal over zijn toeren. Judy haalde hem uit zijn bedje en probeerde hem te sussen, maar zonder resultaat. Hij was ontroostbaar, wat ze ook probeerde. Ten einde raad maakte ze toch een flesje voor hem klaar, al was het nog geen twee uur geleden dat hij zijn voeding gekregen had, maar Julian weigerde de speen in zijn mond te nemen. Honger had hij dus niet, zijn luier was niet vuil en hij huilde ook niet omdat hij zich alleen voelde, anders had hij zich wel door haar laten troosten, dacht Judy moedeloos bij zichzelf. Wat deed ze dan verkeerd? Bij Arnoud was Julian wel altijd snel stil.

Ze had net besloten om Arnoud alsnog wakker te maken toen het huilen overging in een zacht jammeren en ten slotte helemaal stopte. Tegen haar lichaam aan viel Julian in slaap. Uiterst voorzichtig legde Judy hem terug in zijn bedje. Haar adem stokte toen hij even zijn ogen opende en een beweging maakte, maar tot haar grote opluchting viel hij toch weer in slaap. Nu zij nog. Snel dook ze terug in het koud geworden bed, zo moe dat ze wel een etmaal zou kunnen slapen.

Nog geen anderhalf uur daarna was het echter weer raak. Nu was het wél tijd voor Julians voeding, wist ze. Door die wetenschap kostte het haar minder moeite om opnieuw haar bed te verlaten. Zichzelf dwingend haar aandacht te houden bij wat ze deed, maakte ze in de keuken zijn flesje klaar, daarna nam ze Julian mee naar de huiskamer. Bij het zachte licht van een schemerlampje gaf ze hem zijn fles. Nog voor hij hem goed en wel leeg had, zakten zijn oogjes alweer dicht. Nog even bleef ze zo zitten, met het warme lijfje van haar zoon tegen zich aangedrukt. Dit vond ze niet erg, al was het midden in de nacht en waren haar ogen dik van de slaap. Het donker dat hen omringde gaf een heel intieme sfeer. Alsof zij de enige twee mensen op de wereld waren. Dit was het, hier deed ze het voor. Dit soort momenten maakte de rest dubbel en dwars goed, dacht ze tevreden.

Van die tevredenheid was echter weinig meer te merken toen hij haar om vier uur die nacht voor de derde keer wakker brulde. Nog half slapend nam ze hem op haar arm, rondjes lopend door de ruime flat heen.

Misschien was dit haar straf wel, schoot het ineens door haar heen. Haar boete voor de manier waarop Julian verwekt was. Hoewel Arnoud dolgelukkig met Julian was en achteraf zelfs beweerde dat het zo had moeten zijn, kon zij toch nooit helemaal vergeten dat hij niet Julians biologische vader was.

Dwars door het doordringende gehuil van haar zoon heen gleden Judy's gedachten terug naar het jaar daarvoor. Samen met Connie en haar vriend Jerry hadden ze een perfecte zomer beleefd. Met zijn vieren vormden ze een hechte club, tot aan die fatale avond waarop Judy en Jerry, onder invloed van drank, samen in bed waren beland. Het was haar gelukt om dat slippertje voor Connie en Arnoud te verzwijgen, maar haar zwangerschap had roet in het eten gegooid. Opnieuw beleefde Judy die ene avond waarop zij Arnoud vertelde dat ze een kind zouden krijgen en hij haar voor de voeten had gegooid dat hij onmogelijk de vader kon zijn omdat hij al sinds zijn jeugd onvruchtbaar was. Maanden van verdriet, onzekerheid en pijn waren daarop gevolgd, voor hen allemaal. Uiteindelijk was het allemaal wel goed gekomen, maar de prijs was heel hoog geweest. De relatie tussen Connie en Jerry had het niet gered en haar eigen vriendschap met Connie was er ook bijna aan onderdoor gegaan. Dat het nu weer als vanouds was tussen hen, was louter te danken aan het feit dat Connie zich eroverheen had gezet, iets waar Judy diep dankbaar voor was. Eigenlijk was haar leven alleen maar beter geworden door dat beruchte slippertje met Jerry. Arnoud had het haar vergeven en beschouwde Julian als zijn eigen zoon, Connie was weer terug in haar leven en, *last but not least*, ze had Julian gekregen. Als die bewuste avond er niet was geweest, was haar huwelijk met Arnoud altijd kinderloos gebleven. Al met al had ze totaal geen klagen over hoe het allemaal verlopen was. Als dat vele huilen van Julian en de intense moeheid die ze voelde de enige nadelen waren, moest ze dat maar voor lief nemen en er niet over zeuren, hield Judy zichzelf voor. Tenslotte was er niets in het leven helemaal volmaakt en ze had wel wat straf verdiend na alles wat er gebeurd was.

Tegen de ochtend viel Julian eindelijk weer in slaap. Judy rolde haar bed in met een hoofd dat gevuld leek te zijn met bakstenen. Hoe dol ze ook was op haar kind, ze kon niet ontkennen dat de realiteit van het moederschap zwaarder was dan ze had ingeschat.

HOOFDSTUK 2

'Wat is dit toch heerlijk. Dit wil ik ook.' Connie Verschuur drukte Julian stevig tegen zich aan. De band met haar broer Arnoud was zeer hecht en de vriendschap met Judy erg stevig, maar haar kleine neefje was momenteel toch wel de grootste trekpleister van de flat waar ze destijds zelf met Arnoud samen ook jaren had gewoond.

'Een kind is anders niet alleen zaligmakend,' merkte Judy op. Ze zag bleek en onder haar ogen lagen donkere kringen, iets wat Connie niet ontging.

'Nachtvoedingen vallen niet altijd mee,' begreep ze.

Judy zuchtte diep. 'Was dat het maar alleen. Weet je, de nachtvoedingen vind ik nog het minst erg. Mijn bed uit moeten komen omdat Julian honger heeft, is heel iets anders dan 's nachts rondjes lopen met een ontroostbaar kind in je armen en niet weten wat er aan mankeert. Aan zijn honger kan ik tenminste iets doen, bij zijn eindeloze, onverklaarbare huilbuien sta ik machteloos.'

'Ieder kind huilt op zijn tijd, dat hoort erbij.'

'Dat wil niet zeggen dat het ook prettig is.' Judy stond op en schonk nog een keer hun bekers vol met koffie. Dergelijke opmerkingen hoorde ze de laatste weken vaker. Julian was nu anderhalve maand en huilde nog steeds erg veel. Niet overmatig veel, volgens het consultatiebureau, maar vaak en lang genoeg om haar langzamerhand stapelgek te maken. Soms zat ze echt met haar handen in het haar. In haar omgeving was daar echter weinig begrip voor. Het commentaar dat ze hoorde, varieerde van opmerkingen als: 'Het is een baby, natuurlijk huilt hij,' tot: 'Je bent te veel met hem bezig. Laat hem maar lekker huilen, dat is goed voor zijn longetjes.' Inmiddels had ze geleerd dat naast zich neer te leggen, maar het viel haar tegen dat zelfs Connie zo oppervlakkig reageerde. Haar schoonzus en tevens vriendin had er geen benul van hoe het er af en toe aantoe ging. Maar als er anderen bij waren, was Julian meestal rustig, bedacht ze. Alsof hij het erom deed en zijn huilbuien speciaal bestemd waren voor haar. Het was een gedachte waarvan ze wist dat die nergens op sloeg, toch sloop hij af en toe haar hoofd binnen. Het was dan ook wel opmerkelijk dat Julian meestal tegen de avond, als Arnoud uit zijn werk kwam, rustig in slaap viel. 's Nachts begon hij dan weer te spoken. De verklaring hiervoor kon zijn dat Julian zo uitgeput was van een dag huilen dat zijn energie tegen de avond op was en zijn lichaam de broodnodige rust opeiste, maar zo rationeel kon Judy allang niet meer denken, moe als ze was van het constante slaapgebrek.

'Ik ben gewoon jaloers op je, weet je dat?' vervolgde Connie.

'Ruilen?' stelde Judy cynisch voor.

Connie keek haar even aan. 'Daar meen je geen woord van,' zei ze rustig. 'Ik ben niet achterlijk, Juud en ik begrijp heus wel dat het niet altijd meevalt om voortdurend voor een baby te zorgen, maar je zou hem voor al het geld van de wereld niet meer kwijt willen.'

'Zeker niet,' gaf Judy meteen toe. 'Ik houd dolveel van dat mannetje. Het gevoel dat je voor je kind hebt is nergens anders mee te vergelijken.'

'Dat bedoel ik. Ik kan niet wachten om dat zelf te ervaren.'

'Dan zul je toch eerst een man moeten vinden.' De woorden waren eruit voor Judy er erg in had. Ze beet op haar onderlip. Waarschijnlijk was dit niet de meest geschikte opmerking na alles wat er gebeurd was. Connie zou nu terecht op kunnen merken dat ze een man hád, maar dat zij, Judy, ervoor gezorgd had dat die relatie ten einde kwam. Hun vriendschap had zich inmiddels hersteld, maar er was niets dat de gebeurtenissen van het afgelopen jaar uit kon vlakken. Het feit bleef dat Julian de biologische zoon was van Jerry, de ex van Connie. Geen makkelijk gegeven, maar wel iets waar ze allemaal noodgedwongen mee om moesten gaan.

Connie was echter helemaal niet van plan om hier iets hatelijks op te zeggen. Het hoofdstuk Jerry was voorgoed gesloten voor haar. Niet alleen vanwege het feit dat hij haar bedrogen had met Judy, maar vooral omdat ze totaal niet bij elkaar bleken te passen. Hun levensverwachtingen en idealen lagen zo ver uit elkaar dat het onmogelijk was om samen een stabiele relatie op te bouwen, al had ze heel lang gedacht dat hij de ware voor haar was. Achteraf wist ze dat vooral eenzaamheid haar in de armen van Jerry gedreven had. Arnoud, met wie ze samen een flat deelde na het overlijden van hun ouders, had Judy leren kennen en hij was zo verliefd dat Connie zich er verloren bij voelde hangen. Jerry was als een geschenk uit de hemel gekomen en ze hadden met zijn vieren een heerlijke tijd gehad, tot die ene fatale vakantie. Het had lang geduurd voor Connie de situatie kon accepteren zoals hij was, maar toen ze dat punt eenmaal bereikt had, had ze zich er ook volledig overheen gezet. Ze praatte nooit meer over het verleden. Ook nu niet, na de enigszins ongelukkige opmerking van Judy.

'Wie weet,' zei ze alleen. Ze lachte er geheimzinnig bij.

'Je hebt iemand leren kennen,' begreep Judy. Ze ging er gretig op in, blij dat Connie geen stekelig antwoord had gegeven. Bovendien was ze oprecht blij voor haar. Als er iemand op de wereld was die ze het geluk gunde, was het Connie wel. 'Vertel.'

'Er valt nog niets over te zeggen. Hij heet Boris, we hebben elkaar ontmoet in de lunchroom en we gaan morgenavond samen uit, dat is alles.'

'Ik vind het al heel wat,' zei Judy met glinsterende ogen. 'Ik vind het echt fijn voor je, Con. Ik hoop dat het wat wordt.'

'Ik ook,' zei Connie laconiek. 'Je weet hoe ik naar een eigen gezin verlang. Daar kunnen jouw opmerkingen over dit huilende mannetje niets aan veranderen.' Ze knuffelde Julian uitbundig en hij beloonde haar met een brede, tandeloze lach. 'Ach, kijk nou, hij lacht!' gilde Connie verrukt. Ze trok een gek gezicht en probeerde van alles om nogmaals zo'n ontroerend lachje te ontlokken bij haar neefje, maar hij vertikte het verder. Met zijn grote, donkere ogen bleef hij haar onbewogen aankijken.

'Ik ga hem in bed leggen,' zei Judy.

'Mag ik dat doen?' Connie stond al op, met Julian in haar armen.

'Natuurlijk, dan schenk ik nog iets in.' Judy glimlachte om het enthousiasme van Connie. Sinds Julian er was, was Connie bijna niet meer uit de flat weg te slaan. Arnoud en Judy hadden haar voorgesteld dat ze bij hen in haar oude kamer zou trekken, maar dat aanbod had Connie resoluut geweigerd.

'Als jong gezin moet je geen inwonende zus hebben, dat is niet goed,' had ze serieus beweerd. Ondertussen was ze wel minstens vier avonden in de week bij hen op bezoek en kwam ze regelmatig op zondag nog even langs. Erg vond Judy dat niet. Bij de eerste ontmoeting had het direct geklikt tussen Connie en haar en sindsdien was er een hechte vriendschap tussen de twee vrouwen ontstaan. Bovendien was Judy zo blij dat het na alle complicaties weer goed was tussen Connie en haar dat er überhaupt geen haar op haar hoofd was die eraan dacht om iets van haar veelvuldige bezoekjes te zeggen. Ze was gewoon altijd welkom, zeker ook bij Arnoud. Nadat hun ouders bij een vliegtuigongeluk om het leven waren gekomen, had Arnoud zich opgeworpen als beschermer van zijn jongere zusje. Samen waren ze een lunchroom begonnen en hadden ze deze flat betrokken. Hun band werd door sommige mensen zelfs ziekelijk genoemd, maar sinds Arnoud met Judy was getrouwd, was die iets losser geworden, al bleven ze meer verknocht aan elkaar dan de gemiddelde broer en zus meestal waren.

De bel haalde Judy uit haar gedachten. Zich afvragend wie daar was, liep ze naar de deur. Tot haar grote verbazing stond daar haar zus Marsha. De laatste keer dat ze haar gezien had, was minstens vier maanden geleden. Op het geboortekaartje van Julian hadden Judy en Arnoud slechts een felicitatiekaartje teruggekregen van haar.

'Wat kom jij hier nou doen?' was haar verbaasde begroeting dan ook.

'Goh, wat leuk dat je er bent. Kom binnen, wees welkom,' reageerde Marsha ironisch.

Judy schoot in de lach. Dit was haar zus ten voeten uit. Ze hield de voordeur wijd open, zodat Marsha langs haar heen naar binnen kon.

'Ik was in de buurt, dus dit leek me een goede gelegenheid om op kraamvisite te komen,' vertelde ze ondertussen.

'Kraamvisite? Julian gaat al zowat naar school,' grinnikte Judy.

'Ik heb het druk,' was Marsha's weerwoord. Ze leek totaal niet onder de indruk van dit bedekte verwijt. Dat was ze ook niet, wist Judy. Marsha trok zich over het algemeen weinig aan van wat andere mensen dachten. Ze leidde haar leven zoals zij dat wilde, zonder veel rekening te houden met de mensen om haar heen.

'Connie is net bezig Julian in bed te leggen. Als je snel bent kun je hem nog even zien.' Judy wees haar zus de kinderkamer en liep naar de keuken om haar visite van drankjes te voorzien. Dit was een zeer onverwachte, maar niet onprettige verrassing. De twee zussen hadden niet veel dat hen bond, toch hadden ze altijd goed met elkaar overweg gekund. De laatste jaren was hun band verwaterd. Marsha had een drukke, veeleisende baan als adjunct-directrice van een basisschool en gunde zichzelf niet veel tijd voor sociale contacten. Ze vond zichzelf prima gezelschap en hield ervan om na een drukke werkdag alleen te zijn. Op haar beurt had Judy het laatste jaar zo veel aan haar hoofd gehad dat het contact met haar zus erbij ingeschoten was. Sinds ze Arnoud kende was haar leven in een stroomversnelling geraakt. Het was onvoorstelbaar dat ze hem anderhalf jaar geleden nog niet eens kende. Nu waren ze getrouwd, hadden ze een zoon en was haar leven compleet veranderd.

'Je hebt een leuk kind,' zei Marsha even later waarderend. 'Een knap knulletje om te zien, hoor. Lijkt niet op zijn ouders.' Ze grijnsde er breed bij.

De pijnlijke stilte die heel even viel na die woorden, vulde Connie direct op. Dit soort opmerkingen lag erg gevoelig bij Judy, wist ze. Waarschijnlijk moest er nog heel wat tijd overheen gaan voor ze onbevangen op dergelijke plagerijtjes in kon gaan.

'Hoe staat het eigenlijk met jou op dat gebied?' informeerde ze. 'Geen plannen in die richting?'

'Om moeder te worden, bedoel je? Nee, dankjewel. Ik durf niet te beweren dat het nooit zal gebeuren, maar voorlopig moet ik daar nog helemaal niet aan denken,' antwoordde Marsha afwerend.

'Je gaat anders de hele dag met kinderen om.'

'Daarom juist. Als je sommige kinderen ziet, krijg je medelijden met de ouders. Waarom zou ik mezelf dat vrijwillig aandoen?'

'Dat is een heel leuke opmerking om te horen als je net moeder geworden bent,' knikte Judy. 'Bedankt, Marsh.'

Marsha lachte. 'Graag gedaan. Nee, alle gekheid op een stokje, het ouderschap is gewoon ontzettend zwaar. We krijgen via de media een romantisch beeld voorgeschoteld van gelukkige gezinnetjes met leuke, gezonde kinderen, maar de werkelijkheid is in de meeste gevallen totaal anders. Als er iémand is die dat weet ben ik het wel. Je wilt niet geloven wat we af en toe meemaken op school. Kinderen met ADHD of andere psychische stoornissen zijn tegenwoordig aan de orde van de dag. Nou zijn er zat ouders die hun kinderen simpelweg niet opvoeden en geen enkele regel opleggen, om vervolgens te beweren dat het kind niet gewoon strontvervelend is, maar een afwijking heeft waar hij niks aan kan doen, maar de ouders van kinderen die echt iets mankeren gaan vaak door een hel. Die hebben het heel erg zwaar. Vorige week heb ik nog een gesprek gehad met een moeder die ten einde raad is. Haar kind moet naar het speciaal onderwijs, want wij kunnen hem op school niet meer aan. Kun je nagaan hoe dat voor die moeder moet zijn. Ze staat er ook nog eens alleen voor, want vader heeft zijn biezen gepakt op het moment dat duidelijk werd dat hun kind niet voldeed aan de standaard normen. Op dat soort momenten vraag ik me weleens serieus af waarom de meeste vrouwen per se moeder willen worden. Je kunt toch onmogelijk verlangen naar dit soort problemen.'

'De meeste kinderen zijn natuurlijk gezond,' merkte Connie op.

'Dan nog. Je moet ook maar afwachten of dat zo blijft. Vorige maand hebben we een kindje uit groep vijf moeten begraven. Leukemie.'

'Hè, houd eens op,' zei Judy nu geïrriteerd. 'Ik heb net een baby gekregen, hoor. Kom liever met wat vrolijker gespreksonderwerpen.'

'Sorry.' Marsha keek haar verontschuldigend aan. 'Dit is nu eenmaal mijn stokpaardje. Ik gaf slechts antwoord op Connies vraag.'

'Iets te beeldend en te uitgebreid, naar mijn zin. Een simpel 'nee' was genoeg geweest.'

'Oké dan. Nee, ik wil op dit moment zelf geen kinderen, waarschijnlijk nooit. Ik hoef alleen maar naar de wallen onder jouw ogen te kijken om dat te weten.' Marsha knipoogde erbij, maar de plagende opmerking schoot bij Judy in het verkeerde keelgat.

'Als je hier alleen maar komt om negatieve opmerkingen te maken, heb ik liever dat je weggaat,' zei ze scherp. 'Dat is namelijk wel het laatste wat ik kan gebruiken.'

'Kalm aan, het was maar een grapje,' verdedigde Marscha zich.

'Dergelijke grapjes kan ik missen als kiespijn. Het is allemaal al moeilijk genoeg. Julian huilt heel veel, ik slaap bijna niet...' Plotseling stroomden de tranen over Judy's wangen. Ze sloeg haar handen voor haar gezicht en snikte het uit. 'Ik ben zo moe. Zo verschrikkelijk moe.'

'Dit is wel het beste bewijs dat ik gelijk heb,' mompelde Marsha nog. Desondanks stond ze op om haar zus te troosten terwijl

Connie een glas water voor Judy haalde.

Het duurde even voor het wilde snikken bedaarde en Judy zichzelf weer in de hand had.

'Sorry,' zei ze, zonder iemand aan te kijken. 'Ik weet niet wat me ineens bezielde.'

'Rondvliegende hormonen waarschijnlijk,' meende Marsha nuchter. 'Ja meid, er is niemand die beweert dat het een makkie is om een kind te krijgen.'

'Als hij maar niet zo veel huilde,' zuchtte Judy. Met klapperende tanden nam ze een slok water. 'Ik kom gewoonweg nergens meer aan toe. Voor mijn gevoel doe ik de hele dag niets anders dan hem troosten. Mijn dokter adviseerde me om 's middags een uurtje te gaan slapen, tegelijk met Julians middagslaapje, maar zodra ik hem in bed leg begint hij te gillen.'

'Ik heb hem anders nog niet gehoord sinds ik hier ben,' zei Connie voorzichtig.

'Nee, 's avonds slaapt hij wel. Overdag en 's nachts echter niet. Heel weinig tenminste. Ik loop halve nachten met hem op. Soms vraag ik me af wat ik in hemelsnaam verkeerd doe.'

'Niets,' zei Marsha meteen beslist. 'Ga jezelf nu geen schuldgevoel aan lopen praten dat je een slechte moeder bent of zo. Iedere baby is nu eenmaal anders, het is puur geluk als je een kind treft dat veel slaapt. Julian is blijkbaar niet zo en daar zul je even doorheen moeten, maar dat ligt niet aan jou.'

'Dacht Arnoud er ook maar zo over,' mompelde Judy.

Connie en Marsha keken elkaar even peilend aan.

'Hoezo?' vroeg Connie voorzichtig.

'Hij zegt dat ik hem vaker moet laten huilen, dat ik hem te weinig rust geef. Als ik gespannen ben, voelt Julian dat en daar reageert hij dan op door te huilen, volgens hem. Misschien heeft hij daar ook wel gelijk in, maar ik kan het niet over mijn hart verkrijgen om hem te laten huilen totdat hij helemaal over zijn toeren raakt. Ik probeer dan van alles om hem te troosten terwijl

Arnoud rustig zijn krant leest en zegt dat ik me veel te druk maak.'

'Typisch vadergedrag,' reageerde Marsha daarop. 'Je moet eens weten hoe vaak ik dit soort verhalen hoor van moeders van mijn leerlingen. Mannen en vrouwen reageren nu eenmaal allebei heel anders op hun kinderen. Mannen zijn veel pragmatischer, moeders emotioneler.'

'Maar het is de bedoeling dat die twee uitersten elkaar aanvullen, niet dat ze elkaar tegenwerken,' meende Connie. 'Zal ik eens met Arnoud praten?'

Judy schudde haar hoofd. 'Laat maar. Het valt allemaal wel mee, ik zie het af en toe alleen te somber in omdat ik zo moe ben. Arnoud is een schat, het was niet mijn bedoeling om hem de zwartepiet toe te spelen. Ik wil hem ook niet te veel lastig vallen met mijn gezeur. Hij heeft het momenteel al zo druk met de lunchroom en jullie plannen voor uitbreiding van de zaak. Hij zit haast iedere avond bij de accountant of bij de aannemer. 's Nachts merkt hij meestal niet eens dat Julian wakker wordt, zo diep slaapt hij altijd.'

'Ik zou hem aan zijn haren het bed uit sleuren,' zei Marsha strijdlustig. 'Het is net zo goed zijn zoon als de jouwe, vergeet dat niet.'

'Vergeet maar wat ik gezegd heb, het gaat wel weer.' Judy stond op en begon de kopjes en glazen op te ruimen. Ze meed Connies blik. 'Ik had blijkbaar even een huilbui nodig om alles weer in het juiste perspectief te zien. Jammer dat jullie daar getuige van moesten zijn.'

'Ik zou als ik jou was mijn man toch wat meer betrekken bij mijn problemen en gevoelens,' zei Marsha nog. 'Dit is iets waar jullie samen doorheen moeten.'

'Ik red me wel,' zei Judy fier, ondanks haar betraande wangen.

Connie zweeg. In principe was ze het volkomen met Marsha eens, maar ze begreep dat dit voor Judy wat gevoeliger lag. Als Arnoud de biologische vader van Julian was, zou ze er waarschijnlijk anders mee omgaan. Hoewel Arnoud Julian zonder bedenkingen volledig had geaccepteerd als zijn eigen zoon, had Judy nog steeds moeite met dat feit. Haar constant aanwezige schuldgevoel belette haar om het verleden definitief af te sluiten. Connie nam zich voor om toch eens met Arnoud te praten. Het was niet goed dat Judy het gevoel had dat ze hier alleen voor stond, al was dat gevoel waarschijnlijk niet helemaal reëel. Ze wist wel zeker dat Arnoud er niet de man naar was om zich te onttrekken aan zijn vaderlijke plichten. Integendeel zelfs. Maar hij moest natuurlijk wel de kans krijgen om zich als een echte vader op te stellen, zonder dat Judy alles wat Julian betrof naar zichzelf toetrok.

Arnoud was nog niet terug van zijn bespreking met de accountant op het moment dat Connie en Marsha weggingen. Judy's hoofd leek wel gevuld te zijn met watten, maar een blik op de klok vertelde haar dat het geen nut zou hebben om nu haar bed in te duiken. Over ongeveer een uur moest Julian zijn laatste fles voor die dag krijgen, als ze nu ging slapen, werd ze daar waarschijnlijk niet eens voor wakker.

Doelloos rommelde ze een beetje in huis. Ze werkte de afwas van die avond weg, vouwde een wasje op en haalde een doekje over het gasfornuis. De keuken was hard toe aan een grondige schoonmaakbeurt, constateerde ze. Niet alleen de keuken trouwens. De ramen waren dof en zaten vol vlekken, het houtwerk kon wel een sopje gebruiken en de woonkamer was stoffig. Moedeloos keek ze om zich heen. Iedere dag nam ze zich voor om eens uitgebreid aan de slag te gaan in haar huis, maar ze kon er de energie niet voor opbrengen. Haar lichaam voelde als lood en het kostte haar iedere ochtend meer moeite om haar bed uit te komen.

Ooit, schoof ze het van zich af. Ooit kwam het wel weer. Maar nu even niet.

HOOFDSTUK 3

Connie bracht haar plan om met Arnoud te praten direct de volgende dag ten uitvoer. Toen het even rustig was in hun lunchroom en het voorbereidende werk voor het drukste gedeelte van de dag gedaan was, namen ze plaats aan een iets afgeschermd tafeltje in de hoek.

'Ik ben gisteravond bij Judy geweest, het gaat niet goed met haar,' viel ze direct met de deur in huis. 'Ze is doodmoe en als jij haar niet wat meer helpt, is ze binnenkort overspannen.'

'Ho, ho.' Arnoud hief zijn armen omhoog. 'Nu ga je ineens wel heel erg snel. Natuurlijk is Judy moe, ze is zes weken geleden bevallen. Ik moet de eerste vrouw nog vinden die dan niét moe is. Bovendien maakt ze zich heel erg druk. Ze wil het allemaal té goed doen. Ik heb haar al vaker gezegd dat ze moet leren wat meer te ontspannen.'

'Aan dingen zeggen heeft ze niets, je moet haar in praktische zin helpen. Als jij wilt dat ze ontspant, zorg er dan voor dat ze die mogelijkheid krijgt,' adviseerde Connie. 'Neem de zorg voor Julian eens wat vaker uit haar handen, doe eens wat meer in huis. Ik ken je, broertje. Voor een avondmaaltijd koken draai je je handen niet om, maar een stofzuiger door de flat trekken zul je niet snel uit jezelf doen.'

'Als Judy ergens hulp bij nodig heeft, hoeft ze het maar te vragen en ik doe het voor haar.'

'Het zou niet nodig moeten zijn dat ze het vraagt. Jullie zijn getrouwd, jullie wonen samen in die flat, het hoeft niet allemaal op háár schouders neer te komen.'

'Judy is de hele dag thuis.'

'Om te herstellen van een bevalling, ja, niet omdat ze vakantie heeft,' zei Connie vinnig. 'Het gaat er ook niet zozeer om wie wát doet, maar ze heeft volgens mij het gevoel dat ze er alleen voor staat, of dat nu reëel is of niet. Steun haar wat meer. Troost Julian eens als hij huilt, in plaats van Judy daar alleen mee te laten tobben.'

'Ik krijg de kans niet,' bestreed Arnoud dat verwijt. 'Overdag ben ik er niet, 's avonds slaapt hij over het algemeen rustig door tot zijn laatste voeding en 's nachts... nou ja, 's nachts hoor ik hem nooit. Ik heb al een paar keer tegen Judy gezegd dat ze me gewoon wakker moet maken als Julian huilt. Dan ga ík er wel uit en kan zij blijven liggen, maar dat doet ze nooit. Iedere ochtend krijg ik weer te horen hoe hij die nacht gespookt heeft, toch maakt ze mij nooit wakker.'

'Ze wil je niet belasten,' merkte Connie bedachtzaam op. 'Dat viel me gisteravond ook op toen we erover praatten. Ze wil het graag allemaal zo goed mogelijk doen, zonder te zeuren. Vooral niet tegenover jou.'

'Ik zou toch juist de eerste moeten zijn tegen wie ze aan mag klagen,' meende Arnoud.

'Vind je?' Connie fronste haar wenkbrauwen. 'Begrijp je dan echt niet waarom ze jou er niet mee lastig wil vallen?'

'Nee, maar jij snapt het blijkbaar wel. Vertel eens, ik wil het ook graag horen.'

'Judy voelt zich nog steeds schuldig tegenover jou. Door haar slippertje ben jij in de vaderrol gedwongen. Ze wil jou zo min mogelijk last bezorgen omdat Julian niet je biologische zoon is.'

Arnouds gezicht verstrakte terwijl Connie praatte.

'Dat soort dingen wil ik liever niet horen,' zei hij kortaf. 'Julian is net zo goed mijn kind als het hare, punt uit.'

'Door het te verzwijgen verdwijnen de feiten niet.'

'Ik kan me niet voorstellen dat ik van een eigen kind meer zou houden dan ik van Julian doe. Ik heb er bewust voor gekozen om zijn vader te worden, ik bén zijn vader.'

Connie legde haar hand op de gebalde vuist van Arnoud. 'Je zult mij nooit horen zeggen dat dit niet zo is,' zei ze zacht. 'Maar daar gaat het nu niet om. Het gaat om wat Júdy voelt. Ik denk ook niet dat ze het bewust doet, maar het resultaat blijft hetzelfde. Op deze manier drijven jullie van elkaar weg, want op een gegeven moment bereik je het punt waarop Judy alleen nog maar met Julian en het huis bezig is en jij alleen maar met je werk. Probeer dat te voorkomen. Wacht niet tot ze je om hulp vraagt, maar doe gewoon wat nodig is. Geef haar het gevoel dat jullie dit samen doen.'

'Door te stofzuigen?' vroeg Arnoud cynisch.

Connie schoof haar stoel met een ruk naar achteren. 'Als je geen goede raad wilt aanhoren, dan niet,' zei ze stroef. 'Zoek het dan zelf maar uit, maar kom niet bij mij klagen als het fout loopt.' Ze wilde opstaan en weglopen, maar Arnoud hield haar tegen.

'Je hebt gelijk,' gaf hij ruiterlijk toe. 'Judy en ik groeien inderdaad uit elkaar, nu al, terwijl dit juist een periode is waarin je als echtpaar heel dicht naast elkaar zou moeten staan. Ik begreep alleen niet... Ik bedoel... Julian is van mij, op een andere manier heb ik het nooit gezien. Het doet pijn dat Judy daar dus blijkbaar anders over denkt.'

'Niet bewust,' haastte Connie zich te zeggen. 'En misschien heb ik het ook wel helemaal mis wat dat betreft, maar ik denk dat ik haar goed genoeg ken om deze veronderstelling te durven uiten. Judy is nooit helemaal over haar schuldgevoel heen gekomen.'

'Dan wordt het hoog tijd. Ze moet eens leren het verleden definitief af te sluiten,' zei Arnoud met een donker gezicht.

'Zo werkt dat nou eenmaal niet. Door voor struisvogel te spelen kun je de feiten nu eenmaal niet ontkennen, de situatie is zoals hij is. Jullie moeten alleen een manier vinden om daar goed mee om te gaan.'

'Ik heb daar geen problemen mee.'

Connie wilde daar iets op terugzeggen, maar slikte haar woorden nog net op tijd in. Zolang Arnoud zo fel reageerde als iemand ook maar een suggestie richting de waarheid deed, had hij het helemáál nog niet verwerkt, volgens haar. Het had echter weinig nut om hem dat voor zijn voeten te gooien. Hij had nu al genoeg om over na te denken.

Toch vreemd, peinsde Connie later terwijl ze achter de counter aan het werk was. De eerste maanden was zij juist degene geweest die er de meeste problemen mee had. Terwijl Arnoud en Judy hun relatie weer hersteld hadden en zich zelfs verheugden op de komst van de baby, had zij zich teruggetrokken in zichzelf, kwaad op de hele wereld. Ze verweet Judy dat haar relatie met Jerry door haar schuld verbroken was, ze verweet Arnoud dat hij Judy boven haar verkoos terwijl ze hem bedrogen had, en ze verweet hen beiden dat ze vrolijk samen verder gingen terwijl háár leven ingestort was. Een hele poos had ze niets van haar broer en schoonzus willen weten. Zodra Arnoud het goed had gemaakt met Judy, was ze de flat ontvlucht om op zichzelf te gaan wonen en ze was zelfs niet naar hun bruiloft gegaan. En nu, nog niet eens zo veel later, leek zij juist de enige te zijn die het verleden goed had verwerkt en afgesloten. Ze had het een plek gegeven en dacht er bijna nooit meer aan, terwijl Judy en Arnoud er nu juist door de komst van Julian dagelijks mee geconfronteerd werden. Het was destijds zo makkelijk geweest om te zeggen dat Arnoud de vader van de baby zou worden en dat daarmee alle problemen van de baan waren, maar in de praktijk bleek dat dus niet zo te werken. Misschien hadden ze er ook wel té simpel over gedacht. Arnoud was dolgelukkig omdat zijn diep verborgen, grootste wens: een eigen gezin, op deze manier toch nog uitkwam en Judy was alleen maar blij omdat Arnoud haar het slippertje met Jerry vergeven had. Achterliggende gevoelens met betrekking tot de baby waren er op dat moment niet.

Connie hoopte dat haar gesprek met Arnoud hen het duwtje gaf dat ze nodig hadden om dit echt samen te doen. Ze zou het vreselijk vinden als juist de geboorte van Julian haar broer en schoonzus uit elkaar zou drijven, zeker na alles dat er al voorgevallen was. Ze hadden het verdiend om samen gelukkig te zijn.

De problemen in hun gezinnetje beletten haar echter niet om zelf actief naar een partner te blijven zoeken. Ze verheugde zich buitensporig op haar afspraak met Boris, die avond. Ze had hem leren kennen toen hij als klant hun lunchroom bezocht. Eén blik in zijn helblauwe ogen had haar zo zenuwachtig gemaakt dat ze prompt een kop koffie uit haar handen had laten vallen, waarvan een gedeelte over zijn lichte pak heen was gekomen. Terwijl ze in elkaar kromp, wachtend op een woedend commentaar, was hij in lachen uitgebarsten.

'Dat is ook een manier om iemand welkom te heten,' zei hij. 'Ik snak inderdaad naar koffie, maar dan toch liever in een kopje voor me op tafel.'

'Het spijt me verschrikkelijk,' had Connie gestameld. Het schaamrood was haar naar de wangen gestegen en ze voelde de ogen van iedereen in de lunchroom op zich gericht. 'Uiteraard vergoed ik de kosten van de stomerij en je koffie is van het huis.'

'Deze koffie?' had hij lachend gevraagd, wijzend naar de vlekken in zijn pak.

'Een nieuwe kop natuurlijk,' verduidelijkte ze. 'En alles wat je verder nog wilt bestellen,' voegde ze daar roekeloos aan toe.

'In plaats van je de stomerijrekening te geven, heb ik liever dat je met me uit eten gaat,' had Boris daarop gezegd.

Connie had geen seconde na hoeven denken. 'Maar dan betaal ik,' had ze alleen gezegd, iets waar hij lachend mee akkoord was gegaan, al was het met de toevoeging dat die regel alleen voor hun eerste etentje gold. Met de afspraak dat hij haar de dag erna na werktijd op zou komen halen bij de lunchroom, was hij weggegaan.

In die tussenliggende tijd had Connie al een hele romance om haar en Boris heen geweven. Sinds Jerry had ze geen vriend meer gehad en ze verlangde er hevig naar om weer exclusief bij iemand te horen. Hoewel ze dat aan niemand wilde bekennen, voelde ze zich vaak eenzaam. De overgang van de heerlijke tijd die zij, Jerry,

Arnoud en Judy met zijn vieren hadden beleefd naar de stilte van het kleine appartementje waar ze tegenwoordig woonde, was dan ook wel erg groot. En ook al was ze vaak bij Arnoud en Judy in de flat te vinden, waar ze zich altijd welkom wist, toch was het anders dan vroeger. Arnoud en Judy hoorden bij elkaar, zij stond daar los van. Hoe ze het ook wendde of keerde, in hun gezelschap was ze toch het vijfde wiel aan de wagen. Als ze een partner had, zou het evenwicht weer hersteld zijn. In gedachten had Connie die rol al aan Boris toebedeeld.

De tijd leek die dag te kruipen, maar eindelijk brak dan toch het moment aan waarop Connie de deur achter de laatste klant kon sluiten. Een blik op haar horloge vertelde haar dat ze nog een kwartier de tijd had voor Boris zou komen. Ze snelde het dames-toilet in, verwisselde haar shirt voor een blouse die ze die ochtend van huis mee had genomen, bracht wat make-up aan en borstel-de haar donkere haren tot ze glansden. Zo kon het er wel mee door, oordeelde ze met een keurende blik in de spiegel. Haar hart bonkte in haar keel van opwinding bij de gedachte aan wat haar mogelijk die avond te wachten stond.

'Connie, er is iemand voor je!' klonk Arnouds stem door de dich-te deur heen.

'Ik kom eraan!' riep ze terug. Ze haalde nog even diep adem voor ze de deur opende en de zaak in liep. Het kostte haar moeite om haar zenuwen in bedwang te houden.

Boris stond bij de counter met Arnoud te praten. Connies hart miste een slag bij die aanblik. Hij zag er nog aantrekkelijker uit dan ze zich herinnerde. Zijn felblauwe ogen namen haar met een snelle beweging op, ze kleurde toen ze zag dat hij goedkeurend knikte. Hij vond haar leuk, dacht ze tevreden bij zichzelf. Ze begroette hem met een, naar ze hoopte, nonchalante kus op zijn wang.

'Hoi, leuk dat je er bent,' probeerde ze losjes te zeggen. 'Ik vroeg me al af of je het niet vergeten zou zijn.'

'Een gratis etentje vergeten? Natuurlijk niet,' plaagde hij haar. 'Ik ben Nederlander, hoor. Ik sla nooit iets af wat ik aangeboden krijg.'

Hm, dat was niet bepaald het antwoord dat ze had geprobeerd aan hem te ontlokken. Connie had eigenlijk gehoopt dat Boris zou verklaren dat hij zich op hun afspraak verheugd had en dat hij die onmogelijk had kunnen vergeten omdat zij constant in zijn gedachten was geweest.

'Zijn jullie klaar? Dan kan ik afsluiten,' zei Arnoud. Hij liep met hen mee naar de buitendeur, draaide die zorgvuldig achter zich in het slot en schakelde het alarm in. Na ze een prettige avond gewenst te hebben, liep hij naar zijn auto.

'Aardig van je baas dat hij even heeft gewacht tot ik er was,' zei Boris waarderend. 'Hij had je ook op de stoep kunnen laten staan in afwachting van het moment dat je gehaald werd.'

Connie schoot in de lach. 'Arnoud is mijn baas niet, hij is mijn broer.'

'O. Je werkt dus voor je broer?' meende Boris te begrijpen.

'Niet helemaal. We zijn zakenpartners,' vertelde Connie. 'De lunchroom is van ons samen. Arnoud leidt de keuken en bakt alles zelf, verder zorgt hij voor de inkoop. Ik regel de gang van zaken aan de voorkant en doe de rest van de administratie.'

'Jij bent de eigenaresse van de zaak, tenminste gedeeltelijk? Goh, dat wist ik niet,' reageerde Boris verbaasd. 'Wat leuk. Je stijgt direct in mijn achting.'

'Wat is dat nou voor rare opmerking?' vroeg Connie met opgetrokken wenkbrauwen. 'Zou ik niet goed genoeg voor je zijn als ik slechts serveerster was geweest?'

'Natuurlijk wel. Anders was ik hier toch niet?' was Boris' logische weerwoord daarop. Hij sloeg zijn arm om haar schouder en leidde haar naar zijn wagen, die twee straten verder geparkeerd stond. 'Maar geef toe dat het nogal een verschil is: serveerster in een lunchroom of eigenares van een dergelijke zaak. Ik houd van vrouwen die ambitieus zijn en die iets willen bereiken in het leven. Het feit dat jij een eigen zaak hebt, al is het dan samen met je broer, zegt iets over hoe je bent en hoe je in het leven staat en dat bevalt me wel.'

Connie glimlachte gevleid. Aan zijn auto en zijn dure kleding te zien was Boris iemand die hoog op de maatschappelijke ladder stond en het was prettig dat zij zich niet de mindere van hem hoefde te voelen. Dankzij de bewondering van Boris groeide haar zelfvertrouwen.

Hoewel Connie het etentje zou betalen, koos Boris als vanzelfsprekend het restaurant uit. Trefzeker reed hij het centrum uit en uiteindelijk parkeerde hij zijn wagen voor een klein restaurantje in een stille straat. Het was de laatste straat die nog over was van een bijna geheel afgebroken wijk. Pal achter het restaurant rezen fier en ongenaakbaar de nieuwbouwflats omhoog.

'Geen alledaagse locatie, zo ver van het centrum af,' vond Connie terwijl ze uitstapte.

'Toch loopt deze zaak heel goed,' wist Boris. 'Vroeger was hier een winkelstraat achter en het winkelende publiek wist deze locatie wel te vinden. Ook nu de oude wijk afgebroken is, komen de mensen speciaal voor dit restaurant hierheen, want het eten is er voortreffelijk.'

'Je klinkt alsof je hier vaker komt.'

'Dit is mijn favoriete eetgelegenheid,' zei Boris. Hij wees naar één van de flats. 'Daar woon ik namelijk, dus dichterbij kom ik nergens terecht.' Hij nam Connie bij de arm en voerde haar mee naar binnen. Een gedienstige ober kwam onmiddellijk toesnellen om hun een tafel te wijzen.

'Zelf koken komt dus niet in jouw woordenboek voor?' informeerde Connie lachend nadat ze hun bestelling hadden gedaan.

'Niet echt, nee. Ik moet zeggen dat er zich een schitterende keuken in mijn flat bevindt, maar hij wordt heel weinig gebruikt,' bekende hij. 'Hooguit door mijn werkster als ze 's ochtends haar koffie klaarmaakt. Het ontbijt sla ik altijd over, lunchen doe ik in een broodjeszaak vlak bij mijn werk en mijn avondmaal nuttig ik óf buiten de deur, óf ik laat iets bezorgen.'

'Je bent dus niet echt een huiselijk type?'

'Toch wel, soms. Ik vind het geen straf om thuis te zijn, het komt er alleen niet zo vaak van. Mijn werk neemt het grootste gedeelte van mijn tijd in beslag en daarnaast heb ik natuurlijk ook mijn sociale leven. Wekelijks ga ik toch wel minstens twee keer naar de sportschool en ik houd ervan om in het weekend gezellig uit te gaan. Druk, druk, druk. Je kent dat vast wel.'

'Buiten mijn werk om heb ik eigenlijk weinig bezigheden,' zei Connie eerlijk. 'Ik woon nog niet zo lang alleen, daarvoor deelde ik een flat met Arnoud.'

'Je broer Arnoud?' Boris leek verbaasd. 'Dat klinkt als iets uit de vorige eeuw, een broer en zus die samenwonen.'

'Onze ouders zijn om het leven gekomen bij een vliegtuigongeluk toen ik achttien was en Arnoud twintig. Het was op dat moment niet meer dan logisch dat we samen woonruimte zochten. We hadden elkaar heel hard nodig.'

'Dan hebben jullie het wel lang uitgehouden met elkaar, als je nog niet zo lang op jezelf woont.'

'Arnoud ging trouwen, vandaar.' Connie trok met haar schouders. 'Voor die tijd was er geen enkele reden om verandering in de situatie aan te brengen. We hebben nooit last van elkaar gehad, om het zo maar te zeggen. Ook in onze vrije tijd waren we voortdurend met de zaak bezig. Op papier hebben we al een hele keten.' Ze lachte. 'Of dat er in de praktijk ooit van komt, is nog maar afwachten. Arnoud heeft nu een gezin, dus heel andere prioriteiten, al is hij wel druk bezig met besprekingen voor een tweede filiaal. Enfin, wat ik dus eigenlijk wilde zeggen is dat ik niet zo'n heel druk leven heb, want daar hadden we het over. Sinds Arnoud en Judy een zoontje hebben, ben ik vaak bij hen te vinden. Ik ben niet zo'n stapper.'

'Jammer. Misschien moet ik maar eens proberen daar verandering in te brengen.' Boris hief zijn glas naar Connie omhoog. 'Ik denk dat wij het heel goed kunnen vinden samen. Aanstaand weekend zal ik jou de geneugten van het uitgaansleven leren kennen.'

Het werd Connie warm om het hart. Ze sloeg snel haar ogen neer onder zijn peilende, doordringende blik. Haar wangen kleurden langzaam donkerrood. Hij zag dus inderdaad meer in haar dan slechts iemand van wie hij een etentje tegoed had, juichte ze stilletjes. Hij wilde, net zo graag als zij, de kennismaking voortzetten. Wat haar betrof was er allang geen twijfel meer. Ze was op slag reddeloos verliefd geworden op deze man.

HOOFDSTUK 4

Zo langzaam als de tijd die middag gegaan was, zo snel vloog hij nu voorbij. Connie en Boris zaten zo geanimeerd te praten dat ze allebei verbaasd opkeken bij de bescheiden mededeling van de ober dat de zaak op het punt van sluiten stond.

'Nu al?' liet Connie zich ontglippen. Ze schrok toen ze op haar horloge keek. Was het werkelijk al zo laat?

'Jammer dat de avond ten einde is,' zei Boris spijtig. 'Of zullen we nog ergens een afzakkertje nemen?' Hij keek haar vragend aan.

'Als je het niet te laat vindt,' probeerde Connie zo nonchalant mogelijk te zeggen. Het uur waarop ze normaal gesproken naar bed ging als ze de volgende dag moest werken, was al verstreken, maar de gedachte om afscheid te moeten nemen van Boris deed haar slaap op de vlucht slaan. Ze was trouwens helemaal niet moe. Ze voelde zich alsof ze vleugels had en nog heel lang door kon gaan.

'Ik ga nooit vroeg naar bed,' zei Boris. Hij hielp haar in haar jas en even later stonden ze buiten, enigszins huiverend in de koude wind. Connie dook diep weg in de kraag van haar jas. Het was officieel nog zomer, maar dat was aan de temperatuur niet te merken.

'Waar gaan we heen? Ik weet hier helemaal geen weg, dus ik lever me volledig aan jou over,' zei ze.

'Dat klinkt me als muziek in mijn oren,' plaagde Boris haar. 'Wat denk je ervan om naar mijn flat te gaan? Die is dichtbij en lekker warm. Bovendien heb ik een heerlijke witte wijn koud staan.'

'Prima,' stemde Connie daar mee in. De vlinders in haar buik voerden een wilde rondedans uit bij dit voorstel.

Ze was niet achterlijk en wist waar dergelijke uitnodigingen toe leidden, maar dat weerhield haar er zeker niet van om mee te gaan. Het was nog geen vijf minuten rijden van het restaurant naar de flat van Boris, minuten die Connie in een zalige roes doorbracht. Ze voelde zich heerlijk, zo naast Boris en in zijn gezelschap.

De flat was ruim, met een vierkante hal, drie grote kamers, een badkamer en een halfopen, ruim opgezette keuken. Connie nam alles op haar gemak in zich op terwijl Boris de beloofde wijn inschonk.

'Je keuken is inderdaad schitterend, zoals je al zei,' complimenteerde ze. 'Ik ben niet zo'n keukenprinses, maar hier zou ik me helemaal in uit kunnen leven. Dan zou ik zelfs echt koken in plaats van een maaltijd in de magnetron te schuiven en er een bak sla bij te eten. Hierbij vergeleken stelt het keukenblokje dat ik in mijn appartement heb, helemaal niets voor.'

'Kom je kookkunsten hier maar eens vertonen,' stelde Boris voor. 'Het lijkt me wel wat als ik uit mijn werk kom en er heerlijke etensgeuren mijn neus binnen dringen. Dat zal een totaal nieuwe ervaring voor me zijn.'

'Doe ik,' ging Connie daar enthousiast op in. Ze voelde zich steeds lichter en gelukkiger. Het begon er hard op te lijken dat haar vrijgezelle tijd achter haar lag. Boris vond haar net zo leuk als zij hem, dat had hij al een paar keer duidelijk laten merken. Niet voor niets had hij al een paar voorstellen richting de toekomst gedaan. Waarschijnlijk was hij in zijn dure flat net zo eenzaam als zij in haar kleine appartementje, dacht Connie bij zichzelf. Gelukkig hadden ze elkaar nu.

Ze dronk haar glas leeg en voelde de warmte van de alcohol bezit nemen van haar lichaam. Boris trok haar naast zich op zijn brede, leren bank en loom leunde Connie tegen hem aan. Die loomheid veranderde echter in opwinding op het moment dat zijn lippen de hare raakten. Ineens weer klaarwakker beantwoordde ze zijn zoen vol overgave.

'Je bent zo mooi,' fluisterde hij. Zijn wijsvinger volgde de lijn van haar hals naar beneden, om te eindigen bij haar borsten. Een zacht gekreun van Connie moedigde hem aan om verder te gaan.

Toen hij opstond en haar meenam naar zijn slaapkamer, aarzelde ze geen moment. Het kwam niet in haar op om hier niet in mee te gaan. Ze gaf zich in de uren daarna dan ook volledig aan Boris, zonder bedenkingen. Connie was alleen maar gelukkig vanwege het feit dat ze weer iemand gevonden had om haar leven mee te delen. Eindelijk was ze niet langer alleen.

Na zijn gesprek met Connie had Arnoud heel wat om over na te denken. Zijn zus had gelijk, moest hij toegeven. Hoewel hij dol-blij was dat hij, onverhoopt, toch nog vader was geworden, kwam alles wat Julian betrof op Judy's schouders neer. Zij deed hem in bad, zij verschoonde hem, zij gaf hem zijn voedingen en zij troostte hem als hij huilde. Niet dat Arnoud zijn aandeel niet wilde leveren, maar Judy had vanaf dag één alles naar zich toege-trokken, waardoor hij automatisch meer aan de zijlijn was komen te staan. Als dit zo zou blijven, werd hij straks in de rol gedwongen van de man die op zondag het vlees kwam snijden, dacht hij met galgenhumor bij zichzelf. Dat was niet wat hij wilde. Hij wilde een vader zijn die actief bij de opvoeding en de verzorging van zijn kind betrokken was, maar dan moest hij daar niet mee wachten tot Julian wat groter was. Daar moest hij nú meteen mee beginnen, besefte hij ineens helder.
Stiekem had hij het wel best gevonden dat Judy alles deed, want hij had het druk genoeg met zijn zaak en de plannen tot uitbrei-ding. Arnoud was eerlijk genoeg om dat aan zichzelf toe te geven, hij realiseerde zich echter ook dat hij het niet op deze manier wilde. Judy en hij moesten sámen hun gezin runnen. De tijd dat vaders alleen voor de inkomsten zorgden en moeders het huis-houden en de opvoeding van de kinderen ter hand namen, lag tenslotte ver achter hen. De taken moesten eerlijker verdeeld wor-den, te beginnen bij de dagelijkse verzorging van hun zoontje.
Bezield met de beste voornemens kwam hij die avond thuis. Judy was in de keuken bezig met het eten. Voor het eerst viel het hem

op dat ze donkere kringen onder haar ogen had en een uitgebluste indruk maakte. Hij voelde zich op slag schuldig.

'Slaapt Julian?' vroeg hij terwijl hij haar een zoen gaf.

Judy knikte. 'Gelukkig wel. Hij heeft de hele middag gehuild.
Uiteindelijk is hij in mijn armen in slaap gevallen en heb ik hem
voorzichtig in zijn bed gelegd. Gelukkig werd hij niet wakker.'

'Ga lekker even zitten, dan maak ik het eten wel af,' stelde
Arnoud voor. Hij duwde haar zachtjes richting huiskamer.

'Er hoeft niet veel meer aan gedaan te worden, behalve wachten
tot het gaar is. Ik zal de tafel even dekken. Hopelijk kunnen we
rustig eten, zonder dat Julian wakker wordt. Over een uur moet
hij weer een fles,' zei Judy met een jachtige blik op de klok.

'Jij gaat zitten, ik dek die tafel. En ik geef Julian straks ook zijn
voeding,' besliste Arnoud.

'Dat hoeft niet. Jij hebt de hele dag al gewerkt.'

'Alsof jij de hele dag niets hebt gedaan. Niet tegenstribbelen,
schat. Je bent hard aan een uurtje rust toe, zo te zien. Je bent zo
met Julian bezig dat je amper nog tijd hebt voor jezelf.'

'Het is wel vermoeiend, ja, zo'n baby,' gaf Judy aarzelend toe. 'Dat
is iets wat ik van tevoren niet goed heb ingeschat. Ik dacht altijd
dat baby's de hele dag slapen.'

'Zo niet onze zoon,' grijnsde Arnoud.

'Als hij maar niet zo veel huilde.' Vermoeid wreef Judy over haar
voorhoofd. 'Dat is wat me het meeste opbreekt. Je voelt je zo
machteloos als hij huilt en je niet weet waarom. Dan wil ik alles
wel doen om hem te troosten, maar niets helpt.' Ze voelde dat
haar onderlip begon te trillen en deed haar best om zichzelf te
vermannen. Het laatste dat ze wilde was zo'n zeurderig huismoe-
dertje worden, wat alleen maar liep te klagen. Het was voor
Arnoud ook niet prettig als hij uit zijn werk kwam en direct werd
overvallen met gezeur. 'Enfin, het is even niet anders,' zei ze dan
ook. Ze probeerde het luchtig te laten klinken. 'Ook deze periode zal wel voorbijgaan. Voor we het weten zit hij hele dagen op

school en drijft hij me op heel andere manieren tot wanhoop. Hoe was jouw dag?'

'We hadden het over Julian,' keerde Arnoud echter direct terug tot hun oorspronkelijke gespreksonderwerp. 'Er moet toch een reden zijn waarom hij zo veel huilt. Misschien moeten we eens met hem naar een dokter gaan.'

'Volgens het consultatiebureau is hij kerngezond. Hij huilt niet bovenmatig veel, zeggen ze daar. Een kind valt pas echt in de categorie huilbaby als hij minstens zestien uur per dag huilt, zonder dat er een reden voor aan te wijzen is. Julian huilt ongeveer tien uur per etmaal, denk ik. Dat klinkt alsof het niet veel is, maar ik vind het meer dan genoeg. De arts van het consultatiebureau denkt dat het vanzelf minder wordt als hij straks meer dingen zelf kan doen. Sommige baby's huilen veel omdat ze niet kunnen wat ze willen, zei ze. Misschien overdrijf ik het ook wel.' Moedeloos trok Judy met haar schouders. 'Ze zei ook dat het helemaal geen kwaad kan als ik hem eens gewoon laat huilen na zijn voeding en nadat hij verschoond is. Gewoon in bed leggen, dan valt hij vanzelf wel in slaap, was het advies. Maar ik kán hem niet laten liggen als hij zo krijst, dan word ik helemaal gek.'

'Je moet doen wat je hart je ingeeft,' meende Arnoud.

'Maar als ik het nu helemaal verkeerd aanpak? Ik weet het zelf af en toe niet meer.'

'Als je het maar uit liefde doet, kan het nooit helemaal fout gaan,' probeerde Arnoud haar gerust te stellen. 'Het enige wat je verkeerd doet, is dat je mij er te weinig in betrekt. Je laatste bezoek aan het consultatiebureau was vorige week, maar je vertelt me dit nu pas allemaal. Dit zijn dingen die ik ook graag wil weten, Judy.'

'Jij hebt het al zo druk.'

'Ik hoop het nooit zo druk te hebben dat ik mijn gezin verwaarloos. Het valt bij mij wat minder op omdat ik overdag niet thuis ben, maar Julians welzijn staat bij mij, net als bij jou, bovenaan. Het is niet de bedoeling dat jij in je eentje loopt te tobben omdat je mij er niet mee lastig wilt vallen.'

'Maar ik sta er ook grotendeels alleen voor,' weersprak Judy dat. 'Overdag ben je er niet en 's nachts hoor je hem niet. 's Avonds slaapt hij meestal, waarschijnlijk omdat hij dan moe is van een dag huilen. Het ligt nu eenmaal op mijn schouders, hoe je het ook wendt of keert.'

'Nee, het ligt op ónze schouders,' sprak Arnoud beslist. 'In praktische zin komt inderdaad het meeste op jou neer, maar dat houdt niet in dat je alle problemen verre van mij moet houden. We moeten hier samen doorheen. Om te beginnen ga jij zo lekker iets voor jezelf doen terwijl ik Julian verzorg. Ga lekker uitgebreid in bad, kijk een film of ga desnoods een uurtje slapen, wat je zelf wilt.'

'Er moet nog een was opgevouwen worden.'

'Die neem ik ook voor mijn rekening, anders rust je nog niet uit. Tijd voor jezelf moet je niet besteden aan het huishouden.'

Judy keek hem verbaasd aan. 'Wat is er ineens in jou gevaren? Gisteren liep je nog te mopperen omdat je lievelingsoverhemd niet gewassen was en beweerde je dat ik overdag tijd genoeg heb voor dat soort klussen omdat ik niet werk. Dit is wel een volslagen verandering daarbij vergeleken.'

'Laten we zeggen dat iemand me heeft ingefluisterd dat ik verkeerd bezig was,' zei Arnoud met een grijns op zijn gezicht.

'Connie,' begreep Judy onmiddellijk. 'Ik heb haar gezegd dat ze zich er niet mee moest bemoeien.'

'Ik ben blij dat ze het wel gedaan heeft, want ze heeft gelijk. Ze zei trouwens nog meer.' Arnoud aarzelde even, in gedachten zoekend naar de juiste woorden om dit precaire onderwerp aan te snijden. 'Volgens haar wil je me niet belasten met problemen betreffende Julian, omdat je je, onbewust, nog steeds schuldig voelt.'

'Onze psychologe van de koude grond,' zei Judy schamper.

'Heeft ze helemaal ongelijk?' Peilend keek Arnoud zijn vrouw aan.

Judy schokschouderde. 'Ze moet niet zo zeuren,' mompelde ze. Ze keek Arnoud echter niet aan. 'Natuurlijk voel ik me rot over wat er allemaal gebeurd is, dat lijkt me niet meer dan logisch, maar om dat nu zo uit te diepen? Sorry hoor, dat vind ik lichtelijk overdreven.'

'Volgens mij zit er wel een kern van waarheid in,' zei Arnoud rustig. 'Het is niet voor niets dat je mij wilt ontlasten en dat je me bijvoorbeeld 's nachts laat slapen als Julian huilt. Dat Julian geboren is, is jouw schuld, dus moet jij de lasten dragen, zo redeneer je blijkbaar in je onderbewustzijn. Maar dat is nergens voor nodig, Juud. Julian is van ons samen. Dat zeg ik niet omdat het zo hoort, maar omdat ik daar voor honderd procent achter sta. Dat is van het begin af aan al zo geweest. De manier waarop één en ander gegaan is verdient geen schoonheidsprijs, toch ben ik alleen maar blij dat hij er is. Julian is net zo goed mijn zoon als de jouwe, dus wil ik dat we samen door deze periode heen komen. Om te beginnen ga je me vanaf nu 's nachts wakker maken als hij huilt.'

'Wat heeft dat voor nut?' vroeg Judy zich hardop af. 'Ik kan toch niet doorslapen als hij huilt, dus dan lopen we samen de halve nacht op.'

'Juist, daar gaat het om. Sámen,' knikte Arnoud. 'Waarschijnlijk gaat Julian daar niet beter van slapen, maar in ieder geval is het voor jou een stuk gezelliger.'

'Je bent gek, weet je dat?' Judy lachte en huilde tegelijkertijd.

'Ja, op jou,' zei Arnoud daarop. Hij nam haar in zijn armen en kuste haar. Het was lang geleden dat ze samen zo gezeten hadden, realiseerde hij zich. Sinds de komst van Julian was Judy eigenlijk alleen nog maar moeder en hij kostwinner. Hij was blij dat Connie hem daarop gewezen had. Vóór alles moesten Judy en hij ervoor zorgen dat ze partners bleven. Dat was niet alleen voor henzelf, maar ook voor Julian belangrijk.

Het intieme moment werd verstoord door een kreet van Julian.

'Nu al?' Judy maakte zich los uit Arnouds armen. Ze schrok toen ze zag hoe laat het was. 'Het is al tijd voor zijn fles en wij hebben nog niet eens gegeten. We hebben onze tijd aardig zitten verpraten.'

'Het was geen verloren tijd,' zei Arnoud nuchter. 'Al vrees ik dat er van onze maaltijd weinig meer over is.' Hij liep naar de keuken en keek in de pannen. 'Totaal verpieterd,' was zijn conclusie. 'De aardappels zijn verkookt tot pap en die hamlappen zijn inmiddels geschikt om mijn schoenen mee te verzolen. Pizza dan maar? Of shoarma? Zeg maar waar je trek in hebt, dan bestel ik het.'

'Julian moet eerst eten.'

'Die geef ik zijn fles terwijl we op ons eten wachten. Het duurt toch minimaal een halfuur voor het gebracht wordt. Jij zou iets voor jezelf gaan doen, weet je nog?'

'Ik heb de papieren binnen voor die cursus creatief schrijven, ik denk dat ik die even door ga nemen,' nam Judy zich voor.

Terwijl Arnoud de shoarmazaak belde en hun bestelling doorgaf en daarna de verzorging van Julian op zich nam, installeerde zij zich achter haar bureau in een hoek van de ruime kamer. Het lukte haar echter niet om zich te concentreren op wat ze las. Haar ogen dwaalden voortdurend af naar Arnoud, die gekke gezichten tegen Julian trok in een poging hem aan het lachen te krijgen. Af en toe had hij succes en trok er een aandoenlijk, tandeloos lachje over Julians gezichtje.

Precies op het moment dat Arnoud de baby teruglegde in zijn bedje, werd hun eten bezorgd. Judy kwam tot de ontdekking dat er geen woord van de tekst die ze gelezen had, tot haar doorgedrongen was. Nou ja, morgen weer een dag, dacht ze zorgeloos terwijl ze de papieren opzijlegde.

Hun late avondmaal nuttigden ze kijkend naar een lange film, daarna was het alweer tijd voor Julians laatste voeding voor de nacht.

'Doet zo'n baby eigenlijk nog wel iets anders dan flessen leeg-drinken?' vroeg Arnoud zich af. 'Het hele ritueel is amper klaar of je kunt alweer van voren af aan beginnen met hem.'

'Zo'n kinderlijfje is net een fabriek. Je stopt er iets in en het komt er aan de andere kant in een andere vorm uit,' zei Judy. Met een vies gezicht keek ze naar de volle luier die Julian geproduceerd had. 'De geneugten van het ouderschap.'

Een halfuur later legden ze hem samen weer in bed. Hij viel onmiddellijk in slaap.

'Voor even,' wist Judy echter. 'Langer dan twee, drie uur zal het niet duren, als we mazzel hebben.'

'Als je me maar wakker maakt,' drong Arnoud aan.

Het duurde inderdaad niet lang voordat Julian weer van zich liet horen. Bij zijn eerste kik zat Judy al recht overeind in bed. Wat dat betrof leek het wel of ze een ingebouwd alarm had, dat onmiddellijk reageerde bij geluid uit de babykamer. De ijle kreetjes veranderden al snel in hevig gekrijs. Met een zucht gooi-de Judy het dekbed van zich af om op te staan. Arnoud snurkte vrolijk verder, zoals gewoonlijk. Zou ze hem toch maar niet laten liggen? Hij werkte hard en had zijn nachtrust echt wel nodig. Hij zou echter kwaad worden als ze hem nu niet riep, daar was hij duidelijk genoeg in geweest. Zacht schudde Judy dan ook aan zijn schouder, net zo lang tot Arnoud lodderig zijn ogen opende.

'Julian huilt.'

'Hè? O ja. Zal ik hem uit bed halen?'

'Je mag ook weer lekker gaan slapen als je wilt,' stelde Judy voor.

'Niks ervan. Ga jij maar slapen, ik neem hem wel bij me.'

Desondanks kwam Judy ook haar bed uit. Ze wist dat ze toch geen oog dicht kon doen zolang Julian niet stil was. Om de beurt liepen ze met Julian op hun arm door de donkere flat heen en weer, trachtend hun ontroostbare zoon tot bedaren te brengen. Arnoud zorgde ondertussen voor hete thee. Pas tegen de ochtend werd Julian rustig en kropen ze uitgeput hun bed in, om anderhalf uur later gewekt te worden door het doordringende gepiep van hun wekker.

'Dat ding is nog erger dan onze zoon,' bromde Arnoud. Met een welgemikte tik legde hij de wekker het zwijgen op.

'Als je Julian maar niet op deze manier stil probeert te krijgen,' hoopte Judy.

Met moeite stond ze op, even later zaten ze zwijgend, met dikke ogen van de slaap, tegenover elkaar aan de ontbijttafel. Plotseling schoot Arnoud in de lach.

'Kijk ons nou zitten. De jonge, stralend gelukkige ouders. We zijn te duf om normaal uit onze ogen te kijken.'

'We zijn tenminste sámen duf,' kon Judy niet laten hem te plagen.

'Zo is het maar net, schatje,' ging Arnoud daar serieus op in. 'Het hebben van een baby is niet alleen maar rozengeur en maneschijn, daar ben ik inmiddels wel achter. Toch heb ik nergens spijt van.'

Judy zwaaide hem even later vanachter het keukenraam uit toen hij naar zijn werk ging. Ondanks de half doorwaakte nacht die achter haar lag, voelde ze zich beter dan wekenlang het geval was geweest. Hun gesprek gisteravond had verhelderend gewerkt. Dit was eigenlijk de eerste keer dat ze zich door Arnoud serieus genomen had gevoeld als het om Julian ging. Op dat punt van haar gedachten aangekomen begon Julian te huilen. Moedeloos leunde ze even tegen het koele keukenraam aan. Daar gingen ze weer. Enfin, tussen Arnoud en haar was alles tenminste weer als vanouds. Beter zelfs. De eerste startmoeilijkheden waren voorbij, samen zouden ze voortaan hun schouders eronder zetten.

HOOFDSTUK 5

Na een zeer korte nachtrust viel het niet mee om wakker te worden. Terwijl het alarm van haar mobiele telefoon irritant door bleef piepen, kostte het Connie moeite om haar ogen te openen. 'Kan dat ding niet uit?' hoorde ze Boris naast zich mopperen. Hij trok het dekbed over zijn oren heen in een poging het geluid buiten te sluiten. 'Wat is het eigenlijk?'

'Mijn alarm, oftewel de wekker. Maar hij staat altijd extra vroeg, dus ik heb nog wel een kwartiertje voor ik er echt uit moet.' Ze zette haar telefoon uit en draaide zich naar Boris toe. Het was heerlijk om zijn warme lijf tegen het hare aan te voelen. Dit was een stuk prettiger dan in haar eentje wakker worden, dacht Connie opgewekt bij zichzelf. Ze kon haar geluk niet op omdat ze weer een vriend had gevonden na alle ellende. Dit was waar ze al die tijd naar verlangd had.

Toen ze eenmaal een relatie met Jerry had, besefte ze pas echt wat ze daarvoor gemist had, en sinds het uit was tussen hen wilde ze niets liever dan een nieuwe vriend om het gelukkige gevoel dat Jerry haar gegeven had terug te vinden. Nu was dat dus gelukt, eindelijk. De tijd van in haar eentje naar bed gaan, in haar eentje wakker worden en in haar eentje de stille uren 's avonds op moeten vullen, was voorbij. Ze legde haar arm over zijn buik heen en vlijde haar hoofd op zijn borst. Zijn hand gleed als vanzelfsprekend over haar schouder.

'Hè, heerlijk zo,' zei Connie genietend. 'Zo kan ik uren blijven liggen.'

'Dat zal Arnoud niet leuk vinden,' zei Boris nuchter. 'Ik trouwens ook niet, moet ik zeggen. Als ik eenmaal wakker ben, wil ik er ook meteen uit. Ik begrijp mensen niet die in bed blijven liggen als ze toch niet meer slapen.' Hij maakte zich van haar los en kwam overeind.

'Maar een bed is 's morgens nog zo lekker warm. Zo veel hebben we trouwens niet geslapen, ik zou best nog een paar uur mijn ogen dicht kunnen doen.'

'Wiens schuld is dat, dat je niet uitgerust bent?' Plagend hield hij zijn gezicht heel dicht bij het hare.

'Volgens mij toch echt de jouwe.' Snel gaf Connie hem een zoen. 'Ik ging alleen maar mee om iets te drinken, weet je nog? Je hebt me gewoonweg op slinkse wijze verleid.'

'Ik kan me niet herinneren dat je dat heel erg vond.'

'Niet echt, nee.' Lachend keek ze hem aan. 'Daar offer ik graag wat nachtrust voor op.'

'Je mag nog een kwartiertje blijven luieren, terwijl ik ga douchen,' beloofde Boris haar terwijl hij naar de badkamer liep.

Ze rolde zich nog even in het nog warme dekbed, maar nu Boris eruit was, had het bed alle aantrekkingskracht verloren voor Connie. Zachtjes voor zich uit zingend stapte ze eruit en begon haar kleren, die her en der door de slaapkamer verspreid lagen, te ordenen. Ze besloot om hier een douche te nemen en onderweg naar de zaak langs haar eigen woning te gaan om zich om te kleden. Tijd voor een ontbijt hoefde ze niet uit te trekken, want ze at 's ochtends altijd een broodje in de zaak. Daar was tenslotte alles vers voor handen. Arnoud begon altijd een uur vroeger dan Connie, zodat de vitrines gevuld waren met verse broodjes en gebak als de eerste klanten arriveerden.

'Jij hebt in ieder geval geen last van een ochtendhumeur,' complimenteerde Boris haar. Fris gewassen en met natte haren kwam hij de slaapkamer in.

'Waarom zou ik?' lachte Connie. 'Als er ooit een moment was waarop ik daar geen reden voor had, is het nu wel. Kan ik trouwens even douchen? Dan kleed ik me straks thuis wel om.'

'Ga je gang. Handdoeken liggen in die hoge kast,' wees Boris. 'Zal ik koffie maken?'

'Lekker.'

Genietend liet ze de warme waterstralen langs haar lichaam glij-

den. Haar humeur kon niet meer stuk na deze onverwachte ontwikkeling in haar leven. Als ze zich niet zeer bewust was geweest
van het feit dat ze ontzettend vals zong, zou ze nu in zingen uitbarsten. De kans was echter groot dat ze Boris dan voorgoed weg
zou jagen, grinnikte Connie in zichzelf, en dat was wel het laatste wat ze wilde. Ze vond het al jammer om voor de komende
uren afscheid van hem te moeten nemen.
Na een haastige kop koffie kon ze dat moment echter niet langer
uitstellen, al zou ze de wijzers van de grote klok aan zijn muur
graag willen bevriezen.
'Wanneer zie ik je weer?' vroeg ze terwijl ze haar gezicht naar
hem ophief voor een zoen. 'Ik ben op dezelfde tijd klaar als gisteren. Kom je me dan weer halen?'
'Vandaag, bedoel je?' Boris fronste zijn wenkbrauwen.
'Ja, natuurlijk vandaag.' Connie kietelde hem in zijn zij en lachte
om de manier waarop hij opzij sprong. 'Eens kijken of het ons de
komende nacht lukt om meer uren te slapen, al moet ik zeggen
dat ik dat ten zeerste betwijfel.'
'Ik heb vanavond een afspraak.'
'Wat jammer.' Ze stak haar teleurstelling niet onder stoelen of
banken. 'Ben je laat klaar? Kunnen we voor daarna nog afspre-
ken? Of samen eten misschien?'
'Het spijt me, Connie, dat gaat niet lukken,' zei Boris kortaf.
'Morgen dan?' drong ze aan. 'Geef me in ieder geval je telefoonnummer.'
'Ik heb voorlopig heel weinig tijd. Bedankt voor de leuke avond,
Connie. We zien elkaar wel weer eens.' Hij wilde haar een zoen
op haar wang geven, maar Connie deinsde achteruit. Haar ogen
stonden plotseling groot in haar witte, vertrokken gezicht.
'Wat bedoel je?' stamelde ze. 'Wil je niet... Doe je... Dump je me?'
Ze keek hem ongelovig aan.
'Het is niet zo dat we een vaste relatie hebben, dus dumpen zou
ik het niet willen noemen. Het was leuk, zoals ik al zei, maar ik

voel niet de behoefte om me aan je te binden.'

'Maar afgelopen nacht dan?'

Boris zuchtte diep. 'Ik heb een geweldige nacht gehad,' zei hij op geduldige toon, alsof hij tegen een klein kind sprak. 'Maar we leven toch niet meer in de tijd dat je onmiddellijk verloofd bent als je elkaar een zoen hebt gegeven. Ik wil me nog helemaal niet binden, het spijt me als ik je misschien wel die indruk heb gegeven.'

'Ik dacht dat je om me gaf.' Connie wilde niet huilen, maar ze kon niet verhinderen dat er tranen in haar ogen sprongen. De hele romance die ze om Boris en zichzelf heen geweven had, spatte uit elkaar als een zeepbel.

'Ik vind je een leuke meid.'

'En dat moet me troosten? Het betekende dus helemaal niets voor je, terwijl ik...' Connie stokte, ze kon haast niet meer uit haar woorden komen van ellende.

'Het is niet mijn schuld dat jij andere verwachtingen had na één avond en één nacht,' zei Boris nu geïrriteerd. 'Waarom horen vrouwen toch meteen de bruidsklokken luiden als je wat aandacht aan ze schenkt? Kunnen jullie het niet gewoon nemen zoals het komt, zonder een man onmiddellijk te claimen?'

'Misschien omdat mannen alle aanleiding geven om te denken dat er meer is,' beet Connie vinnig van zich af. 'Als je geen relatie wilt moet je geen vrouwen meelokken naar je flat.'

'Je stond er anders niet onwelwillend tegenover, je wilde maar al te graag. Zo vies ben je er dus zelf ook niet van,' zei Boris spottend. 'Eén ding weet ik zeker. Als ik ooit een vaste relatie begin, dan is het niet met een vrouw die zonder bedenkingen het bed induikt met een man die ze pas ontmoet heeft. Makkelijke types zoals jij zijn leuk voor een nachtje, niet voor altijd. Kunnen we nu gaan? Ik heb haast.'

Hij hield de deur demonstratief open en met het laatste restje trots dat ze bezat, liep Connie met fier opgeheven hoofd langs hem heen. Haar eigen auto stond nog bij de lunchroom, maar ze vertikte het om Boris nu om een lift te vragen. Zonder nog iets te zeggen liep ze de straat uit. Ze hoorde hem achter zich het portier van zijn wagen dichtgooien en de motor starten. Even later passeerde hij haar, maar ze wendde haar hoofd af. Ze wilde die schoft nooit meer zien!

Verblind door tranen liep ze verder, automatisch de weg naar haar huis nemend. Oog voor haar omgeving had ze niet. Af en toe botste ze tegen iemand aan en dan mompelde ze vaag een excuus. Een halfuur geleden was ze nog stralend gelukkig geweest, terwijl ze nu het gevoel had dat ze nooit meer zou kunnen lachen. Haar hart lag als een baksteen in haar borst. Ze was op slag verliefd geworden op Boris en zijn botte reactie was als een klap in haar gezicht gekomen. Dit had ze nooit verwacht na alle lieve woordjes die hij in haar oor had gefluisterd en de manier waarop hij haar bemind had.

Was ze dan werkelijk zo naïef dat ze het verschil niet zag tussen een man die verliefd was en een man die alleen maar uit was op een pleziertje? vroeg Connie zich vertwijfeld af. Ze was er van overtuigd geweest dat hij haar net zo leuk vond als zij hem. Er was ook niets in zijn gedrag of zijn woorden geweest dat van het tegendeel getuigde. Tot vanochtend dan. Zijn striemende woorden waren bijzonder hard aangekomen. Ze was gisteravond alleen maar met hem meegegaan omdat ze meende dat hij serieuze bedoelingen had. Als ze dit had kunnen voorzien had ze het nooit gedaan. Dan was ze niet eens met hem gaan eten, laat staan dat ze in was geweest voor de rest.

Ze was niet één van die makkelijke types waar hij zo laatdunkend over gesproken had. Integendeel. Nog nooit van haar leven had ze een *one night stand* gehad, daar had ze ook nooit de behoefte toe gevoeld. Pas één keer eerder was het voorgekomen dat ze na het eerste afspraakje bij een man was blijven slapen en dat was Jerry geweest, met wie ze daarna maandenlang een relatie had gehad. Jerry kende ze trouwens nog uit haar schooltijd. Ze had zelfs een paar maanden verkering met hem gehad toen, dus hij was geen vreemde voor haar geweest.

Erger nog dan het verdriet dat ze nu voelde, vond Connie de beledigingen van Boris aan haar adres. Dat bekoelde in ieder geval de verliefde gevoelens die ze voor hem had, maar het nam de pijn in haar hart niet weg. Ze voelde zich tot in het diepst van haar ziel vernederd door hem.

Ruim een uur later dan normaal arriveerde ze in de lunchroom. 'Waar bleef je nou?' viel Arnoud, gedreven door ongerustheid, uit. 'Ik heb je al een paar keer gebeld, maar ik kreeg steeds je voicemail.'

'Zeur niet,' zei Connie kort. Ze liep naar het kantoortje en verwisselde daar haar jas voor het schort dat ze altijd op de zaak droeg. Arnoud volgde haar.

'Je had op zijn minst even op kunnen nemen of zelf kunnen bellen om te melden dat je later zou zijn.'

'Niet aan gedacht. Ik heb trouwens helemaal geen telefoon gehoord.' Connie keek in haar tas en voelde in haar jaszakken, maar haar mobiel was nergens te vinden. In een flits herinnerde ze zich dat het ding op het nachtkastje had gelegen, waar hij zich waarschijnlijk nu nog bevond. Jammer dan. Ze was absoluut niet van plan om als een bedelend hondje bij Boris aan de deur te gaan staan om haar telefoon terug te vragen. Ze kocht wel een nieuwe, dacht ze grimmig.

'Connie, wat is er aan de hand?' vroeg Arnoud dringend. 'Is er iets vervelends gebeurd?'

'Een mislukt afspraakje,' antwoordde Connie summier.

'Het lijkt me stug dat er niet meer speelt.' Hij keek haar opmerkzaam aan, maar Connie draaide haar gezicht van hem af.

'Ik ga aan het werk,' zei ze afwerend.

De rest van de dag werkte ze keihard om te trachten de vernederende woorden van Boris, die in haar hoofd rond bleven spoken, te vergeten. Het hielp niet echt. Ondanks de drukte van die dag bleef het zeuren in haar hersens. Niet alleen de klank van zijn stem, maar ook de uitdrukking op zijn gezicht stond haar nog helder voor ogen. De minachtende manier waarop hij haar bekeken had. Alsof ze een smerig insect was. Zo voelde ze zich zo langzamerhand ook.

Stug werkte ze door. De aantrekkelijke man die koffie bestelde en haar waarderend opnam, zag ze niet eens. Pas toen Judy in het begin van de middag aan de counter verscheen, met Julian in zijn kinderwagen, klaarde haar gezicht op. Judy was de enige met wie ze over deze ervaring kon praten, wist ze. Arnoud was een man, die zou waarschijnlijk minder begrip voor haar gevoelens op kunnen brengen.

'Is je afspraak met Boris niet verlopen zoals je verwacht had?' informeerde Judy zodra Connie zich even vrij kon maken. Ze streken neer aan een tafeltje in de hoek, waarvandaan Connie een goed overzicht op de zaak had. Indien nodig kon ze dan meteen inspringen, maar op dat moment was het rustig, zodat Kelly en Mariska het wel even samen afkonden.

'Hoe weet jij dat?' vroeg Connie verbaasd. 'Arnoud heeft je natuurlijk gebeld,' gaf ze toen zelf het antwoord al. Met een gebaar vol weerzin schoof ze haar koffiebeker opzij. 'Die eeuwige bemoeizucht van jullie gaat me weleens de keel uithangen. Vond hij het nou echt nodig om direct aan de telefoon te hangen om zich te beklagen dat ik te laat was?'

'Hij maakt zich ongerust over je,' wees Judy haar terecht. 'Trouwens, over bemoeizucht gesproken: wie heeft er ook al weer met Arnoud gepraat terwijl ik juist gevraagd had om het niet te doen?' Ze keek haar schoonzus triomfantelijk aan.

'Ik,' gaf die zich gewonnen. 'Had het effect?'

'We begrijpen elkaar nu beter, ja.' Judy grijnsde. 'Zijn de wallen onder Arnouds ogen je niet opgevallen? We zijn er vannacht samen uitgegaan voor Julian, want dat vond hij gezelliger voor mij.'

'Daar zal hij vast snel spijt van krijgen,' lachte Connie met haar mee. 'Als er iets is waar Arnoud niet tegen kan, dan is het wel te weinig slaap. Daar had hij vroeger al last van.'

'Van mij hoeft hij ook geen halve nachten rond te lopen, maar hij wilde het zelf. En ik moet zeggen dat het wel erg prettig was. Gezellig zelfs, ondanks het gebrul van deze jongeman.' Ze gebaarde met haar hoofd naar de kinderwagen.

'Ach, hij is zo lief,' zei Connie vertederd.

'Nu wel, ja, maar ik vrees dat het niet zo lang duurt. Tijdens de wandeling hierheen is hij in slaap gevallen, dus ik heb me ter plekke voorgenomen om voortaan iedere dag een uurtje met hem te gaan lopen. Is meteen goed voor mezelf, want er mogen nog wel de nodige zwangerschapskilootjes af. Nou, vertel. Hoe is het met die Boris gegaan?'

'Een ramp,' vertelde Connie somber. 'Tenminste vanochtend.'

'Je bent vannacht bij hem gebleven,' concludeerde Judy daaruit. Connie knikte. 'Het klikte tussen ons, we hebben het heel erg leuk gehad. Tot ik hem vanochtend vroeg wanneer ik hem weer zou zien.'

'O jee.' Judy zag de bui al helemaal hangen. 'Je bent zachtjes aan de kant gezet?'

'Wás het maar zachtjes.' Connie trok een grimas, maar ze kon de pijn in haar ogen niet voor haar vriendin verbergen. 'Hij was op zijn zachtst gezegd behoorlijk beledigend.' Ze vertelde nu precies wat er voorgevallen was tussen Boris en haar.

Judy was oprecht verontwaardigd. 'Wat een kwal, zeg. Wees maar blij dat je daar vanaf bent. Zulk soort mannen kun je missen als kiespijn. Daar moet je geen traan om laten, hoor.'

'Dat klinkt makkelijker dan het is,' zei Connie met een scheve grijns. 'Natuurlijk is het een griezel, maar ik vond hem echt heel erg leuk. Zijn reactie vanochtend was een behoorlijke desillusie.'

'Je had al hele toekomstfantasieën om hem heen geweven,' begreep Judy, die Connie inmiddels wel kende.

Connie knikte somber. 'Ja, stom hè? Dat schijn ik maar niet af te kunnen leren. Bij iedere leuke man die ik tegenkom zie ik me in gedachten al met hem getrouwd en zorg ik voor onze kinderen. Ik weet dat het nergens op slaat, dat hoef je me heus niet te vertellen.'

'Ik was niet van plan om daar iets over te zeggen. Je verlangt naar een gezin, niemand die je dat kwalijk kan nemen.' Hartelijk drukte Judy even de hand van haar schoonzusje.

Connie rolde met haar ogen. 'Zo langzamerhand word ik zo'n wanhopige oude vrijster, die bij iedere ontmoeting met een man de bruidsklokken al hoort luiden.'

Judy schoot in de lach. 'Het zal wel meevallen met je. Types als deze Boris zijn er in overvloed en misschien zul je nog weleens je neus stoten, maar vergeet niet dat er ook genoeg leuke, betrouwbare mannen rondlopen, die niet meteen gillend wegrennen bij het idee om zich te binden.'

'Jammer dat ik die nooit tegenkom dan. Jerry was ook zo. Hij verpakte het wat subtieler dan Boris, maar ook hij had last van bindingsangst,' merkte Connie somber op.

'Ooit kom je de ware wel tegen,' sprak Judy bemoedigend.

Julian werd wakker en ze tilde hem uit de kinderwagen. De baby begon meteen hard te huilen.

'Het is tijd voor zijn voeding. Kan zijn fles even in de magnetron?'

Connie haastte zich om het gevraagde uit te voeren. Het gebrul van Julian ging echt door merg en been. Voor het eerst drong het tot haar door dat Judy het helemaal niet zo makkelijk had in haar nieuwe leven als moeder. Julian was niet bepaald een makkelijke, rustige baby. Gelukkig begon Julian meteen driftig te drinken zodra hij de speen van zijn fles in zijn mondje kreeg en verstomde zijn gegil. Met grote ogen keek hij om zich heen tijdens het nuttigen van zijn vloeibare maaltijd.

'Dankjewel,' zei Connie ineens.

Verbaasd keek Judy op. 'Waarvoor?'

'Omdat je niet onmiddellijk met een oordeel klaarstond en me ook niet probeerde te overtuigen van het feit dat het hebben van een kind helemaal niet zaligmakend is.'

'Ik neem aan dat jij realistisch genoeg bent om die conclusie zelf te trekken,' meende Judy kalm. 'Niéts in dit leven is trouwens zaligmakend, maar ik zou mijn knulletje voor al het geld van de wereld niet meer kwijt willen, al drijft hij me af en toe tot wanhoop. De liefde voor je kind is onvoorwaardelijk.'

Dat was nu precies wat haar zo aantrok in een eigen gezin, besefte Connie in gedachten. Onvoorwaardelijke liefde. Dezelfde liefde die zij vroeger ervaren had toen hun ouders nog leefden. Bij hun dood was dat weggevallen. De band tussen Arnoud en haar was sindsdien bijzonder hecht geworden, toch was het niet hetzelfde als de liefde tussen ouders en kinderen. Ze wilde niets liever dan dat gevoel weer terug krijgen. Een moeder was de belangrijkste persoon in het leven van een kind en het leek haar heerlijk om die rol te vervullen. Het moest een enorme voldoening geven, dacht ze.

Diezelfde avond toog ze na haar werk naar het kerkhof, naar het graf van hun ouders. Hoewel het inmiddels bijna acht jaar geleden was dat ze verongelukt waren, ging Connie daar nog steeds regelmatig heen. Liefdevol verzorgde ze de planten op het graf en ze zorgde er altijd voor dat het er netjes uitzag. Ondertussen praatte ze tegen haar ouders alsof ze naast haar in de kamer zaten. Of ze nu gelukkig of verdrietig was, hier kon ze haar gevoelens altijd kwijt.

Nadat ze haar hart had uitgestort, voelde ze zich al een stuk beter. Die Boris kon het dak op, dacht ze grimmig bij zichzelf. Het was jammer dat hun avondje uit op deze manier afgelopen was, maar zijn gedrag weerhield haar er toch echt niet van om haar zoektocht naar de ware Jacob voort te zetten. Ergens op deze wereld moest er toch een man rondlopen die dezelfde idealen en verlangens koesterde als zij?

HOOFDSTUK 6

Waar kwam dat irritante geluid toch vandaan? Als van heel ver drong het Judy's hoofd binnen en het kostte haar moeite om het te plaatsen. Pas toen ze haar ogen opende en verdwaasd om zich heen keek in haar huiskamer, realiseerde ze zich wat er aan de hand was. Julian huilde. Natuurlijk. Met moeite kwam ze overeind van de bank. Ze was even in slaap gevallen, realiseerde ze zich. In een zeer ongemakkelijke houding, waardoor al haar spieren pijnlijk aanvoelden.

Te moe om direct te reageren, bleef ze nog even verdoofd zitten. Haar hoofd voelde aan alsof het gevuld was met bakstenen en haar ogen wilden niets liever dan zich weer sluiten. Het doordringende gekrijs uit de babykamer verhinderde dat echter. Met trillende benen en het gevoel alsof ze ieder moment om kon vallen, stond Judy op. Ongelovig zag ze op de klok dat Julian pas een halfuurtje in bed lag. Hij kon onmogelijk al honger hebben. Zelf had ze van de rust in huis gebruikgemaakt om even op haar gemak een kop koffie te drinken en een tijdschrift door te bladeren. Het kon nooit langer dan tien minuten geleden zijn geweest dat ze in slaap was gesukkeld, geen wonder dat ze zich zo lamgeslagen voelde. Van dergelijke korte hazenslaapjes raakte een mens niet echt uitgerust.

Bijna slaapwandelend liep ze naar de babykamer. Het advies van het consultatiebureau om Julian te laten huilen als hij geen honger en geen vieze luier had, schoot door haar hoofd heen, maar ze kon het niet over haar hart verkrijgen om haar zoontje te laten brullen. Hij huilde niet voor niets, redeneerde ze. Er moest iets zijn waardoor hij zich niet prettig voelde, iets waardoor hij niet lekker kon slapen. Wat dat iets was, had nog niemand haar kunnen vertellen, toch probeerde ze altijd alles om hem te kalmeren. Ze tilde Julian uit zijn bedje en drukte hem tegen haar lichaam aan, hem ondertussen zacht heen en weer wiegend. 'Wat is er dan, ventje? Kun je niet slapen?' fluisterde ze. Ze legde hem op de commode en controleerde zijn luier, maar die was schoon. Ondanks dat hij nog geen uur geleden gegeten had, maakte ze toch een fles klaar. Hij kon tenslotte honger hebben. Julian draaide echter zijn hoofdje af toen ze probeerde de speen in zijn mondje te doen en huilde onverminderd verder. Misschien zat er nog een boertje dwars. Judy legde hem tegen haar schouder en klopte zachtjes op zijn ruggetje. Julian huilde verder. Ze zuchtte diep. Gisteren was hij betrekkelijk rustig geweest en gistermiddag had hij zelfs drie uur achter elkaar geslapen, zodat ze goede hoop had gehad dat zijn oeverloze huilbuien tot het verleden zouden gaan behoren. Vandaag was het echter weer helemaal mis. Alles bij elkaar had hij nog geen uur geslapen vandaag. En dat hij niet sliep was nog niet het ergste, maar als hij wakker was huilde hij ook. Van haar dromen over een wakkere, vrolijke baby die lief met zijn speeltjes in de box bezig was, was nog niets uitgekomen. Sussende woordjes prevelend liep Judy met Julian in haar armen heen en weer door de flat. Na een kwartier werd hij wat rustiger en herinnerden alleen enkele heftige snikken nog aan zijn huilbui, maar zodra ze een poging deed om hem weer in zijn bedje te leggen, begon hij weer. De afwas van die ochtend stond nog op het aanrecht, de vloer schreeuwde om een behandeling met de stofzuiger en de wasmand puilde uit, maar Judy kwam nergens aan toe.

Ten einde raad trok ze hem een jasje aan en legde hem in de kinderwagen. Hoewel het buiten guur was en de regen af en toe met vlagen tegen de ruiten striemde, besloot ze toch met hem te gaan wandelen. Dat had de vorige keer ook goed geholpen, herinnerde ze zich. Voor Julian had ze een plastic regenhoes die om de kinderwagen heen gespannen werd, dat zijzelf nat zou worden was niet zo erg. Dan werd haar hoofd misschien weer een beetje helder, want dat voelde nog steeds loodzwaar aan.

De wandeling deed haar inderdaad goed, niet in het minst omdat

Julian na een paar minuten zijn gehuil staakte en met grote ogen om zich heen keek naar alles wat zich op straat afspeelde. Misschien verveelde hij zich wel gewoon in zijn bed, dacht Judy. Sommige kinderen hadden nu eenmaal meer prikkels nodig en waarschijnlijk was Julian er daar één van. Ze hoopte het, want dat zou in ieder geval betekenen dat het huilen minder zou worden naarmate hij meer zelf kon doen. Tot het zover was, moest ze hem dan maar zo veel mogelijk bezig houden. Dit wandelen scheen hem in ieder geval uitstekend te bevallen. Hij kraaide af en toe zelfs van plezier en zijn armpjes zwaaiden vrolijk heen en weer. De stevige wind die er stond, waaide haar hoofd lekker leeg, zodat Judy zich een stuk beter voelde. Na een halfuurtje sloeg de moeheid echter weer toe, bovendien begon ze haar benen te voelen. Toch wandelde ze stug door. Alles was beter dan een huilende Julian. Pas toen hij in slaap was gevallen, na ruim een uur lopen, duwde ze de kinderwagen richting flat.

Eenmaal thuis aangekomen liet ze hem in de wagen in het halletje liggen en sloop zelf op haar tenen de huiskamer in. Eigenlijk moest ze van de gelegenheid gebruikmaken om wat huishoudelijke klussen te doen, maar ze was bang dat Julian weer wakker zou worden als ze nu lawaai zou maken, dus stofzuigen of de wasmachine aanzetten was zeker geen optie. Afwassen ook niet, want de keuken was naast het halletje en geruisloos afwassen ging nu eenmaal niet. Judy durfde zelfs de tv niet aan te zetten. Het duurde nog ongeveer anderhalf uur tot zijn volgende voeding, zag ze. Ze besloot haar studieboeken erbij te pakken en eindelijk eens aan haar cursus te gaan beginnen. Verder dan het lezen van de inleidende tekst was ze tot nu toe nog steeds niet gekomen.

Ze kreeg precies twintig minuten de tijd om zich in haar lesstof te verdiepen. Net toen ze aanstalten maakte om aan haar eerste opdracht te beginnen, hoorde ze de eerste geluidjes vanuit de kinderwagen. Moedeloos sloot ze haar ogen. Niet alweer! Het constante huilen begon haar aardig op te breken zo langzamerhand. Ze kwam nergens meer toe. De flat veranderde langzaam maar zeker in een stoffige, ongezellige woning, de was en het strijkgoed stapelden zich op, haar cursus bleef liggen, en wat persoonlijke verzorging betrof redde ze het net om iedere dag snel te douchen, maar daar bleef het verder bij. Misschien moest ze eens een paar goede oordoppen aanschaffen, zodat ze hem niet hoorde, overwoog ze terwijl ze opstond om Julian uit de kinderwagen te halen. Tegelijkertijd wist ze dat iets dergelijks geen enkel nut zou hebben. De wetenschap dat hij huilde was voor haar al genoeg om alles uit de kast te trekken in een poging hem rustig te krijgen. Ze had er alles voor over om haar zoontje te troosten, ondanks dat ze van anderen steeds vaker te horen kreeg dat ze hem verwende. Volgens haar was dat onzin. Een baby huilde omdat hij zich niet prettig voelde, om welke reden dan ook. Het was haar taak als moeder om dat onprettige gevoel weg te nemen, in ieder geval om dat te proberen. Onvermoeibaar bleef ze daarom proberen het Julian naar de zin te maken, gedreven door haar liefde voor dat kleine mannetje. Daar mankeerde in ieder geval niets aan. Haar geduld naar Julian toe was onuitputtelijk. Nog niet één keer had ze haar stem naar hem verheven, hoewel ze af en toe stapelgek werd van zijn gehuil.

Vlak nadat ze Julian na zijn fles en een schone luier in bed had gelegd, waar hij, moe gehuild, direct in slaap viel, kwam Arnoud thuis.

'Wat een heerlijke rust hier,' zei hij terwijl hij haar een zoen gaf.

'Dat zou je een uur geleden niet gezegd hebben,' reageerde Judy cynisch. 'Julian had het vandaag weer behoorlijk op zijn heupen. Hij heeft amper geslapen en des te meer gehuild.'

'Ja, huilen hoort er nu eenmaal bij, daar is hij baby voor,' was Arnouds lauwe reactie. Hij ging zitten en legde zijn voeten op de lage salontafel. 'Ik ben doodmoe. Wat eten we?'

'Geen idee, zover was ik nog niet. Julian ligt nog maar net op bed.'

'Je hebt toch wel boodschappen gedaan, mag ik aannemen?'
'Er is genoeg in huis, dat is het probleem niet. Ik heb alleen nog geen tijd gehad om te bedenken wat we gaan eten en om de voorbereidingen te treffen. Ik kijk zo wel in de vriezer wat er precies is.'
Arnoud fronste zijn wenkbrauwen. 'Het is al enige tijd geleden dat je een verse maaltijd klaar hebt gemaakt.'
'Als het je niet bevalt, ga je zelf die keuken maar in,' zei Judy kortaf.
'Wat is dat nou voor onzin? Ik heb de hele dag gewerkt, als ik 's avonds thuiskom, ben ik blij als ik even kan gaan zitten,' merkte Arnoud wrevelig op.
'Dat geldt dan voor ons allebei. Het feit dat ik 's morgens de deur niet uit hoef om naar mijn werk te gaan, betekent niet dat ik niets doe de hele dag.'
Hij liet een kort, spottend lachje horen. 'Een beetje voor een baby zorgen en af en toe een stofdoek over de meubels halen. En dat laatste heb je al een tijdje niet gedaan, zo te zien. Nou, nou, wat heb je het zwaar. Zullen we ruilen?'
'Man, dat houd je nog geen week vol,' zei Judy vinnig. Ze werd echt kwaad bij zijn denigrerende opmerkingen. Arnoud had er geen flauw idee van hoe haar dagen eruitzagen, dat was wel duidelijk.
'Je stelt je aan,' zei hij kil. 'Er zijn duizenden vrouwen met baby's en de meesten draaien hun hand er niet voor om. Een groot aantal daarvan heeft er zelfs nog een baan naast terwijl jij de hele dag thuiszit en niks anders omhanden hebt. Neem me vooral niet kwalijk dat ik dus geen begrip toon als er 's avonds geen maaltijd klaarstaat.' Dat laatste voegde hij er sarcastisch aan toe.
'Vent, barst!' viel Judy heftig uit. 'Voordat je commentaar levert moet je zelf eens een paar weken vakantie nemen en doen wat ik op een dag doe. Eerder heb je geen enkel recht van spreken.'
Arnoud haalde met een geringschattend gebaar zijn schouders

op. 'Ik heb geen tijd voor vakantie,' zei hij, extra nadruk op het woordje 'ik' leggend. 'Met een eigen zaak kun je je dergelijke kuren niet veroorloven, dan moet je gewoon aanpakken.'

Judy stond op, ze had schoon genoeg van deze zinloze discussie. Haar hoofd tolde van moeheid, ze had zelfs geen fut voor een flinke ruzie, iets wat ze normaal gesproken echt niet uit de weg ging als ze zich onheus behandeld voelde.

'Als jij het allemaal zo goed weet, ga dan je gang maar,' zei ze koeltjes. 'In de keuken vind je vast wel iets te eten, de stofzuiger staat in de gangkast en schoonmaakspullen staan in het gootsteenkastje. Julian moet over ongeveer anderhalf uur zijn fles hebben.'

'Hoezo? Wat bedoel je?' vroeg Arnoud van zijn stuk gebracht. Verbaasd keek hij toe hoe ze haar jas aantrok en haar tas pakte. 'Wat ga je doen?'

'Weg,' was het kalme antwoord. 'Hier ben ik blijkbaar overbodig.'

'Wat een onzin,' protesteerde Arnoud. Hij probeerde haar tegen te houden, maar Judy trok met een ruk haar arm los en liep richting buitendeur. 'Judy, doe niet zo raar.'

'Raar?' Ze keerde zich naar hem toe, er lag een ondoorgrondelijke blik in haar ogen.

'We kunnen er toch over praten?'

'Je bedoelt dat ik moet luisteren hoe jij me de grond in boort? Nee, dank je, dat is wel het laatste waar ik behoefte aan heb. Bekijk het maar.'

'Maar waar ga je dan naartoe?'

'Dat gaat je niets aan. Volgens jou doe ik toch niets nuttigs.' Zonder nog een keer om te kijken stapte ze de galerij op en trok de buitendeur achter zich dicht. Bijna rennend liep ze in de richting van de hal, waar de liften zich bevonden. Ze was bang dat Arnoud achter haar aan zou komen en het op een fikse ruzie uit zou draaien, dus ze wilde zo snel mogelijk weg. Ze gunde zichzelf niet eens de tijd om op de lift te wachten, maar nam de vijf trappen naar beneden. Even later stond ze hijgend op het parkeerterrein. Automatisch stapte ze in hun auto en reed weg, zonder zelf precies te weten waarheen. Door haar rammelende maag kwam ze tot de ontdekking dat ze sinds haar ontbijt niets meer gegeten had, dus reed ze in de richting van het winkelcentrum, waar ze een snackbar wist. Gezeten in de auto at ze een bakje patat en een kroket. Echt smaken deed het haar niet, toch voelde ze zich iets beter toen ze eenmaal iets in haar maag had. Ze zou naar Connie gaan, besloot ze. Haar vriendin was de enige met wie ze dit soort perikelen kon bespreken en ze had er behoefte aan om even haar hart te luchten. Arnoud had haar behoorlijk gekwetst met zijn laatdunkende houding.

Op haar bellen werd echter niet opengedaan. Moedeloos stapte Judy opnieuw in de auto. Wat nu? Er waren niet veel mensen bij wie ze onaangekondigd langs kon gaan en ze zag het niet zitten om nu al met hangende pootjes terug naar huis te keren. Ze voelde zich nog steeds behoorlijk opgefokt en niet in staat om een rustig gesprek met Arnoud te voeren, na alles wat hij haar voor de voeten had gegooid. Eén verkeerde opmerking van hem en ze zou in woede uitbarsten, wist ze.

Doelloos stuurde ze de wagen door de stad heen, tot Judy bemerkte dat ze zich in de wijk bevond waar Marsha woonde. Dan zou ze haar zus maar eens met een bezoekje vereren, besloot ze. Met Marsha kon ze weliswaar niet zo goed praten als met Connie, maar het gezelschap van haar zus was in ieder geval stukken beter dan dit eenzame rondjes rijden. Mits Marsha thuis was uiteraard. Judy wist dat ze een drukbezet leven had en weinig tijd in haar woning doorbracht. Zonder veel hoop drukte ze dan ook op de bel, maar tot haar verrassing werd de deur bijna onmiddellijk geopend.

'Hoi zus,' zei Judy nonchalant, alsof het de normaalste zaak van de wereld was dat ze zomaar even langskwam, hoewel ze maar heel weinig contact met elkaar hadden. 'Ik was in de buurt en dacht dat het wel gezellig zou zijn om een bak koffie bij je te halen.'

'Je was in de buurt?' herhaalde Marsha fronsend. 'Wat moet jij hier nou doen? Zit jij om deze tijd normaal gesproken niet thuis bij je man en je kind?'

'Meestal wel, ja, maar ik zit niet aan huis en haard vastgebakken, hoor. Soms ga ik zelfs weleens ergens naar toe.' Ze lachte gemaakt.

Marsha keek haar onderzoekend aan. Ook al zagen ze elkaar niet veel, ze kende haar zus langer dan vandaag. 'Je hebt ruzie met Arnoud en bent hem even ontvlucht,' trok ze haar conclusie.

Judy zuchtte. 'Je hebt me door,' gaf ze toe. 'Heb je koffie of kom ik ongelegen? Zeg het maar eerlijk, als het je niet uitkomt ben ik meteen weer weg.'

'Ik heb geen afspraak vanavond, dus je hebt mazzel.' Marsha liet haar binnen en liep meteen door naar de keuken om de gevraagde koffie in te schenken. 'Valt het huwelijkse leven en het moederschap een beetje tegen in de praktijk?' informeerde ze.

'Meestal niet, soms wel. Julian is niet de meest makkelijke baby om te hebben, maar volgens Arnoud overdrijf ik als ik dat zeg.' Hoewel ze het niet van plan was geweest, gooide Judy toch alles eruit wat haar dwarszat, ook wat er die avond gebeurd was. 'Ik was woedend,' eindigde ze haar verhaal.

'Daar kan ik me iets bij voorstellen, ja. Alleen was ik in dit geval niet weggelopen, maar had ik het aan laten komen op een flinke ruzie. Onweer zuivert de lucht,' beweerde Marsha.

'Daar had ik geen moed meer voor. Hoe is het trouwens met jou op het gebied van de liefde?' veranderde Judy haastig van onderwerp. Ze had geen zin om constant over haar eigen besognes te praten.

'Lekker rustig,' grinnikte Marsha. 'Ik heb pas een vriend gehad, maar hij bleek bij lange na niet zo leuk te zijn als ik verwacht had, dus ik heb hem snel weer geloosd.'

'Misschien stel jij je eisen wel te hoog.'

'Die kunnen nooit hoog genoeg zijn. Een man moet een leuke aanvulling op mijn leven zijn, geen doel op zich. Ik wil niet vast komen te zitten aan iemand waar ik voortdurend rekening mee moet houden omdat hij zich anders op zijn teentjes getrapt voelt. Sowieso ben ik niet op zoek naar een partner om mee samen te wonen of te trouwen. Een leuke relatie vind ik prima, maar dan wel allebei ons eigen huis.'

'Jij hebt genoeg aan je werk,' begreep Judy.

'Dat slokt me in ieder geval behoorlijk op, ja. Ik zou ook niet anders willen, een leuke, goede baan is heel belangrijk voor een mens. Ik begrijp dan ook niet goed waarom jij je baan hebt opgezegd na de geboorte van Julian. Straks is hij volwassen, het huis uit en dan heb je niets meer om op terug te vallen.'

'Nu loop je wel heel ver op de zaken vooruit,' lachte Judy. 'Het is overigens niet mijn bedoeling om alleen maar huisvrouw en moeder te zijn, alleen wil ik zeker het eerste jaar zijn verzorging niet aan een ander overlaten. Ondertussen doe ik een cursus journalistiek om mezelf te ontplooien en om straks werk in die richting te zoeken.' Ze verzweeg dat ze nog niet eens haar eerste les had afgerond omdat Julian haar weinig kans gaf om iets te doen. Ze wilde niet alleen maar over haar problemen praten, ze probeerde juist om dat even van zich af te zetten. Dat lukte trouwens wonderwel. De twee zussen praatten over koetjes en kalfjes en haalden herinneringen op uit hun jeugd, zodat het zowaar een gezellige avond werd. Eigenlijk was het heerlijk om een avondje uit huis te zijn en de zorg voor Julian een paar uurtjes niet te voelen, ontdekte Judy. Dat moest ze vaker doen. Arnoud kon best af en toe een avond op hun zoon passen terwijl zij iets leuk ging doen met Marsha of met Connie, dan kon ze haar batterij weer even opladen.

Aldus gesterkt en zich een stuk beter voelend, toog ze aan het eind van de avond dan ook weer naar huis. Ondanks alles zou ze niet met haar zus willen ruilen, realiseerde ze zich onderweg. Ze was veel te gek op Arnoud en Julian en wilde zeker niet meer terug naar haar leven van pakweg anderhalf jaar geleden. Het was alleen allemaal zo snel en op zo'n rare manier gegaan en dat brak hen weleens op. Het was warempel geen wonder dat er weleens strubbelingen waren tussen hen. Ieder jong gezin zou daar wel last van hebben, want het krijgen van een kind had nu eenmaal een enorme impact op een relatie. Zeker in hun geval. Bovendien waren Arnoud en zij allebei doodmoe door die gebroken nachten en mensen die moe waren reageerden nu eenmaal meestal niet zoals mensen die lekker in hun vel zaten. Ze zou er verder geen drama van maken, besloot Judy verstandig. Al moest Arnoud uiteraard niet volharden in de houding die hij vanavond had gehad, want dat zou ze absoluut niet pikken, hoeveel ze ook van hem hield.

Gelukkig voor haar bleek bij thuiskomst al dat hij dat niet van plan was. Arnoud zat in de kamer tv te kijken, maar hij zette het toestel onmiddellijk uit toen Judy binnenkwam.

'Sorry,' zei hij berouwvol. 'Ik ging te ver, dat realiseerde ik me later pas. Ben je nog boos?'

Judy schudde haar hoofd. 'Nee. We zijn allebei moe, dan krijg je dat soort uitbarstingen. Ik wil niet voortdurend lopen klagen, Arnoud, maar het moederschap valt me echt zwaar. Ik heb zo langzamerhand het gevoel dat ik op mijn wenkbrauwen loop.'

Hij knikte instemmend. 'Ik begrijp wat je bedoelt,' merkte hij droog op. 'Die nachten hakken er echt in. 's Morgens sta ik al moe op en dan beklaag ik mezelf omdat ik ook nog de hele dag moet werken, zonder me te realiseren dat jij overdag ook nog eens door hetzelfde heen gaat.'

'Je hoeft 's nachts niet op te staan als je niet wilt,' zei Judy. 'Ik heb je al vaker gezegd dat je rustig mag blijven slapen.'

'Dat is nog steeds niet mijn idee van samen een kind krijgen, hoewel ik moet toegeven dat het wel heel verleidelijk klinkt.'

'Blijf dan in ieder geval af en toe liggen, een paar keer in de week of zo.'

'We zien wel. Vannacht werd ik zomaar uit mezelf wakker toen jij eruit ging. Wie weet komt het ooit nog eens zover dat ik wakker word van Julian terwijl jij nog slaapt. Dan kunnen we elkaar 's nachts afwisselen.'

'Als dat zou kunnen,' zei Judy vanuit de grond van haar hart. Ze zou inmiddels een moord doen voor een nacht ongestoord doorslapen. Ze kroop tegen Arnoud aan en gaf hem een zoen. Gelukkig maar dat het tussen hen in ieder geval goed zat. Er waren stellen die om minder uit elkaar zouden gaan, maar zij hadden samen al zo veel meegemaakt dat een huilbaby hen niet uit elkaar kon drijven.

HOOFDSTUK 7

Na een zeer drukke werkdag reed Connie met een flinke hoofd-pijn naar huis. Ze zat al een week tegen een beginnend griepje aan te hikken dat maar niet door wilde zetten en ze voelde zich geradbraakt. Eigenlijk had ze die avond naar Judy en Arnoud toe willen gaan, maar die afspraak had ze net afgezegd. Het enige dat ze nog wilde was een maaltijd, een lange, hete douche en haar bed in. Na een nacht goed doorslapen zou ze zich wellicht wat beter voelen, hoopte ze. Of misschien moest ze zich eens ziek melden en gewoon een paar dagen in bed blijven liggen, maar dat lag nu eenmaal niet in haar aard. Ze zou zich alleen maar schul-dig voelen als ze anderen haar werk op liet knappen zonder dat dit echt noodzakelijk was.

Ze was zo in gedachten verdiept dat ze het zebrapad voor haar niet bewust zag en gewoon doorreed, hoewel er net een man over wilde steken. Haastig sprong hij achteruit toen het tot hem door-drong dat de auto die er aankwam niet zou stoppen en daarbij struikelde hij over de stoeprand. De man belandde languit op de stoep, met zijn benen omhoog. Daarbij schampte zijn voet haar auto en geschrokken door het geluid daarvan, trapte Connie onverhoeds op haar rem. Gelukkig zaten er geen auto's achter haar, anders had ze waarschijnlijk een flinke kettingbotsing ver-oorzaakt.

Terwijl het zweet haar uitbrak en ze vurig hoopte dat ze geen onherstelbare schade had aangericht, snelde ze zich naar de man in kwestie.

'O, mijn hemel. Dat was mijn schuld, ik lette niet op. Gaat het?' vroeg ze bezorgd.

'Ik heb me weleens beter gevoeld,' bromde de man. 'Dat was geen slimme actie van je, zus. Heb je je rijbewijs soms bij een pakje boter gehaald?'

'Ik zat in gedachten.' Ze maakte een verontschuldigend gebaar met haar handen. 'Het spijt me. U mag gerust op me schelden, want het was superstom van me. Heeft u zich bezeerd?'

'Ik vrees dat mijn waardigheid een flinke deuk heeft opgelopen,' zei hij met een scheve grijns. 'Voor de rest valt het geloof ik wel mee.'

'Weet u het heel zeker? Moet ik een ambulance bellen? Voorzichtig, misschien heeft u wat gebroken,' zei Connie toen hij aanstalten maakte om op te staan.

'Alles doet het nog,' stelde hij haar gerust. Om dat te bewijzen schudde hij even met zijn armen en zijn benen.

Connie slaakte een diepe zucht van opluchting. 'Gelukkig. Heel even dacht ik dat ik iemand doodgereden had.'

'Dat had anders makkelijk gekund,' wees hij haar terecht. 'Het is dat ik zo snel reageerde, anders had ik nu tussen je wielen gelegen.'

Ze rilde bij dat idee. 'Het spijt me echt,' zei ze nogmaals. 'Kan ik iets voor u doen? U ergens heenbrengen of zo?'

Hij keek over haar schouder heen naar het einde van de straat. 'Zo te zien gaat daar net de bus die ik wilde hebben en de volgende gaat pas over een halfuur, dus ja, eigenlijk wel. Als het niet te veel moeite is?'

'Absoluut niet,' verzekerde Connie hem haastig. 'Dat is wel het minste wat ik kan doen. Stap maar in.' Uitnodigend hield ze het portier voor hem open, zelf stapte ze naast hem achter het stuur. Er stond inmiddels een flinke rij auto's achter haar en het getoeter was niet van de lucht. Snel reed ze weg, even verontschuldigend haar hand opstekend naar de wagen achter haar. 'Waar moet u naar toe?'

'Zeg maar je tegen me. Ik heet Martin. Nadat je me bijna doodgereden hebt, mag je me best tutoyeren,' grijnsde hij.

'Ik ben zielsdankbaar dat het met een sisser afgelopen is. Mijn naam is trouwens Connie.'

'Nou Connie, hier rechtsaf graag,' wees Martin haar. 'Ik moet aan de buitenrand van de stad zijn, in die nieuwbouwwijk.'

'Woon je daar?' vroeg Connie, denkend aan Boris en de nacht die ze in dezelfde wijk had doorgebracht. Ze dwong zichzelf echter meteen weer haar aandacht bij het verkeer te houden. Ze kreeg opnieuw koude rillingen van afschuw bij het idee wat er had kunnen gebeuren. Het had maar heel weinig gescheeld, daar was ze zich heel goed van bewust. Als Martin niet zo snel had gereageerd, was dit heel anders afgelopen. Dan had ze nu waarschijnlijk handenwringend naast een levenloos, of op zijn minst zwaargewond lichaam gestaan en was ze de rest van haar leven niet meer van haar schuldgevoel afgekomen.

Martin schudde zijn hoofd. 'Mijn ouders hebben daar een huis,' vertelde hij. 'Zelf woon ik op een oude zolder in het centrum. Tijdelijk,' voegde hij daar haastig aan toe. 'Ik huurde een flat, maar sinds ik ontslagen ben wegens reorganisatie op mijn werk kon ik die niet meer betalen. Zo'n uitkering is geen vetpot en een nieuwe baan wil nog niet erg lukken. Met hangende pootjes terugkeren naar mijn ouderlijk huis wilde ik echter ook niet, vandaar.'

'Daar kan ik me wel iets bij voorstellen, ja,' beaamde Connie. 'Op een bepaalde leeftijd moet je dat ook niet meer doen, dat geeft alleen maar strubbelingen.'

'En die hadden we al genoeg,' zei hij. 'De verhouding met mijn ouders is niet echt optimaal te noemen. Enfin, dat geldt geloof ik voor de meeste jongeren. Ik hoor niet anders om me heen. Hoe zit dat bij jou?' Belangstellend keek hij haar van opzij aan.

'Mijn ouders leven niet meer,' antwoordde Connie daar op. Het kostte haar nog steeds moeite om dat onbevangen te zeggen. 'Maar ik kan me niet voorstellen dat onze band slecht zou zijn als het anders was geweest. Ik heb altijd goed met ze overweg gekund.'

'Dan ben je waarschijnlijk de uitzondering op de regel,' zei Martin luchtig. 'We zijn er bijna. Hier links en dan de derde straat rechts, het laatste huis van dat blok.'

Op zijn aanwijzingen reed Connie naar het bewuste huis toe. Een mooi, groot, modern huis, zag ze. Zo te zien kwam die Martin uit een goed milieu, al zat hij dan zelf momenteel financieel niet zo best. Ze zette haar wagen op de oprit zodat ze niemand in de weg stond, en schreef haar naam en telefoonnummer op een blaadje dat ze hem overhandigde. 'Mocht blijken dat je toch nog gevolgen hebt overgehouden aan die val, aarzel dan niet om me te bellen. Alle eventuele schade is uiteraard voor mijn rekening.'

'Meer dan een paar schaafplekken heb ik niet en aan de oude spijkerbroek die ik aan heb viel al weinig meer te verpesten, dus dat zal wel meevallen,' lachte Martin. Desondanks stopte hij het blaadje zorgvuldig in zijn portemonnee. Daarna stak hij haar zijn hand toe. 'In ieder geval bedankt voor de lift.'

'Jij bedankt voor je snelle reactie,' gaf Connie terug. Ze zwaaide nog even naar hem en keerde haar wagen.

Deze wijk was net een doolhof en het duurde even voor ze haar weg kon vinden. Alle straten hier leken op elkaar. Na twee keer verkeerd afgeslagen te zijn, herkende ze ineens de flat van Boris. Terwijl ze stopte voor een rood verkeerslicht keek ze met gemengde gevoelens omhoog naar het gebouw. Hier lagen geen prettige herinneringen voor haar, maar in ieder geval wist ze vanaf dit punt wel hoe ze moest rijden om thuis te komen. Het voetgangerslicht sprong op groen en talloze mensen liepen voor haar auto langs naar de overkant van de weg. Eén van die mensen was Boris, zag ze met een schok. Ze voelde haar wangen vuurrood worden en haar hoofdhuid tintelde. Stug keek ze uit haar zijraam de andere kant op. Als hij haar maar niet zag, dacht ze in paniek. Straks dacht hij nog dat ze hem stalkte!

Ze schaamde zich nog als ze eraan terugdacht hoe ze op een nieuwe afspraak aangedrongen had, er vast van overtuigd dat hij dezelfde gevoelens had als zij en dolgelukkig was omdat hij niet langer alleen was.

Luid getoeter achter haar maakte haar erop attent dat haar licht van rood naar groen gesprongen was en schokkend trok ze op. Houd je aandacht bij het verkeer, houd je aandacht bij het verkeer, hield ze zichzelf streng voor. Ze had nog steeds trillende handen toen ze een halfuur later voor haar eigen woning uitstapte, ze wist alleen niet zeker of dat vanwege de schok van het bijna aanrijden van Martin was, of van de onverwachte confrontatie met Boris. Het was in ieder geval allebei niet prettig geweest. Door alle commotie had ze geen honger meer. Na een lange douche at Connie slechts twee boterhammen, daarna dook ze haar bed in. Het was pas acht uur, maar ze was helemaal op. Het ontbrak haar zelfs aan lust om Judy te bellen om haar te vertellen wat er gebeurd was, iets wat ze normaal gesproken wel direct zou doen.

Hoewel ze het niet verwacht had, sliep ze vrijwel direct diep en droomloos in. De volgende ochtend werd ze zowaar fris en uitgerust wakker, nog voordat het alarm van haar nieuwe mobiele telefoon afging. Die lange nacht had haar in ieder geval goed gedaan, dacht ze tevreden. Het was lang geleden dat ze zo fit wakker was geworden en dat na die enerverende gebeurtenissen van gisteren. Ze had er nu heel anders aan toe kunnen zijn, daar was ze zich nog steeds ten volste van bewust.

In de lunchroom was het net zo druk als de dag ervoor. Samen met hun twee serveersters liep Connie de hele dag af en aan en tegen het einde van de middag voelde ze haar voeten bijna niet meer van vermoeidheid.

'Als het zo door blijft gaan, moeten we er eens aan denken om iemand erbij te nemen,' zei ze na sluitingstijd tegen Arnoud. De kas moest nog worden opgemaakt en de vloer gedweild, maar ze namen eerst rustig iets te drinken voor ze aan die laatste karweitjes van de dag zouden beginnen.

'Ik denk eerder aan uitbreiding,' zei Arnoud daarop. Hij wreef peinzend over zijn kin. 'Gisteravond heb ik van onze accountant gehoord dat de zaak hiernaast binnenkort te koop komt. Wat denk jij ervan?'

'Om die hierbij te trekken, bedoel je?' Connie aarzelde. 'Ik weet het niet. Dan wordt het zo grootschalig ineens. Volgens mij gaat dat ten koste van de gezelligheid.'

'We hoeven er niet één grote ruimte van te maken, we kunnen het ook onderverdelen. Met zo'n oppervlakte kun je er makkelijk aparte ruimtes van maken, die je in elkaar laat overlopen,' meende Arnoud terwijl hij zijn glas koude cola achterover klokte.

'Ik geloof dat jij de plannen al helemaal uitgewerkt hebt.'

'Alleen in mijn hoofd,' bekende hij. 'Toen ik dit bericht hoorde ben ik gaan nadenken en aangezien ik vannacht niet veel geslapen heb zijn mijn hersens aardig aan het werk geslagen.'

'Julian?' informeerde Connie.

Arnoud knikte somber. 'Veel nachtrust gunt hij ons niet. Soms vraag ik me af hoe lang we dit nog volhouden, want we zijn gesloopt. Eerlijk gezegd hebben Judy en ik om de haverklap ruzie de laatste tijd. We zijn allebei moe en daardoor snel geïrriteerd.'

'Ooit gaat het over,' probeerde Connie haar broer te bemoedigen.

'Het is wel te hopen, ja.' Onwillekeurig schoot Arnoud in de lach. 'Stel je voor dat hij op zijn achttiende nog steeds iedere nacht om ons gaat liggen huilen, dan hebben we pas echt een probleem. Maar om op ons uitgangspunt terug te komen, wat vind jij er in principe van?'

'Ik kan me er weinig bij voorstellen. Werk je plannen eens uit op papier, dan kunnen we aan de hand daarvan een beslissing nemen,' stelde Connie voor. 'Ben je overigens niet bang dat onze plannen voor een tweede zaak in het gedrang komen als we dit pand erbij kopen? Financieel is dat dan voorlopig niet haalbaar, om nog maar niet te spreken van de tijd die erin gaat zitten voordat dit gerealiseerd is.'

'Dat wordt dan op de lange baan geschoven,' gaf Arnoud toe. 'Maar als we deze zaak uitbreiden hoeft een tweede lunchroom voor mij niet zo nodig, eerlijk gezegd. Met één zaak, ook als die twee keer zo groot wordt als nu, kan ik zelf de leiding houden over de keuken. Er moet dan wel personeel bij, maar ik hoef het niet uit handen te geven. Met een tweede zaak elders moet dat wel, want ik kan niet op twee plaatsen tegelijk werken.'

'Daar zit iets in,' knikte Connie. Ze wist hoeveel moeite het Arnoud kostte om de touwtjes uit handen te geven. Hij nam om die reden maar zelden vakantie en was zelfs vlak na de geboorte van Julian nog iedere dag op de zaak geweest om te kijken of alles wel naar zijn wensen en eisen verliep. Soms had ze hem gewoon weg moeten sturen omdat ze vond dat hij bij zijn vrouw en kind moest zijn. 'Zet het op papier,' herhaalde ze. 'In theorie klinkt het wel aantrekkelijk.'

'Ik ga straks meteen beginnen met het uitwerken van wat ideeën,' nam Arnoud zich voor.

'Als Julian je daar de kans voor geeft,' kon Connie niet nalaten hem te plagen.

''s Avonds slaapt hij meestal wel, nu 's nachts nog.' Arnoud grijnsde als een boer met kiespijn. 'En overdag, als ik Judy moet geloven.'

'Dit klinkt alsof je dat niet doet.'

'Jawel, maar het valt me wel op dat hij op zondag, als ik thuis ben, niet half zo veel huilt als Judy altijd beweert dat hij doet. Daarom denk ik dat het voor een groot gedeelte aan haarzelf ligt. Ze is zo gespannen en er zo op gebrand om het allemaal perfect te doen dat ze daarmee juist het tegenovergestelde bereikt. Julian voelt die nervositeit aan en reageert daarop. Ik moet het echter niet wagen om zoiets te zeggen, want dan staat ze gelijk op haar achterste benen. Als het om haar kind gaat, kan Judy heel slecht tegen kritiek. Begrijpelijk misschien, maar ik bedoel dit soort uitspraken niet als verwijt en dat lijkt niet tot haar door te dringen,' zei Arnoud.

'Gaat het wel goed tussen jullie?' vroeg Connie bezorgd.

'Zoals ik net al zei, we hebben veel ruzie de laatste tijd. We leggen het echter ook steeds weer bij, dus ons huwelijk staat nog niet op springen. Ik verheug me wel enorm op de tijd dat Julian 's nachts doorslaapt.' Arnoud klopte Connie op haar schouder. 'Maak je niet ongerust, zusje. Ieder jong ouderstel gaat hier doorheen. Bij de een is het wat heftiger dan bij de ander, maar het schijnt er allemaal bij te horen. Laat je door dit voorbeeld in ieder geval niet weerhouden om zelf ooit een gezin te stichten.'

'Echt niet,' lachte Connie. 'Ik wil nog steeds niets liever dan mijn eigen kind, ondanks jullie spookverhalen. Julian blijft een schatje.'

'Zo is het maar net. Hij is alle moeite dubbel en dwars waard, dat is zeker.' Moeizaam kwam Arnoud overeind. 'Ik ga de kas opmaken, anders wordt het zo laat voor ik thuis ben.'

'En ik ga dweilen.' Connie trok een vies gezicht. 'Als we toch uit gaan breiden met personeel, dan wil ik er graag een schoonmaakster bij. Dit soort klusjes hoort niet bepaald tot mijn liefste bezigheden.' Ze vulde een emmer met heet water en ging fanatiek aan de slag. Kelly en Mariska hadden alle stoelen al op de tafels gezet en gestofzuigd, wat ze iedere dag om de beurt deden. Het nadeel van een zaak waarin met eten werd gewerkt, was het feit dat er zoveel schoongemaakt moest worden iedere dag. Het voordeel was echter dat je bij dit soort klusjes lekker je gedachten alle kanten uit kon laten gaan.

Terwijl ze de stenen vloer schoonboende dacht Connie aan haar neefje, die het zijn ouders af en toe zo moeilijk maakte. Misschien kon hij af en toe een nachtje bij haar logeren, zodat Judy en Arnoud eens zonder onderbrekingen door konden slapen, peinsde ze. De wallen onder Arnouds ogen hingen zowat halverwege zijn wangen. Ze wist hoe slecht hij tegen te weinig slaap kon en bewonderde hem des te meer om het feit dat hij stug volhield en samen met Judy iedere keer zijn bed uit kwam, terwijl het op hun werk nu juist zo druk was. Als die uitbreidingsplannen doorgingen werd het nog veel drukker zelfs, het was te hopen dat Julian dan inmiddels zijn nachtelijke huilbuien had gestaakt, anders kon het Arnoud weleens te veel worden.

Mede daarom had ze hem niets verteld van de aanrijding die ze gisteren bijna veroorzaakt had. Ze wist dat hij zich dan zorgen zou maken, ook al was het gelukkig goed afgelopen. Ze was en bleef in Arnouds ogen nu eenmaal zijn kleine zusje, waar hij voor moest zorgen. Dat zou ze hem wel nooit uit zijn hoofd kunnen praten, al werd ze tachtig. Ze zag al helemaal voor zich hoe Arnoud over zo'n vijftig jaar, vanachter zijn rollator, in het bejaardentehuis nog steeds over haar welzijn zou waken. Connie grinnikte in zichzelf terwijl ze het vuile water weggooide en de mop uitspoelde.

Net op het moment dat ze daarmee klaar was, ging haar telefoon over. Op het display verscheen een nummer dat ze niet herkende. Heel even voelde ze een klein vonkje hoop. Zou Boris van gedachten veranderd zijn? Was hij het die haar belde, om deemoedig zijn excuses aan te bieden? Gespannen noemde ze haar naam.

'Met Martin,' klonk het tot haar teleurstelling aan de andere kant. Meteen vermande ze zichzelf. Zou ze werkelijk willen dat Boris nog contact met haar zocht, na alles wat hij gezegd had? Zo wanhopig was ze toch niet? Ze dwong zichzelf haar aandacht bij de man die wél belde te houden.

'Hoi, hoe is het ermee?' wist ze uit te brengen. 'Is er iets aan de hand? Heb je toch verwondingen opgelopen?'

'Nee, daarvoor bel ik niet,' zei hij haastig. Daarna viel hij stil.

'Waarvoor dan wél?' vroeg Connie verbaasd.

'Ik eh, eigenlijk... Nou ja, ik wil je vragen of je een keer met me uit wilt,' hakkelde Martin. 'Ergens iets drinken of zo, elkaar een beetje leren kennen.'

'Wil je mij leren kennen? Ik heb je bijna doodgereden,' reageerde Connie onthutst.

'Daarom juist.' Nu klonk hij geamuseerd. 'Als je poging gelukt was, was een afspraakje niet nodig geweest. Wat vind je ervan? Eerlijk zeggen als je het niet ziet zitten. Ik kan wel tegen een stootje, dat heb ik je al bewezen.'

'Het lijkt me erg leuk,' antwoordde Connie, niet helemaal naar waarheid. Eerlijk gezegd was ze zo bezig geweest met alles wat er had kúnnen gebeuren, dat ze Martin amper bewust gezien had. Ze wist zich niet eens goed te herinneren hoe hij eruitzag. Blond, geloofde ze. Maar na wat er gebeurd was, voelde ze zich min of meer verplicht om zijn uitnodiging aan te nemen.

'Liever zou ik je mee uit eten nemen, maar je weet hoe de situatie momenteel is,' zei hij verontschuldigend. 'Dus helaas moet ik het bij een drankje houden. Ik hoop dat dat geen reden voor je is om je alsnog terug te trekken.'

'Natuurlijk niet,' reageerde Connie verontwaardigd. 'Ik weet het trouwens nog beter gemaakt. We gaan tóch uit eten en ik betaal. Uit dank omdat je zo snel de stoep op bent gesprongen. Daarmee heb je niet alleen je eigen leven, maar ook het mijne gered, want ik zou nooit meer een gelukkig moment gekend hebben.'

'Je overdrijft,' zei Martin kalm. 'Maar oké. Ik wil je zo graag terugzien dat ik zelfs met jouw voorstel akkoord ga. Ik kan je alleen niet komen halen, want ik ben niet in het bezit van een auto. Waar spreken we af?'

'Geef me je adres maar, dan haal ik jou wel op.'

Connie noteerde zijn adres in haar agenda en verbrak de verbinding. Hoewel ze bijna niet meer wist hoe die Martin eruitzag, voelde ze toch een vaag gevoel van opwinding en gespannen verwachting. Een nieuw afspraakje, nieuwe kansen. Tenslotte wist je nooit waar zoiets toe zou leiden. Ze nam zich wel onmiddellijk voor om zich niet zo aan hem op te dringen als ze bij Boris had gedaan. Het initiatief voor een eventuele volgende afspraak zou van hem moeten komen en niet van haar, zo verstandig was ze inmiddels wel.

HOOFDSTUK 8

Zoekend keek Connie om zich heen. Hier moest het ergens zijn, het adres dat Martin haar opgegeven had. De straat waar ze in reed was smal en donker. De oude huizen leken wel tegen elkaar aan geleund te staan. De stoep lag bezaaid met papier, etensresten en ander vuilnis. Iets wat waarschijnlijk ooit een kast was geweest, was zomaar ergens neergesmeten. Kinderen renden tussen de troep door en aan de overkant stond een jong stelletje luidruchtig ruzie te maken. Door de dichte ramen van haar auto heen hoorde Connie de verwensingen die de jongen naar het meisje schreeuwde. Het waren bepaald geen zegenwensen die hij uitte. Volgens Martins aanwijzingen moest hij hier op de hoek wonen, maar ze vroeg zich af of ze goed zat. Hij had zo'n beschaafde indruk op haar gemaakt, niet van iemand die je in een dergelijke buurt verwachtte.

Ineens zag ze hem staan, inderdaad op de hoek van de straat. Hij kwam meteen naar haar toe toen hij haar auto herkende en stapte in. Hij was inderdaad blond, zag Connie. Dat had ze tenminste goed onthouden. Dat hij doordringende, groene ogen had, een klein snorretje en een brede lach, was haar ontschoten. Hij zag er goed uit, oordeelde ze met een snelle blik opzij.

'Het leek me verstandiger om je buiten op te wachten,' verklaarde hij. 'Parkeren is hier sowieso al een onmogelijkheid in die smalle straatjes en ik wilde het je niet aandoen om uit te moeten stappen.'

'Dit is inderdaad geen straat waar ik 's avonds op mijn gemak een stukje in zou willen wandelen,' beaamde Connie. 'Gek, ik had helemaal niet verwacht dat jij in zo'n buurt zou wonen.'

'Het is ook maar tijdelijk, zoals ik je al verteld heb.' Martin haalde zijn schouders op. 'De huren zijn hier nog betaalbaar, in tegenstelling tot de wijk waar ik eerst woonde. Het is niet normaal meer wat je tegenwoordig voor een beetje behoorlijke woning neer moet tellen. Van een uitkering is dat simpelweg niet haalbaar. Een vriend van me woonde hier tijdens zijn studie. Net toen ik ontslagen werd, was hij afgestudeerd en vond hij een goede baan, dus hebben we van woning geruild. Nou ja, woning...' Hij lachte kort. 'Het is een oude, armoedige zolder met een piepklein keukenblokje, een douche waar je amper in kunt staan en een toilet. Ik zou het niet durven om jou daar uit te nodigen, maar ik heb in ieder geval een dak boven mijn hoofd, ik kan me wassen en ik kan iets te eten klaarmaken, dus ik klaag niet.'

'De betere tijden dienen zich ooit wel weer aan,' zei Connie troostend.

'Dat hoop ik dan maar. Ik kan mijn zolder inmiddels behangen met de afwijzingen die ik gekregen heb op mijn sollicitaties,' zei Martin moedeloos.

'Wat voor werk zoek je?' Terwijl ze dat vroeg reed Connie het centrum in. In de winkelstraat waar ook hun lunchroom zat, wist ze een gezellig restaurantje waar ze heen wilde.

'Ik ben computerprogrammeur, maar ik reageer tegenwoordig op iedere advertentie die me wel iets lijkt. Desnoods als schoonmaker, als ik maar iets heb.'

'Wij gaan binnenkort uitbreiden en zoeken dan een schoonmaker, dus wie weet,' lachte Connie. Ze parkeerde haar auto voor hun eigen zaak en wees ernaar. 'Deze lunchroom is van mijn broer en mij. We denken erover om de zaak ernaast erbij te trekken.'

Martin stapte uit en monsterde de gevel. 'Hm, ziet er goed uit,' keurde hij. 'Het voordeel van een eigen bedrijf is in ieder geval dat je nooit ontslagen kunt worden. Dat van dat schoonmaakwerk was overigens maar een grapje,' voegde hij daar snel aan toe. 'Ik zie mezelf niet de hele dag met een sopdoek of een dweil lopen, dan word ik stapelgek. Ik wil toch wel graag werk in de richting waarin ik heb gestudeerd.'

'Ik begrijp wat je bedoelt, ja,' lachte Connie.

Naast elkaar liepen ze naar het restaurant, waar gelukkig nog plek genoeg was. Ze namen plaats aan een tafeltje achterin.

'Gezellig,' merkte Martin op. 'Het is eeuwen geleden dat ik uit eten ben geweest. Zodra ik weer werk heb, neem ik jóú mee uit,' beloofde hij haar.

'Het laatste wat mij interesseert, is wie er betaalt als je gezellig uit bent,' wuifde Connie dat weg. 'Als je het maar naar je zin hebt.'

'Dat heb ik zeker.' Hij keek haar recht aan. 'Gisteren durfde ik het niet tegen je te zeggen, maar je maakte meteen al indruk op me. Ik heb vanmiddag een uur met mijn telefoon in mijn handen gezeten voor ik genoeg moed had om je te bellen.'

'Zo ongenaakbaar kom ik toch niet over?' vroeg Connie zich hardop af.

'Dat is het niet. Maar als je iets in iemand ziet, wil je ook leuke dingen doen samen of eens wat voor haar kopen, en ik heb een vrouw momenteel niets te bieden,' zei Martin eerlijk.

Connie bloosde bij deze ontwapenende opmerking. Ze vond het roerend dat hij er zo eerlijk voor uitkwam en zich niet verborg achter valse schaamte. Blijkbaar had deze Martin geen verborgen agenda en dat beviel haar wel.

'We zijn de tijd voorbij dat een man altijd overal voor moet betalen,' zei ze dan ook. 'Ik heb zelf een goed inkomen, dus zou het onzin zijn om me steeds maar te laten trakteren. Als wij het samen leuk hebben en we willen ergens naartoe, dan maakt het toch niet uit wie er betaalt?'

'Ik hoop in ieder geval dat ons contact niet beperkt blijft tot één avond,' zei Martin daarop terwijl hij even haar hand streelde die op het tafeltje lag.

Ze voelde een plezierige rilling over haar rug glijden bij dit kleine gebaar. Gisteren had ze eigenlijk amper aandacht aan hem besteed omdat ze te vol zat met wat er gebeurd was, maar Connie ontdekte nu dat ze Martin steeds leuker ging vinden. Ze prentte zichzelf echter in dat ze niet te hard van stapel moest lopen. Daar had ze leergeld mee betaald.

Na een uiterst gezellige avond ging ze dan ook niet op zijn voorstel in om nog ergens iets te gaan drinken. 'Ik vond het erg leuk en zeker voor herhaling vatbaar, maar voor vanavond houd ik het voor gezien,' zei ze. 'Morgen loopt mijn wekker weer op tijd af.'

Martin drong niet verder aan. 'Jammer,' zei hij alleen. 'Omdat ik daar zelf momenteel geen last van heb, sta ik er niet altijd bij stil dat andere mensen wel vroeg op moeten staan. Wanneer zie ik je weer?'

'Zeg het maar,' antwoordde Connie. Ze liet het niet merken, maar haar hart sprong verheugd op bij deze vraag. Ze was bang geweest dat hij haar weigering als een afwijzing zou beschouwen en dat hij zijn belangstelling zou verliezen nu bleek dat ze niet van plan was om hem direct in zijn armen te vallen.

'Wat mij betreft zo snel mogelijk,' zei Martin echter terwijl hij naar haar lachte. Hij dacht even na. 'Ik wil niet iedere keer op jouw zak teren, maar een tas boodschappen kan ik nog wel betalen en ik kan goed koken. Mijn zolder is echter niet geschikt om vrouwen te ontvangen. Wat denk je ervan als ik morgen naar jou toe kom en bij jou thuis een maaltijd voor ons klaarmaak?'

'Klinkt goed, alleen is mijn keuken ook niet bepaald een kookparadijs,' waarschuwde Connie hem.

'Als je een gasfornuis, een magnetron en een koelkast hebt, kom ik een heel eind,' meende Martin. 'Zeven uur? Red je dat met je werk?'

'Ik ben meestal rond zes uur thuis.'

'Halfzeven dan,' besliste hij. Hij noteerde haar adres in zijn agenda. 'Ik verheug me er al op.'

Ik ook, dacht Connie bij zichzelf. Ze zei het echter niet. Na haar ervaring met Boris wilde ze niet al te happig overkomen, al kon ze voor zichzelf niet ontkennen dat Martin wel gevoelens bij haar losmaakte.

Ze zette hem even later voor zijn huisdeur af en ze namen afscheid met een lichte kus op de wang. Met haar hoofd in de wolken reed Connie vervolgens naar haar eigen huis. Ze was met Martin uitgegaan omdat ze zichzelf daar min of meer toe verplicht voelde, nu was ze dolblij dat ze op zijn voorstel ingegaan was. Ze hadden een bijzonder leuke avond achter de rug en ze kon haast niet wachten op het vervolg daarvan. Martin bleek het tegenovergestelde van Boris te zijn. Hij had geen enkele poging ondernomen om haar meteen het bed in te krijgen, maar hij had wel ondubbelzinnig laten merken dat hij haar erg leuk vond. Na de knauw die Boris haar toe had gebracht, was dit bijzonder goed voor Connies zelfvertrouwen.

Ze popelde om Judy deelgenoot te maken van de laatste ontwikkelingen in haar leven, maar toen ze zag hoe laat het inmiddels was, besloot ze daar maar mee te wachten tot de volgende dag. Judy zou zich rot schrikken als op dit tijdstip de telefoon ging, nog afgezien van het feit dat ze nu misschien lag te slapen en Connie het niet op haar geweten wilde hebben om haar wakker te maken nu ze toch al zo weinig rust kreeg vanwege Julian. Omdat ze door de opwinding niet kon slapen en ze toch iets wilde doen, begon ze fanatiek haar appartement op te ruimen en schoon te maken. Dan zag het er in ieder geval goed uit als Martin morgen zou komen.

De etage die ze bewoonde in het huis van een weduwe was weliswaar klein, maar gezellig en goed onderhouden. Ze had het destijds kunnen huren op voorspraak van Kelly, één van de serveersters in hun zaak. Haar hospita, mevrouw Grauw, was een tante van Kelly en deze verdieping van haar huis werd vroeger bewoond door haar dochter. Omdat Connie op stel en sprong woonruimte nodig had omdat ze niet langer met Arnoud in één flat wilde wonen, had ze het aanbod meteen aangepakt en hoewel ze weinig ruimte had, had ze daarna geen reden gezien om iets anders te zoeken. Ze woonde hier goed en redelijk goedkoop, bovendien bemoeide haar hospita zich nergens mee. Ooit wilde ze een huisje voor zichzelf kopen, het liefst met een flinke tuin erbij, maar tot het zover was, zat ze hier prima.

Na anderhalfuur stug doorwerken keek Connie tevreden om zich heen. Ze was niet zo huishoudelijk aangelegd en omdat de ruimte vrij klein was toonde het al snel rommelig, maar nu zag haar appartement eruit om door een ringetje te halen. Het kleine keukentje blonk haar tegemoet, de ramen waren streeploos schoon en haar meubels glansden. Voor ze naar bed ging nam ze zich nog voor om morgen na werktijd een grote bos bloemen te kopen voor op het hoektafeltje, dat stond altijd zo gezellig. Ze wilde een goede indruk op Martin maken.

Tijdens een rustig moment, de volgende dag, belde ze Judy op. Zoals ze al verwacht had, was haar schoonzus enthousiast en leefde ze direct met haar mee.

'Maar kijk wel uit,' waarschuwde ze haar. 'Maak niet dezelfde fout als je bij Boris deed.'

'Daar hoef je niet bang voor te zijn,' stelde Connie haar gerust. 'Als ik daar niet alert op was geweest, was het gisteravond al heel anders gelopen. Ik heb het initiatief expres aan hem gelaten.'

'Misschien word je nu eindelijk eens verstandig,' grinnikte Judy. 'Dus als ik het goed begrijp kom je vanavond ook niet? Weet je dat het al een eeuwigheid geleden is dat we je hier gezien hebben? Straks kent Julian je niet eens meer. Ik heb hem vanochtend een foto van je laten zien uit angst dat hij je vergeet.'

'Ik mis hem ook. Morgenavond kom ik naar jullie toe,' beloofde Connie.

'Eerst zien, dan geloven,' meende Judy echter sceptisch. 'Ik heb toch zo'n vaag idee dat Martin voor gaat nu. Waar je overigens gelijk in hebt,' haastte ze zich daaraan toe te voegen. 'Bah, ik klink net als een jaloers echtgenote.'

'Morgen kom ik in ieder geval, als Martin iets af wil spreken doen we dat overmorgen wel,' zei Connie beslist. 'Ik hoef tenslotte niet overal gelijk ja en amen op te zeggen.'

'Grote meid.'

'Ooit leer ik het wel.' Connie lachte. 'Hoe is het nu met Julian?'

'Best wel goed,' antwoordde Judy. 'Hij slaapt nu, dus ik geniet van de rust hier.'

'Fijn om te horen. Hier loopt het inmiddels weer storm, dus ik ga ophangen. Ik zie je morgen.'

'Veel plezier vanavond,' wenste Judy nog snel voor ze de verbinding verbrak.

Op datzelfde moment begon Julian te huilen. Wélke rust? dacht Judy bij zichzelf terwijl ze naar de kinderkamer liep. Dit was de zoveelste keer al vandaag dat hij huilend wakker werd. Ze had de moed inmiddels al opgegeven om ooit nog iets aan haar cursus te kunnen doen. Ze was al blij als het haar lukte om het huis een beetje bij te houden en zelfs dat schoot er regelmatig bij in. Iedereen voorspelde haar dat het huilen minder zou worden naarmate Julian ouder werd. Nu, wat haar betrof kon dat niet snel genoeg gaan. Die veelgeprezen babytijd kon haar gestolen worden, daar was ze wel achter. Haar leven bestond momenteel uit verzorgen, troosten en ruziemaken met haar echtgenoot.

Zenuwachtig haastte Connie zich die avond naar huis. Voordat Martin kwam wilde ze zich nog douchen, opmaken en omkleden en het was later geworden dan ze gehoopt had. Om tien over zes stak ze haar sleutel in de buitendeur, dus ze had nog precies twintig minuten de tijd om het hele programma af te werken. Om twee minuten voor halfzeven legde ze de laatste hand aan haar make-up en deed ze nog wat parfum achter haar oren. Zo, precies op tijd, constateerde ze voldaan. In afwachting van zijn komst ruimde ze haar werkkleding van die dag op en stopte ze snel een was in de machine.

Martin arriveerde precies op de afgesproken tijd, wat Connie in stilte beoordeelde als een punt in zijn voordeel. Ze had er een hekel aan als mensen zonder reden of zonder even te bellen veel later kwamen dan afgesproken was.

'Je ziet er fantastisch uit,' was zijn begroeting zodra ze de deur open deed. 'En je woont hier schitterend. Alleen die brede hal al.' Hij keek bewonderend om zich heen in de lichte hal, waar een donkere eiken dekenkist een prominente plaats innam en een enkel schilderij de muren sierde.

Connie schoot in de lach. 'Die hal is van mijn hospita, daar heb ik niets mee te maken, behalve dan dat ik erdoorheen loop als ik naar buiten of naar binnen ga. Mijn appartement is boven, op de tweede verdieping.' Ze ging hem voor de trappen op en leidde hem even later haar eigen woongedeelte binnen. Hij leek enigszins teleurgesteld bij het zien van de kleine ruimte.

'Ik had verwacht dat je groter zou wonen,' merkte hij op. 'Zeker gezien de buurt. Het zijn toch allemaal flinke huizen hier.'

'Dit was vroeger de slaapverdieping van het gezin. Ze hebben het verbouwd nadat twee van hun drie kinderen het huis uit waren, zodat de jongste hier haar eigen woongedeelte had,' vertelde Connie. 'Het is inderdaad niet zo ruim, maar groot genoeg voor mij. Zo veel heb ik niet nodig.'

'Gezien het feit dat je een eigen, goedlopend bedrijf hebt, had ik me iets heel anders voorgesteld van je huis,' bekende Martin. 'Groter, luxer. Stom eigenlijk dat je zoiets automatisch veronderstelt op basis van wat iemand voor werk doet. Mensen denken veel te vaak in vakjes, dat blijkt wel weer.'

Connie trok met een onverschillig gebaar haar schouders op. 'Het is niet dat ik me niets anders kan veroorloven. Dit kon ik huren toen ik hard woonruimte nodig had en het bevalt me eigenlijk wel, dus waarom zou ik op zoek gaan naar iets anders? Hier ben ik tenminste lekker snel klaar met schoonmaken,' grinnikte ze. 'Zullen we eerst iets drinken voordat je je naar de keuken begeeft? Kan ik je trouwens ergens mee helpen? Groente snijden of zo?'

'Nee, nee,' weerde Martin dat af. 'Ook al zijn we bij jou thuis, je bent vanavond míjn gast. Ik doe het werk, jij gaat lekker zitten. Het enige wat jij mag doen is het inschenken van de wijn, dan kunnen we over een kwartiertje aan tafel.'

Dat is snel, dacht Connie stiekem bij zichzelf. Dan werd het waarschijnlijk toch niet zo'n uitgebreide maaltijd als hij haar beloofd had. Ze constateerde later dat Martin inderdaad meer toegezegd had dan hij waar kon maken. De pastamaaltijd die hij haar voorzette stelde weinig voor en de sla die hij erbij serveerde was kant en klaar gekocht. De pasta waarschijnlijk ook, vermoedde ze na de eerste hap. Ze kocht zelf regelmatig dit soort maaltijden omdat ze een broertje dood had aan koken, dus ze wist precies hoe ze smaakten. Dat deed aan de gezelligheid of aan haar gevoelens voor hem echter niets af. Al kon hij dan niet zo goed koken als hij haar voorgespiegeld had, het ging om het idee. Martin had in ieder geval zijn best gedaan om iets terug te doen voor haar nadat zij gisteravond hun etentje had betaald, en dat vond ze roerend.

'Dat smaakte prima,' zei ze dan ook na het dessert, dat bestond uit een schaaltje vla met vruchtjes uit blik.

'Echt waar?' Hij wierp een blik op haar nog halfvolle bord.

'Ik eet nooit zo veel,' zei Connie haastig.

'Gisteravond at je anders wel alles op wat je voorgeschoteld werd.' Ineens leek hij nogal verlegen. 'Je had vast iets anders verwacht, hè? Ik weet dat ik gezegd heb dat ik een goede kok ben, maar ja...' Martin maakte een hulpeloos gebaar. 'Eerlijk gezegd zei ik dat alleen maar om indruk op je te maken. Eigenlijk kom ik nooit veel verder dan het opwarmen van maaltijden en het bakken van een ei.'

'Welkom bij de club dan,' grinnikte Connie. 'Dat is ook mijn manier van koken.'

'Dat kan dus in de toekomst nog weleens problemen opleveren,' ontdekte Martin plezierig. 'Stel je voor dat het iets wordt tussen ons, dan vieren we ons zilveren huwelijksfeest waarschijnlijk als een stel uitgehongerde, vermagerde mensen. Zwaar verzwakt vanwege een langdurig gebrek aan echt voedsel.'

'Gelukkig bestaan er restaurants en cateraars, dus dat zal nog wel meevallen,' vond Connie. Ze voelde een plezierige opwinding in haar maag bij zijn toespeling op de toekomst. Het werd haar langzaamaan duidelijk dat Martin het serieus meende, al was het natuurlijk altijd afwachten hoe hun relatie zich zou ontwikkelen. Maar het feit dat hij zo veel moeite had gedaan om indruk op haar te maken, stemde haar hoopvol. Voor een losse flirt of een enkele nacht hoefde hij tenslotte niet zo veel uit de kast te trekken, die kon hij in iedere kroeg oppikken.

'Wat dacht je van koffie met gebak als afsluiting van ons diner?' stelde ze voor terwijl ze opstond.

'Zelf gebakken?' vroeg Martin.

'Zelf meegenomen vanuit onze zaak,' lachte Connie.

Ze liep met de vuile borden naar de keuken en Martin volgde haar met de schalen. Hij zette de hete kraan aan en begon de boel af te spoelen.

'Laat maar staan, dat komt morgen wel,' zei Connie.

'Niks ervan. Jij bent mijn gast, weet je nog?' hielp hij haar herinneren.

'Dan doen we het samen, veel gezelliger.' Ze pakte een theedoek en wachtte naast het aanrecht tot hij het eerste bord afgewassen had. Martin draaide echter de kraan uit en keerde zich naar haar toe. Voordat Connie zich goed en wel bewust was van wat er gebeurde, lag ze in zijn armen en voelde ze zijn warme lippen op die van haar.

'Sorry, ik kon me niet meer bedwingen,' zei hij daarna hees. 'Jij bent een fantastische vrouw. Ik zegen de dag dat je me bijna aangereden hebt, anders hadden we elkaar nooit ontmoet.'

'Soms is het heel erg handig om je aandacht niet bij de weg te houden, ja,' beaamde Connie ademloos. Ze gooide de theedoek achteloos op het aanrecht en sloeg opnieuw haar armen om zijn hals. 'En laat die afwas toch maar zitten. Dit is veel leuker om te doen.'

HOOFDSTUK 9

'Dus het was een geslaagde avond?' begreep Judy na het verhaal van Connie aangehoord te hebben.

'Dat is een *understatement*,' zei Connie glunderend.

'Is hij blijven slapen?' vroeg Judy.

Ze negeerde het gesnuif van Arnoud en zijn gemompelde: 'Dat hoop ik toch niet.'

'Nee.' Connie schudde haar hoofd en knikte naar Arnoud. 'Tot jouw geruststelling,' liet ze er spottend op volgen. 'Daar vind ik het nog veel te vroeg voor. Ik ben niet zo makkelijk op dat gebied, in tegenstelling tot wat Boris beweerde.'

'Boris is een zak, daar moet je geen enkele gedachte meer aan verspillen,' meende Judy.

'We hebben wel de hele avond gezoend,' vertelde Connie openhartig. 'Daarna heb ik hem thuisgebracht, want de laatste bus was al weg.'

'Als hij zo slecht in zijn slappe was zit kan hij beter een tweedehands fiets kopen, want het openbaar vervoer is ook niet goedkoop,' bromde Arnoud.

'Hij woont op een zolder en kan zijn fiets niet binnen zetten. In de buurt waar Martin woont hoef je hem echter ook niet buiten te laten staan, want dan ben je hem zéker kwijt. Daar hebben we het toevallig over gehad,' zei Connie.

'Er bestaat ook nog zoiets als stallingen. Als hij in zo'n slechte buurt woont begrijp ik niet dat hij jou daarvandaan midden in de nacht in je eentje terug laat rijden.'

'In een afgesloten auto kan me weinig gebeuren,' vond Connie nonchalant. Ze verzweeg dat ze wel degelijk doodsbang was geweest nadat ze Martin die nacht had afgezet bij zijn woning. Er hadden verschillende groepjes jongeren op straat rondgehangen en voor een onguur uitziende kroeg was een vechtpartij aan de gang geweest waarbij de glazen en flesjes alle kanten op waren gevlogen. Eén van die flesjes had haar auto geraakt en een flinke deuk achtergelaten. Ze was dolblij geweest toen ze eenmaal veilig thuis was aangekomen en ze had zich vast voorgenomen om dit nooit meer te doen. Voortaan moest Martin maar bij haar overnachten als hij zijn laatste bus had gemist. Desnoods voorlopig op haar bank. Het leek haar echter beter om de doorstane angst voor Arnoud te verzwijgen. Hij was in staat om Martin ter verantwoording te roepen en dan zou ze zich doodschamen. Arnoud was meestal niet erg subtiel als hij van mening was dat iemand waar hij van hield niet goed behandeld werd.

'Ik zou maar oppassen met die man,' vond hij het dan ook nodig om haar te waarschuwen.

'Ja pa,' grinnikte Connie. Dat was Arnouds standaard gezegde als zij iemand had leren kennen. Destijds bij Jerry ook, herinnerde Connie zich. Helaas had hij daar achteraf gelijk in gekregen. Jerry had haar heel wat verdriet bezorgd, al waren ze uiteindelijk toch niet als vijanden uit elkaar gegaan.

Connie ging naar huis nadat Julian zijn laatste fles had gekregen en terug in zijn bedje was gelegd. 'Om wat slaap in te halen,' zoals ze zelf verkondigde.

'Ik denk dat wij dat ook moeten doen,' zei Judy toen ze de deur achter Connie gesloten had. Ze gaapte ongegeneerd. 'Laten we de gelegenheid maar waarnemen nu Julian rustig is. Wat doe je?'

'Ik maak de knoopjes van je blouse los,' verklaarde Arnoud plezierig. 'Ik heb namelijk nog helemaal geen zin om te slapen.'

'Hm, dat kan ik me nauwelijks voorstellen, gezien de nachten die we achter de rug hebben,' mompelde Judy.

'Slapen kunnen we altijd nog. Ik wil nu heel iets anders.' Plagend ging hij verder met zijn bezigheden en Judy protesteerde niet.

Het was lang geleden dat ze intiem waren geweest, bedacht ze loom. Té lang. Haar ogen vielen meestal al dicht als ze haar bed alleen maar zag, bovendien hadden ze de laatste tijd zo vaak ruzie dat de lust haar al snel verging. Vanavond was de sfeer tussen hen echter prima geweest. Vrolijk, ontspannen en zonder bedekte verwijten aan elkaars adres, zoals de laatste tijd zo vaak het geval was. Arnouds warme lippen op de hare deden al die gedachten daaraan vervagen. Het enige wat Judy nog besefte was dat ze ontzettend veel van haar man hield. Hun strubbelingen van de afgelopen tijd deden niets af aan haar gevoelens voor hem.

'Ik houd van je,' zei Arnoud op dat moment zacht. Teder trok hij haar inmiddels half ontblote lichaam tegen zich aan.

'Ik houd ook van jou,' reageerde Judy ademloos. De kus die daarop volgde veranderde van teder in hartstochtelijk.

'Kom mee,' fluisterde Arnoud, haar zachtjes in de richting van de slaapkamer duwend. 'Ik verlang zo naar je.' Hij legde haar op hun bed neer en begon zich zo snel mogelijk van zijn eigen kleding te ontdoen.

Precies op het moment dat hij naast haar ging liggen en haar opnieuw in zijn armen nam, begon Julian te huilen. Judy's lichaam verstarde onmiddellijk.

Ze kwam half overeind, daarbij Arnoud van zich afduwend.

'Ik moet even naar hem toe,' zei ze verontschuldigend.

Hij zuchtte diep en kon nog net een stevige verwensing binnenhouden, maar hield haar niet tegen toen ze het bed uitglipte. Dat had toch geen nut, wist hij. Zodra Julian begon te huilen stond Judy op scherp en had ze nergens meer aandacht voor. Het enige wat ze dan nog wilde was haar baby troosten. Even bleef hij moedeloos liggen, met gesloten ogen. Hield het dan nooit op? Zou dat eeuwige gehuil ooit nog stoppen? Traag kwam hij overeind. Hij trok een badjas aan en liep de kamer in, waar Judy heen en weer liep met Julian in haar armen, sussende woordjes tegen het kind prevelend.

'Koffie?' vroeg hij kort.

'Liever thee, anders doe ik helemaal geen oog dicht voorlopig.'

Het lag op het puntje van Arnouds tong om te zeggen dat dat ook zijn bedoeling was, maar hij slikte die woorden in. Judy zou ze waarschijnlijk opvatten als een verwijt en dan zaten ze voordat hij het wist opnieuw midden in een stevige ruzie. Er was tegenwoordig maar heel weinig voor nodig om het lontje te doen ontbranden, bij hen allebei. Het slaapgebrek begon zijn tol te eisen.

Het duurde even voor Julian zover gekalmeerd was dat Judy het aandurfde om hem terug in zijn bedje te leggen. Hij hield zijn oogjes dicht en snikte alleen af en toe nog een beetje na.

'Ik geloof dat hij slaapt,' fluisterde ze. Op hun tenen glipten ze de kinderkamer uit, om elkaar in de gang opgelucht aan te kijken. Uit ervaring wijs geworden, wachtten ze een paar minuten met gespitste oren, maar het bleef stil achter de gesloten deur van Julians kamertje.

'Gelukt,' constateerde Arnoud triomfantelijk. 'Kom op schat, dan gaan we verder waar we gebleven waren.'

'En waar was dat ook alweer?' informeerde Judy plagend.

'Ergens hier,' antwoordde hij, haar buik strelend.

Een rilling van genot trok door haar lichaam heen. Ze wilde niets liever dan afmaken waar ze een uur geleden aan begonnen waren.

Ze waren net terug in hun slaapkamer en weer volledig in elkaar verdiept, toen Julian zich opnieuw liet horen. Eerst een heel zacht kreetje, waarbij Arnoud en Judy als verlamd bleven liggen in de hoop dat hij dit geluid in zijn slaap maakte, maar daarna begon het doordringende gegil weer van voren af aan. Nu vloekte Arnoud wél, luid en hartgrondig. In één klap was het gedaan met zijn rust, zijn zelfbeheersing en zijn begrip. Hij stormde de slaapkamer uit, gooide de deur van de kinderkamer open en stond met één grote pas naast het bedje.

'Is het nou eens afgelopen?' schreeuwde hij volledig over zijn toeren. 'Altijd en eeuwig dat gejank! Ik ben het spuugzat!'

'Zeg, ben jij niet wijs of zo?' Judy duwde hem weg bij het bedje. Haar gezicht was bleek en haar knieën trilden. 'Doe normaal, man! Je staat verdorie tegen een baby te schreeuwen.'

Zo kalm mogelijk, maar inwendig bibberend van schrik, tilde ze Julian op. 'Stil maar, stil maar,' probeerde ze hem te sussen. Ze wiegde hem heen en weer.

'Ja, dat helpt,' hoonde Arnoud. 'Dat hebben we gemerkt de laatste tijd. Je hebt hem gewoon verziekt, dát is het probleem. Als je hem af en toe eens gewoon had laten huilen, had hij wel geleerd dat je niet bij iedere kik onmiddellijk naast zijn bed staat en dan was hij wel wat rustiger geweest. Natuurlijk huilt hij nu steeds, hij weet dat het loont. Zodra hij gaat blèren komt mama hem troosten, dat heeft hij donders goed door. Ik wilde dat ik een kwart van de aandacht kreeg die je aan Julian geeft. Moet ik soms ook gaan janken voor je beseft dat ik er ook nog ben?' Hij was volkomen door het dolle heen en raasde maar door.

'Houd op,' verzocht Judy hem kortaf. Ze keek hem niet aan, maar hield haar blik op Julian gericht, die onverminderd doorhuilde.

'Waarom? Zeg dat liever tegen hém,' zei Arnoud onredelijk.

'Jaloers?' vroeg ze op spottende toon. Haar ogen schoten vuur en ze werd steeds kwader. 'Je lijkt wel niet goed bij je hoofd om zo tekeer te gaan tegen een onschuldig kind. Durf je wel? Waar haal je het lef vandaan om je zo te gedragen?'

'Dat maak ik nog altijd zelf uit,' riep Arnoud ook woedend.

'Niet als ík erbij ben. Je uitbarstingen bewaar je maar voor je personeel, ik wil niet hebben dat je je frustraties uitleeft op mijn zoon. Hoe durf je?' Judy werd zo kwaad dat ze zich niet eens meer bewust was van wat ze allemaal zei. In blinde woede sloeg ze om zich heen. 'Daar heb je geen enkel recht toe. Julian is niet eens je eigen kind.'

Arnoud bleef als verlamd staan. Hij staarde haar aan alsof ze in een ruimtewezen was veranderd, wat voor zijn gevoel ook echt zo was. Alles had hij verwacht, maar dit niet. Zijn woede was meteen verdwenen; een felle, doordringende pijn in de buurt van zijn hart kwam daarvoor in de plaats.

'En wie zijn schuld is dat?' zei hij schor. Zijn keel voelde zo droog aan dat hij amper uit zijn woorden kon komen.

Judy wendde haar blik van hem af, ze mompelde iets onverstaanbaars.

'Ik vroeg je wat!' Ruw pakte Arnoud haar arm vast. 'Aan wie ligt het dat Julian niet van mij is? Ik ben niet degene die de boel bedrogen heeft, Judy. Er is wel erg veel lef voor nodig om de zaken zo te draaien dat ík nu de zwartepiet toegespeeld krijg.'

'Sorry.' Het klonk niet echt gemeend, eerder wat kortaf. 'Ik ben moe, dan flap je er weleens iets uit wat niet zo bedoeld is.'

Arnoud schudde zijn hoofd. 'O nee, dat is een te makkelijk excuus. Ik flipte omdat ik moe en gefrustreerd ben, maar wat jij zei heeft daar niets mee te maken. Dat is iets waar je onbewust toch blijkbaar steeds mee bezig bent. Ik begin me af te vragen waarom ik zo veel moeite doe voor dit gezin, als ik toch niet voor vol word aangezien.' Zijn stem klonk bitter.

'Stel je niet zo aan.' Judy moest haar stem verheffen om boven het gekrijs van Julian uit te komen, wat de zaak er niet beter op maakte. Op deze manier klonk het niet echt deemoedig, eerder aanvallend. 'Het spijt me, oké?'

'Niet half zo veel als het mij spijt,' zei Arnoud terwijl hij zich omdraaide en wegliep.

Judy was zo druk bezig om Julian te troosten dat de strekking van wat ze gezegd had niet eens echt tot haar doordrong. Ze nam aan dat Arnoud terug naar bed ging en dat was waarschijnlijk ook het beste nu. Dan konden ze het morgen rustig uitpraten en er samen om lachen, zoals dat steeds ging na hun ruzies van de laatste tijd. Gelukkig waren ze zich er allebei van bewust dat die ruzies niet ontstonden door een gebrek aan liefde of begrip voor elkaar, maar dat ze puur voortkwamen uit de stress die Julians gehuil met zich meebracht. Op rustige momenten konden ze het prima relativeren, om tijdens de volgende slapeloze nacht weer tegen elkaar uit te varen. Dat begon langzamerhand een vast patroon te worden en Judy maakte zich dan ook niet zo druk op dat moment. Julian ging nu voor.

Het begon zo'n beetje tijd voor zijn voeding te worden, ontdekte ze. Hij kreeg nog steeds iedere nacht een fles, hoewel de arts van het consultatiebureau onlangs had gezegd dat het tijd werd dat hij van zijn nachtvoedingen afkwam. Judy maakte echter trouw iedere nacht een flesje klaar als hij huilde, anders kregen ze helemaal geen rust.

Op de commode verwisselde ze zijn luier en ze trok hem een schone pyjama aan, omdat hij doorgelekt was. Daarna maakte ze in de keuken zijn fles klaar en ze liep met Julian op haar arm de huiskamer in. Tot haar grote verbazing lag Arnoud daar op de bank, met zijn hoofdkussen en zijn dekbed.

'Wat is hier de bedoeling van?' vroeg ze zich hardop af.

'Ik probeer te slapen. Kun je jouw kind niet ergens anders de fles geven?' bromde Arnoud. Hij legde extra nadruk op de woorden 'jouw kind'.

Voor ze hierop reageerde, ging Judy eerst zitten en stopte de speen van de fles in Julians mondje. Hij begon direct gulzig te drinken. Een weldadige rust daalde op hen neer nu het krijsen stopte.

'Drijf de zaken alsjeblieft niet zo op de spits,' verzocht ze kalm.

'Het spijt me, dat heb ik je al gezegd.'

'Wat spijt je precies? Dat je me bedrogen hebt en het kind van een ander hebt gekregen, of dat je me dat feit voor de voeten hebt gegooid op het moment dat ik eventjes niet de ideale vader speelde? Zeg het maar, ik ben benieuwd.'

'Ik dacht dat we het verleden achter ons zouden laten,' zei Judy met een strak gezicht.

'Ik wel, ja. Jij bent daar blijkbaar niet toe in staat. Dat Julian er is, heb ik vanaf het eerste moment voor honderd procent geaccepteerd, ook heb ik me altijd zijn vader gevoeld. Hoe hij verwekt is deed daar niets aan af, dat telde op een gegeven moment niet meer. Ik dacht dat we een gewoon gezin vormden. Een vader, een moeder en een kind.'

'Dat zijn we ook.'

Arnoud schudde zijn hoofd. 'Nee, dat zijn we níét en dat heb jij me daarnet pijnlijk duidelijk gemaakt. Jij bent een moeder met haar kind en ik ben de stommeling die het geld binnenbrengt en voor jullie zorgt. Ik mag naar de buitenwereld toe vadertje spelen, meer niet. Ik mag vooral geen kritiek uiten, niet mijn stem verheffen en niet boos worden, ook al is dat een normale, menselijke reactie. Zodra ik iets doe wat buiten het paadje van het ideale vadergedrag valt, word ik op de feiten gewezen en teruggefloten. Dan ben ik ineens niemand meer en heb ik geen rechten in dit gezin.'

'Je weet best dat ik het niet zo bedoelde.'

'Je hebt het gezégd, dat is voor mij voldoende bewijs dat je het wel degelijk zo voelt,' meende Arnoud kortaf. 'Je kunt niet zoiets roepen, vervolgens zeggen dat het je spijt, en denken dat het geen gevolgen heeft.'

'Arnoud, alsjeblieft.' Smekend keek Judy hem aan. Ze begon bang te worden van zijn strakke gezicht, dat eruitzag alsof er een emotieloos masker overheen getrokken was. 'Ik meende het niet. Ik wist niet eens wat ik zei, ik was alleen maar boos omdat je zo vreselijk tekeerging. Julian is nog maar een baby, daar hoor je niet tegen te schreeuwen. Ik was bang dat je hem iets aan zou doen.'

'Als ik zijn echte vader was geweest had je die angst waarschijnlijk niet gehad, anders had je dat niet als argument gebruikt.'

'Ik meende het niet,' herhaalde Judy wanhopig.

'Je zei het. Laten we er nu maar over ophouden, deze discussie heeft geen enkele zin. Ik wil slapen.'

Demonstratief draaide Arnoud zich om op zijn zij, met zijn rug naar haar toe. Judy probeerde nog een gesprek op gang te brengen, maar hij negeerde haar en bleef stug zwijgen. Hij had het gevoel of er een blok ijs zat op de plek waar zijn hart hoorde te zitten. Alle emoties waren weg, op dat moment voelde hij zelfs niets meer voor Judy. Ze had hem zo ontzettend gekwetst met die ene opmerking, dat was niet in woorden uit te drukken.

Uiteindelijk gaf ze haar pogingen op. Julian had zijn fles leeg en was op haar schoot in slaap gevallen. Judy legde hem in zijn ledikantje en zocht zelf ook haar bed weer op. Ondanks alles viel ze toch onmiddellijk in slaap. Haar lichaam eiste de rust op die het momenteel zo ontbeerde, dat konden de gedachten die door haar hoofd heen tolden niet voorkomen.

Tegen de ochtend begon hij alweer te huilen. Het was nog donker en het duurde een tijdje voor het tot Judy doordrong dat het geluid dat ze hoorde en dat ze in haar droom tevergeefs probeerde uit te zetten, van haar zoon kwam. Slaapdronken kwam ze overeind. Dit wende nooit, daar was ze inmiddels wel achter. De lege plek naast haar in bed herinnerde haar aan wat er die nacht voorgevallen was tussen hen. Voor ze naar Julian toe ging keek ze om de deur van de huiskamer, verwachtend dat Arnoud nog in diepe rust verkeerde. Hij zat echter op de bank, met zijn ellebogen op zijn knieën en zijn hoofd in zijn handen gesteund. Somber staarde hij voor zich uit.

'Julian huilt, waarom ben je niet naar hem toegegaan als je toch wakker bent?' vroeg Judy.

Langzaam draaide Arnoud zijn gezicht naar haar toe, de blik in zijn ogen was leeg.

'Waarom zou ik? Hij is mijn kind toch niet?'

'Arnoud, dit is belachelijk.' Judy kwam nu helemaal de kamer in. Ze sloot de deur achter zich, zodat het gehuil van Julian hun gesprek niet overstemde. 'Wat wil je dat ik doe? Moet ik voor je op mijn knieën of zo?'

'Jij hoeft helemaal níéts te doen. Integendeel, je hebt meer dan genoeg gedaan,' antwoordde Arnoud dof. 'Het maakt mij totaal niets meer uit wat je doet of zegt.'

'Wat bedoel je daarmee?' wilde Judy wanhopig weten. Het drong tot haar door dat dit ernstiger was dan ze had gedacht. Arnoud was compleet van slag, er was geen normaal gesprek meer met hem te voeren. Haar vage hoop dat hun ruzie bij het ochtendgloren als vanzelf tot het verleden zou behoren, vervloog bij het zien van haar uitgebluste man op de bank. Zo had ze hem nog nooit meegemaakt, zelfs niet op de bewuste avond toen ze hem vertelde dat ze zwanger was en hij onmiddellijk begreep dat ze hem bedrogen had met een ander. Nu pas realiseerde ze zich hoeveel pijn ze hem had gedaan.

'Precies wat ik zeg,' zei Arnoud opstaand. 'Het interesseert me niet meer, Judy. Ga vooral je eigen gang en zorg voor Julian zoals jij dat wilt. Ik bemoei me nergens meer mee.' Zonder haar aan te kijken liep hij weg, naar de badkamer. Even later hoorde ze het water van de douche stromen.

Julian was inmiddels gestopt met huilen en toen Judy bij hem ging kijken zag ze dat hij weer in slaap was gevallen. Het advies van het consultatiebureau om hem even te laten huilen voor ze naar hem toeging, werkte dus wel, dacht ze wrang. Had ze dat maar eerder uitgeprobeerd, dat had hun veel ellende kunnen besparen. Arnouds uitbarsting van die nacht en haar striemende reactie daarop, waren het rechtstreekse gevolg van haar drang om haar kind onmiddellijk te troosten zodra hij een kik gaf. Gedreven door moeheid, stress en frustratie deden en zeiden ze allebei dingen die normaal gesproken niet in hun hoofden op zouden komen. Zoals het er nu naar uitzag, zorgde die ene ondoordachte opmerking, die ze er zonder bijbedoelingen in het heetst van de strijd uit had gegooid, ervoor dat hun huwelijk op springen stond, want onder deze omstandigheden kon ze onmogelijk bij Arnoud blijven. Dat zou hij trouwens niet willen ook. Hij had haar duidelijk laten merken dat ze wat hem betrof net zo goed kon vertrekken. De liefde tussen hen leek ineens een lachertje.

HOOFDSTUK 10

Veel vroeger dan anders ging Arnoud de deur uit. Het eerste wat Judy na zijn vertrek deed, was Connie bellen. Ze moest dit aan iemand kwijt en Connie was daar de aangewezen persoon voor. Dat het nog heel vroeg was en ze haar vriendin uit bed belde, merkte ze pas op het moment dat Connie met een slaperige stem haar telefoon opnam. Ze verontschuldigde zich niet eens voor dat feit.

'Arnoud en ik hebben ruzie gehad,' viel ze met de deur in huis.

'Alsof dat iets bijzonders is,' bromde Connie terwijl ze een geeuw onderdrukte. Ze hoorde niet anders de laatste tijd.

'Dit keer is het anders,' zei Judy. 'O Con, ik heb er een puinhoop van gemaakt. Het komt nooit meer goed tussen Arnoud en mij.' Plotseling stroomden de tranen over haar wangen. Nu ze erover praatte besefte ze pas echt wat ze precies gezegd had en hoe hard dat aangekomen moest zijn bij Arnoud. 'Ik heb hem zo gekwetst. Ik kan hem niet eens kwalijk nemen dat hij me niet meer wil zien.'

'Ho, ho, wacht even.' Connie was op slag klaarwakker. 'Vertel eens rustig wat er aan de hand is.'

Tot in details verwoordde Judy wat Arnoud en zij die nacht allebei gezegd hadden. Connie hield van schrik even haar adem in toen Judy bij het cruciale gedeelte aankwam.

'O Juud, hoe kon je?' kreunde ze. 'Dat is echt het allerergste wat je tegen hem kon zeggen.'

'Dat begint nu ook tot me door te dringen, ja,' bekende Judy nasnikkend. 'Het is helemaal fout gelopen vannacht. Hij accepteerde mijn excuses niet eens.'

'Daar kan ik me wel iets bij voorstellen. Je hebt hem dan ook precies daar geraakt waar het hem het meeste pijn doet,' zei Connie op zakelijke toon. 'Dat maak je niet goed met een spijtbetuiging en een etentje, ben ik bang.'

'Ik vrees zelfs dat ik dit nooit meer goed kan maken. Alles wat er tussen ons was, is in één klap voorbij. Arnoud haat me,' zei Judy somber. 'Hij heeft me niet eens gedag gezegd toen hij wegging, hij keek dwars door me heen.'

'Hij is dus al naar de zaak? Dan ga ik zo ook maar vast, kijken of hij met míj wil praten,' nam Connie zich voor. 'Probeer je niet al te druk te maken, Judy. De soep wordt nooit zo heet gegeten als ze wordt opgediend, luidt het spreekwoord.'

'In dit geval toch wel. Ik ga mijn spullen pakken en voor Arnoud thuiskomt ben ik weg. Je wilt niet weten hoe hij naar me keek, ik kan het niet verdragen om dat nog een keer te ondergaan.'

'Doe nou niets overhaast.'

'Het is geen impulsieve actie, maar een realistische. Arnoud is te veel heer om me op straat te zetten met Julian, anders had hij dat beslist gedaan. Het gaat mijn kracht te boven om hier te blijven en me vanavond, als hij thuiskomt, weer te laten negeren. Ik voel me op dit moment gewoonweg een parasiet omdat Arnoud voor de kosten van het levensonderhoud van Julian opdraait.'

'Laat mij op zijn minst eerst proberen met hem te praten,' drong Connie aan.

Judy schudde haar hoofd, hoewel Connie dat niet kon zien. 'Dat heeft geen nut meer. We zijn allebei veel te ver gegaan vannacht, dat is niet zomaar terug te draaien. Het verleden heeft ons ingehaald, Con, hoe erg ik dat ook vind. Zo zie je maar, je kunt niet doen wat ik gedaan heb en dan denken dat je er zonder kleerscheuren van afkomt. De straf volgt altijd, hoe dan ook.'

'Dat heeft niet zozeer met het verleden te maken, maar met de manier waarop jullie daarmee omgaan. Jij hebt jezelf dat slippertje met Jerry nog steeds niet echt vergeven en Arnoud voelt zich bedreigd omdat Julian een andere biologische vader heeft. Dat maakt hem angstig,' merkte Connie op.

'Het doet er niet toe waar het door komt, het gaat om de gevolgen en die zijn bijzonder triest.' Judy zat als een hoopje ellende in elkaar gedoken op de bank, bang voor alles wat haar te wachten stond en zich tegelijkertijd sterk bewust van het feit dat ze er niet aan kon ontkomen. 'Het is over, ik ga weg. Vandaag nog.'

'Als je maar niet ergens onderduikt zonder een adres achter te laten,' waarschuwde Connie haar. 'Waar ga je eigenlijk naar toe?'

'Ik hoop eigenlijk dat ik voorlopig bij jou terechtkan,' antwoordde Judy kleintjes. De stilte die op haar woorden volgde, was veelzeggender dan een regelrechte weigering. 'Laat maar, ik zoek wel iets anders,' voegde ze er dan ook haastig aan toe. Met een wild gebaar veegde ze de opkomende tranen uit haar ogen. Als Connie haar nu ook in de steek liet, was de ramp compleet.

'Het is niet dat ik je niet wil helpen,' zei Connie verontschuldigend. 'Maar nog even afgezien van het feit dat ik simpelweg geen ruimte heb om jou en Julian onderdak te verschaffen, zou het me ook in een heel lastig parket brengen. Als je met iedere andere man op deze wereld getrouwd was, was je van harte welkom, al had ik zelf op het balkon moeten slapen. Maar nu... Arnoud is mijn broer, Judy. Ik wil geen partij kiezen voor één van jullie en ik zou het als verraad voelen om jou nu in huis te nemen.'

'Na wat ik tegen hem gezegd heb, bedoel je,' begreep Judy.

'Eigenlijk wel, ja. Zo cru wilde ik het niet brengen, maar zo is het wel,' gaf Connie aarzelend toe.

'Ik begrijp het. Maak je geen zorgen, ik vind wel iets anders,' zei Judy op vlakke toon.

'Ik hoop dat je niet boos op me bent.'

'Ik ben niet echt in een positie om kwaad op iemand te zijn, behalve dan op mezelf.'

'Wees in ieder geval niet bang dat ik je laat vallen, ik wil alleen niet in de positie komen dat ik moet kiezen tussen jou en Arnoud,' zei Connie nog voor ze hun gesprek beëindigden.

Daar had ze dan lekker veel aan, dacht Judy wrang. Eigenlijk was Connie de enige persoon waar ze terecht kon, ze had er geen seconde aan getwijfeld dat ze welkom was bij haar. Ze kon wel begrip opbrengen voor Connies beweegredenen, maar zat nu zelf wel met haar handen in het haar. In de flat blijven wonen tot ze iets voor zichzelf gevonden had, leek haar in deze omstandigheden een onmogelijke opgave. De blik in Arnouds ogen was onverdraaglijk geweest, dat hield ze echt nog geen twee dagen vol.

Judy's vingers aarzelden boven de toetsen van de telefoon. De enige andere optie die ze nog had was Marsha. Normaal gesproken de laatste aan wie ze iets dergelijks zou vragen, maar nu had ze voor haar gevoel geen andere keus meer. Marsha was geen type aan wie je makkelijk hulp vroeg, toch kon Judy nu niets anders doen dan haar trots opzijzetten. Alles was beter dan in de flat blijven en die avond opnieuw geconfronteerd worden met een ijskoude Arnoud, die haar geen blik meer waardig keurde. Bij de gedachte daaraan tikte ze resoluut Marsha's nummer in.

Haar zus nam even later op met de woorden: 'Wie belt er in vredesnaam op dit onmogelijke uur?'

'Sorry,' excuseerde Judy zich onmiddellijk. 'Ik wilde je niet storen, maar ik zit heel erg omhoog en heb echt je hulp nodig.'

'En je kon geen uur wachten om daarom te vragen?' bromde Marsha. 'Enfin, wat is er aan de hand?'

'Ik zit dringend verlegen om een logeeradres tot ik woonruimte voor mezelf en Julian heb gevonden.'

Er viel een lange stilte aan de andere kant van de lijn en Judy wachtte gespannen op Marsha's reactie. Ze wist dat haar zus er niet de persoon naar was om spontaan haar hulp aan te bieden als het niet strikt noodzakelijk was. Ze vond altijd dat iedereen zijn eigen boontjes moest doppen.

'Problemen in het paradijs?' informeerde Marsha kort.

Judy haalde diep adem. 'Meer dan dat. Het is hier hopeloos mis en ik kan echt niet langer blijven. Het spijt me, Mars. Ik zou het je niet vragen als het niet heel erg nodig was, maar... maar...' Ze begon te haperen. Het viel niet mee om haar tranen binnen te houden, maar het laatste wat ze wilde was in huilen uitbarsten.

'Ik begrijp het.' Marsha zuchtte. 'En een ander adres heb je niet waar je voorlopig terechtkunt?'

'Nee,' gaf Judy deemoedig toe. In ieder ander geval had ze allang de hoorn op de haak gegooid na deze stugge en weinig meelevende reactie, ze slikte nu echter haar trots weg.

'Oké dan, mits het geen maanden gaat duren,' gaf Marsha uiteindelijk onwillig toe. 'Ik moet alleen wel over een uur de deur uit, dus moet je hier voor die tijd zijn.'

'Dat red ik nooit,' zei Judy in paniek. 'Julian slaapt nog, die moet zo zijn fles en ik moet al onze spullen nog inpakken. Zelf loop ik trouwens ook nog in mijn ochtendjas.'

'Ik kan toch moeilijk vrij nemen tot jij hier bent.' Marsha dacht even na. 'Ik neem aan dat je met een taxi komt, want al die spullen en een kind krijg je natuurlijk onmogelijk mee in de bus. Laat die taxi dan langs mijn school rijden, dan kan ik je de sleutel geven. Iets anders kan ik zo snel niet bedenken, ik vertik het echt om mijn sleutel onder de mat te leggen of zo.'

'Dat is goed, dan zie je me straks wel verschijnen bij school,' zei Judy mat. 'Dan ga ik nu aan de slag.'

'Tot straks,' zei Marsha kort.

Ze legde de hoorn neer voor Judy haar had kunnen bedanken. Maar bedankjes stelde haar zus toch nooit erg op prijs, wist Judy. Ondanks haar weinig toeschietelijke reactie was ze blij dat ze bij haar terechtkon, want iets anders had ze echt niet meer geweten. Haar ouders waren de laatste mensen bij wie ze aan wilde kloppen, daarvoor was hun verhouding altijd te slecht en te oppervlakkig geweest. Even keek Judy radeloos om zich heen, nietwetend waar ze moest beginnen, daarna vermande ze zich. Met een beetje mazzel zou Julian nog een uurtje doorslapen, ze moest in die tijd zo veel mogelijk zien te doen. In gedachten een lijst opstellend van wat ze allemaal mee moest nemen, stapte ze eerst onder de douche, daarna begon ze met inpakken. Het was het moeilijkste wat ze ooit in haar leven had gedaan. Alles wat haar lief was, was verbonden met deze flat. Het was nog maar zo kort geleden dat ze uit volle overtuiging het jawoord aan elkaar hadden gegeven, ze had nooit verwacht dat er al zo snel een einde aan hun huwelijk zou komen. Ze had überháúpt nooit verwacht dat daar ooit een einde aan zou komen. Arnoud en zij konden samen alles aan, daar was ze van het begin af aan van overtuigd geweest. Die stelling was overigens ook bewezen toen ze het na haar bedrog weer goedgemaakt hadden. Zelfs dat had hen niet voorgoed uit elkaar kunnen drijven. Maar de gevolgen waren helaas niet uitgebleven, dacht ze toen somber. Uiteindelijk bleek het nu toch haar slippertje te zijn dat een definitieve breuk tussen Arnoud en haar veroorzaakte, wrang genoeg.

Met pijn in haar hart nam ze even later afscheid van de flat waarin ze zo veel gelukkige momenten had beleefd. Omdat ze Connie niet in het ongewisse wilde laten over haar verblijfplaats, maar ze geen zin had om nu met haar te praten, stuurde ze haar een sms met haar tijdelijke adres. Waarschijnlijk zou die informatie direct aan Arnoud doorgespeeld worden, maar daar kon ze zich niet druk om maken. Hij zou haar toch niet op komen zoeken, zo goed kende ze hem wel. Er waren trouwens maar heel weinig mensen bij wie ze terechtkon, dus als hij wilde zou Arnoud haar sowieso heel snel op kunnen sporen.

Zonder nog om te kijken trok Judy even later de buitendeur achter Julian en zichzelf dicht.

Connie had zich snel gewassen en aangekleed, zodat ze al heel vroeg bij de zaak arriveerde. Arnoud was al druk bezig, merkte ze bij haar binnenkomst. Zoals iedere morgen drong de geur van vers gebak haar neus binnen. Ze vond hem in de keuken. Hij keek niet eens verbaasd op toen ze zo onverwachts opdook.

'Judy heeft je dus al gebeld,' constateerde hij slechts.

'Klopt,' knikte Connie. 'Jullie hebben er een lekkere puinhoop van gemaakt samen.'

'Ik geloof niet dat mij veel blaam treft.'

'Judy maakte die opmerking anders niet voor niets. Ze is zich waarschijnlijk doodgeschrokken van jouw uitbarsting en besefte zelf niet wat ze er uitflapte. Alles was op dat moment geoorloofd om jou te doen stoppen.' Connie maakte koffie voor hen klaar en dwong hem bijna die op te drinken. 'Je ziet eruit als een geest,' merkte ze weinig complimenteus op.

'Gek hè?' Arnoud lachte vreugdeloos. 'We slapen de laatste tijd sowieso al weinig, maar vannacht heb ik helemáál geen oog dichtgedaan. Het leek wel of ik een keiharde stomp in mijn maag kreeg toen Judy dat zei. Ik kreeg gewoon even geen lucht meer.'

'Zoals ik al zei, ze was zich daar zelf niet eens van bewust.'

'Dat is juist het ergste, want dat bewijst dat ze er wel voortdurend mee bezig is, maar het normaal gesproken voor zich houdt. Op dit soort chaotische momenten flappen mensen datgene er uit wat ze anders alleen maar denken. Ik had Julian overigens echt niets aangedaan, daar hoefde ze niet bang voor te zijn.'

'Dat wist ze niet. In drift kunnen mensen heel rare dingen doen,' meende Connie. 'Vergeet niet dat ze je nog nooit zo meegemaakt heeft, jij bent altijd de kalmte zelf.'

'Ik heb Judy vroeger nooit chagrijnig meegemaakt, nu is ze bijna niet anders. Ik mag daar niets van zeggen omdat ik begrip op moet brengen voor het feit dat ze moe is en daarom anders reageert dan normaal. Nu ík echter een keer anders reageerde dan zij van me gewend is, ben ik ineens de boeman en meent ze me alles voor mijn voeten te mogen gooien wat in haar hoofd opkomt. Nou, ik bedank voor de eer,' zei Arnoud bitter.

'Kunnen jullie er niet gewoon rustig over praten?' vroeg Connie wanhopig. 'Het is toch te gek voor woorden dat één verkeerd geplaatste opmerking al het goede tussen jullie kapot kan maken?'

'Een verkeerd geplaatste opmerking?' echode Arnoud. Hij keek haar donker aan. 'Heb je enig idee hoe ik me voelde op dat moment, hoeveel pijn ze me daarmee deed? Aan wiens kant sta jij eigenlijk?'

'O nee, hier waag ik me niet aan,' antwoordde Connie onmiddellijk, met haar handen afwerend in de lucht gestoken. 'Dat heb ik tegen Judy ook al gezegd. Ik weiger partij te trekken voor een van jullie. Ik probeer alleen maar te helpen.'

'Dat kun je beter laten,' zei Arnoud kortaf.

'Judy belde me vanochtend niet voor niets voor dag en dauw op, Arnoud. Het was niet alleen om te vertellen wat er gebeurd was, ze vroeg me of ze voorlopig, samen met Julian, bij mij mocht logeren tot ze woonruimte voor zichzelf gevonden had. Ze gaat bij je weg,' speelde Connie haar laatste troef uit in een poging Arnoud te bewegen tot een gesprek.

Zijn gezicht verstrakte en zijn ogen werden donker in zijn witte gezicht. 'Dat lijkt me een uitstekend plan,' zei hij echter vlak.

'Dat kun je niet menen!' viel Connie heftig uit. 'We hebben het hier verdorie niet over een vage kennis, Arnoud. Het gaat om je vrouw en je zoon.'

'Mijn vrouw en háár zoon,' verbeterde hij haar cynisch.

'Jij houdt net zo veel van Julian als zij. Juist voor hem zouden jullie weleens wat meer moeite mogen doen om jullie huwelijk te redden.'

'Het spijt me, maar daar zie ik op dit moment geen enkele reden toe.' Arnoud schoof zijn stoel met een ruk naar achter en stond op. 'Ik ga aan het werk. Als straks de eerste klanten komen moet de vitrine wel vol staan. Ga jij ook wat doen? De aanbieding van vandaag is koffie met citroenvlaai, dat kun je op het bord schrijven. Ik denk dat ik morgen perentaart bak als dagaanbieding. Het is er nu de tijd voor.'

Hij weigerde verder nog één woord over zijn privéleven te zeggen en Connie kon niets anders doen dan dat respecteren.

Moedeloos liep ze de grote keuken uit om aan haar eigen werk te beginnen. Judy had Arnoud wel heel erg zwaar verwond als hij zelfs niet reageerde op de mededeling dat ze bij hem wegging. Gisteren zou dat nog het ergste zijn geweest wat hem kon overkomen, nu leek het hem niet eens te deren. Hij deed zo onverschillig.

Connie zag niet dat Arnoud aan de tafel in elkaar zakte nadat zij de keuken had verlaten. Hij sloeg zijn handen voor zijn gezicht en liet zijn tranen de vrije loop, zonder zich daarvoor te schamen. Judy ging weg, Judy ging weg, als een mantra bleef dat zinnetje in zijn hoofd ronddraaien. En niet alleen Judy, mét haar vertrek raakte hij ook Julian kwijt. Zijn zoontje, waar hij zo stapelgek op was en waar hij met zoveel liefde voor zorgde, ondanks alles wat aan zijn bestaan vooraf was gegaan. Hij wist zeker dat hij van een eigen kind niet meer kon houden dan hij van Julian deed. De toekomst staarde hem ineens leeg en grauw aan, toch piekerde hij er niet over om naar Judy toe te gaan en met haar te praten. Hij kon het niet. Zelfs de gedachte aan de lege flat die hij die avond aan zou treffen kon hem daar niet toe overhalen. De pijn was te heftig, de wond in zijn hart te groot. De linkerkant van zijn borstkas voelde aan als één groot, gapend gat.

Hij liet echter niets van zijn gevoelens blijken toen Connie hem later meedeelde dat Judy tijdelijk bij Marsha introk. Stug bleef hij doorwerken aan het grote werkblad, met zijn rug naar haar toe, zodat ze de sporen van tranen op zijn gezicht niet zag.

'Ik dacht dat ze naar jou toe ging,' zei hij, trachtend het te laten klinken alsof het hem niet interesseerde.

'Dat wilde ik niet, ik zei al dat ik geen partij wil trekken,' zei Connie. 'Dit is iets tussen jullie beiden, daar sta ik buiten.'

'Daar merk ik weinig van, je blijft er aardig over doorzeuren,' reageerde Arnoud koel.

'Er is inderdaad geen redelijk gesprek met jou te voeren, zoals Judy al zei,' kon Connie niet nalaten om te zeggen. 'Enfin, je weet waar je me kunt vinden als je me nodig hebt.'

Hij gaf geen antwoord meer en zuchtend liep ze weg. Haar telefoon piepte opnieuw ten teken dat er een berichtje was en nieuwsgierig opende ze het scherm. Deze sms was niet van Judy, maar van Martin, zag ze.

'Heb je gemist gisteravond. Ik kom je vanavond van je werk halen, xxx,' schreef hij.

Een warm gevoel trok door haar lichaam heen. Hoewel ze vanavond in ieder geval even naar Judy toe wilde gaan, verheugde ze zich erop om hem te zien. Al was het wel ironisch dat ze juist graag een partner wilde omdat ze dagelijks getuige was van het geluk van haar broer en schoonzus en ze hem gevonden had op het moment dat het helemaal mis ging tussen die twee.

HOOFDSTUK 11

Terwijl de relatie tussen Connie en Martin steeds inniger werd, dreven Judy en Arnoud juist verder uit elkaar. Arnoud weigerde resoluut contact met Judy op te nemen, ondanks Connies aandringen dat hij toch minstens moest proberen de band met Julian aan te houden.

'Waarom?' had hij met opgetrokken wenkbrauwen gevraagd. 'Judy heeft me heel goed duidelijk gemaakt dat ik niets met Julian te maken heb. Ik ga er niet van uit dat ze in de gegeven omstandigheden instemt met een bezoekregeling.'

'Je kent Judy goed genoeg om te weten dat dit een onzinnige opmerking is,' snauwde Connie. Ze werd langzamerhand wanhopig van haar broer. Het schild dat hij sinds het vertrek van Judy en Julian om zich heen had gebouwd, was niet te doorbreken, ondanks al haar pogingen daartoe. Talloze malen had ze al geprobeerd met hem te praten, maar alles wat ze zei ketste af op zijn afwerende houding. Ook nu weer.

'Ik zie er het nut niet van in,' zei Arnoud stug. 'Judy zal ooit wel weer een andere man vinden en dan wordt het voor Julian wel heel erg verwarrend als hij daarnaast ook nog ergens een vader heeft zitten die niet zijn echte vader is, maar waar hij wel verplicht naar toe moet. Laat het nu maar zo en bemoei je er verder niet mee.'

'Je kunt mij toch niet wijsmaken dat je hem niet vreselijk mist,' zei Connie.

Heel even leek zijn pantser te breken bij die opmerking. Zijn gezicht verbleekte en zijn ogen trokken zich bijna onmerkbaar samen. Eén moment zag Arnoud eruit alsof hij in huilen uit zou barsten, maar hij vermande zichzelf meteen weer.

'Dat is mijn probleem,' zei hij slechts terwijl hij zich met een ruk omdraaide en bij haar wegliep.

Hoe hecht hun band ook altijd geweest was, Connie kon hem

niet bereiken. Op een gegeven moment gaf ze haar pogingen op, al bleef ze Arnoud verzekeren dat hij altijd bij haar terechtkon als hij wilde praten.

Ook Judy zei nooit veel over haar gevoelens betreffende hun breuk.

'Het was waarschijnlijk onvermijdelijk, we zijn op een heel verkeerde manier begonnen,' zei ze alleen maar. 'Ik was dolgelukkig toen bleek dat Arnoud me terug wilde hebben na alles wat ik hem aangedaan had, maar ik had beter moeten weten dan een huwelijk in te stappen terwijl ik zwanger was van een ander. Zoiets kan nooit goed gaan, dat is vragen om problemen.'

Connie had daar heftig tegen willen protesteren, toch had ze haar mond gehouden. Zowel haar broer als haar schoonzus had zich teruggetrokken in zichzelf, er was met beiden niet te praten en er viel zéker niets te bemiddelen tussen die twee. Ze kon alleen maar hopen dat de tijd de scherpste kantjes zou verzachten.

Het leek onmogelijk dat juist Arnoud en Judy, die zo stapelgek op elkaar waren, definitief met elkaar gebroken hadden. Connie had Arnoud nog nooit zo gelukkig gezien als sinds hij Judy ontmoet had. Het was liefde op het eerste gezicht geweest tussen hen. Ze waren hun huwelijk begonnen in de volle overtuiging dat hun liefde sterk genoeg was om alles te kunnen doorstaan en nu, nog niet eens zo veel later, woonden ze allebei op een ander adres en weigerden ze met elkaar te praten. Voor Connie was dat iets onbegrijpelijks.

Arnoud had er destijds alles voor over gehad om Judy terug te krijgen, hij had er zelfs de hechte band met zijn zus voor op het spel gezet. Ze had het er ontzettend moeilijk mee gehad dat Arnoud met Judy trouwde terwijl die zwanger was van haar, Connies, vriend. Na veel moeite en verdriet had ze zich daar overheen gezet en de situatie geaccepteerd zoals die was. De band met Judy en Arnoud werd hersteld alsof er nooit een breuk geweest was en het lukte haar om het verleden achter zich te laten. En net nu zij dat bereikt had, veroorzaakte datzelfde verle- den torenhoge problemen in het huwelijk van Arnoud en Judy. Het leven was af en toe behoorlijk gecompliceerd, peinsde Connie terwijl haar handen automatisch hun werk verrichtten achter de counter. Nadat ze Martin ontmoet had, had ze zich er zo op verheugd om hem voor te stellen aan haar broer en schoonzus en om dingen te ondernemen met zijn vieren, net als ze vroeger hadden gedaan met Jerry erbij. Met twee stellen was dat toch anders. Hoe welkom ze ook altijd was bij haar broer thuis, Connie voelde zich toch vaak het vijfde wiel aan de wagen in hun gezelschap. Met Martin erbij zou die balans weer hersteld worden, had ze gedacht. En nu vormde zij met Martin een stel- letje en waren Judy en Arnoud alleen. Het kon raar lopen.

Ze hadden allebei nog niet eens kennisgemaakt met haar nieuwe vriend. Ze wilde Judy in deze omstandigheden niet de ogen uit- steken door te pronken met haar eigen geluk en Arnoud was simpelweg voor niemand toegankelijk op dit moment. Hij had zich op zijn werk gestort en besteedde de eenzame avonden aan het uitwerken van hun uitbreidingsplannen.

Het personeel van de lunchroom beleefde weinig plezier aan hem. Normaal gesproken droegen ze hun werkgever op handen, maar momenteel gedroeg hij zich zo kortaf en stug dat ze hem wel konden schieten. Connie vreesde dat het krediet dat hij in de loop der tijd bij ze had opgebouwd, snel verspeeld zou zijn op deze manier. In ieder geval was hun werkplek er niet gezelliger op geworden de laatste tijd. Arnouds humeur had ook zijn weer- slag op de anderen, waardoor het niet echt een plezier meer was om te werken.

'Hallo! Mevrouw!' Een ongeduldige klant tikte op de toonbank en Connie keek geschrokken op. Ze was zo in haar gedachten verdiept geweest dat ze de man helemaal niet gezien had. Hij lachte bij het zien van haar schuldbewuste gezicht. 'Ja, ben je er weer bij?' vroeg hij plagend. 'Ik stond hier al even.'

'Sorry hoor,' verontschuldigde Connie zich. 'Ik had je niet in de gaten.'

'Je keek zelfs dwars door me heen. Een gevoelige deuk voor mijn ego.' Hij trok een pijnlijk gezicht.

'Ik zal het goedmaken door je broodje vandaag extra dik te beleggen,' beloofde Connie hem. De afgelopen twee weken was deze man iedere dag om halfeen in hun zaak verschenen om te lunchen en ze had al begrepen dat hij in de buurt werkzaam was, waarschijnlijk in een van de grote kantoren die het winkelcentrum omringden.

'Ik weet een betere manier om je schuldige geweten te ontlasten,' zei hij opgewekt. 'Wat dacht je ervan om eens iets met me te gaan drinken?' Hij keek haar afwachtend aan.

'Dat lijkt mij wel leuk, maar ik vrees dat mijn vriend daar een probleem mee heeft,' lachte Connie.

'Ai, blunder,' zei hij. 'Jammer. Ik ben dus te laat in je leven verschenen, helaas. Doe dan maar een broodje jonge kaas en een broodje rosbief.'

'Nou, ik ben wel makkelijk te vervangen blijkbaar.'

'Ik ga mijn verdriet om je weigering weg eten,' vertrouwde hij haar toe met pretlichtjes in zijn ogen.

'Daar heb je geen gezonde broodjes, maar zoete chocola voor nodig,' wist Connie hem te melden. 'Geloof me, ik spreek uit ervaring. Zo'n stuk chocoladetaart doet wonderen voor je gemoed.'

'Na mijn lunch misschien. Ik stil mijn trek toch liever met een broodje,' grinnikte hij.

'Dan valt het met je verdriet wel mee. Dat is dus een deuk in míjn ego, dan staan we nu quitte,' zei Connie gevat terwijl ze een bord met zijn bestelling op de counter neerzette. 'Wil je er koffie bij?'

'Graag.' Hij trok zijn portemonnee om af te rekenen. 'En mocht je je ooit nog bedenken wat betreft mijn uitnodiging, schroom dan niet om me dat te laten weten. Hij blijft van kracht. Mag ik trouwens je naam weten? Ik vind het zo vervelend om je steeds mevrouw te noemen als ik iets wil bestellen.'

'Connie Verschuur.'

'Ralph Meerman,' stelde hij zich op zijn beurt voor. 'Je zult me hier ongetwijfeld nog vaak zien, want deze zaak bevalt me uitstekend om te lunchen. Ik heb een hekel aan bedrijfskantines, waar de roddels je altijd om de oren vliegen.'

'Je werkt zeker nog niet zo lang hier in de buurt dan?' vroeg Connie geïnteresseerd.

'Sinds twee weken, maar ik ben al jaren werkzaam bij hetzelfde bedrijf.' Ralph noemde de naam van een grote oliemaatschappij die inderdaad vlakbij gevestigd was. 'We hebben diverse vestigingen in zowel binnen- als buitenland. Ik ben vanuit het oosten van het land overgeplaatst hierheen om de kneepjes van het vak te leren. Binnenkort hoop ik uitgezonden te worden naar het buitenland,' vertrouwde hij haar toe.

'Jammer, dan raken we dus een vaste klant kwijt,' reageerde Connie. Ze moest haar aandacht verleggen naar andere mensen die binnenkwamen en wenste hem nog snel smakelijk eten voor ze zich over de volgende bestelling boog. Vanuit haar ooghoeken zag ze dat hij aan een tafeltje bij het raam ging zitten.

Leuke man, oordeelde ze in gedachten. Hij zag er goed uit, gedroeg zich vlot en charmant en had gevoel voor humor. Normaal gesproken zou ze geen twee seconden na hoeven denken om zijn uitnodiging met beide handen aan te nemen, maar tegenwoordig had ze Martin. Ze glimlachte bij de gedachte aan haar vriend. De afgelopen weken hadden ze elkaar niet vaak gezien, omdat Connie haar aandacht verdeelde tussen hem, Judy en Arnoud, maar het ging prima tussen hen. Ze kreeg nog steeds vlinders in haar buik als hij naar haar toe kwam of wanneer ze elkaar door de telefoon spraken.

Die avond hadden ze opnieuw bij haar thuis afgesproken, deze keer was het Connies beurt om voor het eten te zorgen.

Onderweg naar huis kocht ze dan ook een zak krieltjes, een zak gemengde salade en twee biefstukjes. Ingrediënten die zij zelfs klaar kon maken zonder ze te verpesten. Als toetje nam ze een ijstaart mee.

Martin kwam ruim een kwartier vroeger dan ze afgesproken hadden. Connie had zich nog maar net omgekleed en stond juist in de keuken om te beginnen met de voorbereidingen voor het avondmaal.

'Sorry, ik hield het gewoonweg niet langer uit zonder jou,' verklaarde Martin lachend. Verliefd trok hij haar naar zich toe en hongerig zocht zijn mond de hare. 'Ik zat in mijn eentje weg te kleumen op mijn zolder en toen zag ik eigenlijk geen enkele reden meer om niet meteen naar je toe te komen.'

'Je had natuurlijk je kachel aan kunnen doen,' merkte Connie nuchter op.

'Hè, doe niet zo praktisch,' protesteerde hij. 'Je zou het romantisch moeten vinden dat ik naar je toe kom snellen.'

'Niet als je enige reden daarvoor is om brandstofkosten uit te sparen,' plaagde ze hem.

'Niet de enige, slechts een bijkomende,' verbeterde hij haar. Handenwrijvend liep hij achter haar de keuken in. 'Wat eten we?'

'Gebakken krieltjes, sla en biefstuk, ijstaart toe.'

'Biefstuk? Heerlijk. Het is lang geleden dat ik dat gegeten heb,' zei Martin enthousiast. 'Vlees is tegenwoordig zo ontzettend duur, ik kom meestal niet verder dan een hamburger of een kippenpootje.'

Connie reageerde niet op die opmerking. Het stoorde haar weleens dat Martin altijd het gesprek op geld wist te brengen. Of, liever gezegd, op zijn gebrek daaraan. Over welk onderwerp ze ook praatten, op de één of andere manier kreeg hij het steeds voor elkaar om op dat onderwerp terug te komen. Ze begreep dat het weleens lastig kon zijn om van weinig inkomsten toch rond te moeten komen, aan de andere kant snapte ze niet dat hij zo weinig te besteden had. Hij had weliswaar een uitkering omdat hij ontslagen was, maar voor zover zij wist was een werkelozen-uitkering zeventig procent van het laatst verdiende loon. Had hij dan werkelijk zo weinig verdiend in zijn laatste baan dat hij nu op een houtje moest bijten? Hij woonde spotgoedkoop en had geen auto en toch had hij nooit een cent om uit te geven, als ze hem mocht geloven, terwijl hij altijd de indruk wekte dat hij een heel goede baan had gehad.

Martin viel op het eten aan alsof hij uitgehongerd was.

'Het smaakt heerlijk,' complimenteerde hij haar. 'Voor iemand die beweert dat ze niet kan koken heb je toch een geweldige maaltijd op tafel gezet.'

'Dit kun je nauwelijks koken noemen,' weerlegde Connie dat. 'Zelfs ik kan hier weinig fout aan doen.'

'Als dank zal ik de koffie zetten,' bood Martin aan terwijl hij opstond. 'Dat is wel het minste wat ik terug kan doen.'

Een bos bloemen was anders ook leuk geweest, dacht Connie onwillekeurig bij zichzelf. Martin had inmiddels al diverse keren bij haar gegeten en ze had hem ook al een paar keer meegenomen naar een restaurant, maar zelfs een klein bosje bloemen had er nooit vanaf gekund bij hem. Maar ze moest niet zo zeuren, sprak ze zichzelf bestraffend toe. Hij had nu eenmaal weinig tot niets te besteden, daar had hij nooit geheimzinnig over gedaan, dus dat moest ze nu niet tegen hem gaan gebruiken. Aan de andere kant had hij de laatste weken zo veel op zijn avondeten uitgespaard dat hij van dat geld makkelijk haar hele kamer vol had kunnen zetten met rozen. Ze dwong zichzelf dat soort negatieve gedachten van zich af te zetten. Jerry had ook nooit bloemen voor haar meege-nomen en daar had ze nog nooit een punt van gemaakt. Hij betaalde echter wel de rekening als ze uit eten gingen.

Met een ruk stond Connie op en driftig begon ze de tafel af te ruimen. Ze wilde dit soort dingen niet denken, dat sloeg nergens op. Martin was een leuke man, hij was altijd lief voor haar en ze was graag bij hem. Het was pure onzin om de leuke kanten van hun relatie te verzieken door zoiets banaals als geld. Het zou alleen prettig zijn als hij daar ook zo over zou denken en niet voortdurend over geld zou praten.

'Hé, jij zou lekker gaan zitten in afwachting van de koffie,' zei Martin.

'Eerst even afruimen, dat is gezelliger,' mompelde Connie. Ze stapelde het vuile serviesgoed op en zette het op het aanrecht. Die afwas kwam later wel. Het opruimen had haar in ieder geval even afgeleid van haar gedachten. Genietend kroop ze even later tegen Martin aan op de bank. Het was drie dagen geleden dat ze hem voor het laatst had gezien en ze had hem gemist.

'Fijn dat je er bent,' zei ze dan ook gemeend.

'Het duurde veel te lang, ja,' beaamde hij onmiddellijk. 'Het wordt tijd dat je broer en je vriendin hun eigen boontjes leren doppen en ze niet zo veel beslag leggen op jouw tijd. Dat kunnen ze beter aan mij overlaten.'

Hij boog zich naar haar toe en begon haar te kussen. Connie sloeg haar armen om zijn nek en gaf zich over aan zijn omhelzing. Dit was stukken beter dan proberen een gesprek met Arnoud te voeren of Judy te helpen met het opnieuw inrichten van haar leven, dacht ze tevreden. Het viel haar overigens wel op dat Martin totaal niet informeerde naar hoe het met hen ging en dat hij zelfs niet vroeg hoe zíj zich voelde onder al deze verwikkelingen. Waarschijnlijk wilde hij haar juist een avondje afleiding bezorgen van alles en juist niet alle problemen oprakelen, stelde Connie zichzelf gerust. Dat lukte hem in ieder geval prima. Zijn handen waren overal op haar lichaam en dat bracht haar zo in vervoering dat alle gedachten aan Arnoud, Judy en Julian volledig uit haar hoofd verdwenen. Het duurde een tijdje voor ze weer in staat was om te praten.

'Je blijft toch wel slapen, hè?' vroeg ze. Ze lag tegen hem aan met haar hoofd op zijn borst en haar arm om zijn middel heen geslagen. 'Ik moet er niet aan dénken om je nu nog naar huis toe te brengen en je laatste bus is natuurlijk alweer weg.'

'Zoals gewoonlijk,' grinnikte Martin. 'Het wordt iedere keer laat als ik bij jou ben. Dat komt omdat ik gewoon geen afscheid van je kan nemen. Zo langzaam als de tijd overdag voorbijgaat, zo snel gaat hij als ik 's avonds bij jou ben. Ik heb trouwens een nog veel beter idee. Wat denk je ervan als ik bij je intrek? Dan hebben we dat probleem helemáál niet meer, bovendien is het veel goedkoper om samen iets te huren.'

'Samenwonen, bedoel je?' vroeg Connie langzaam. Heel lang had ze gehoopt dat ze iemand zou ontmoeten die haar dit voorstel zou doen. Nu het echter zover was, sloeg de twijfel toe. Als Martin het op een andere manier had gevraagd was ze waarschijnlijk direct overstag gegaan, maar de zakelijke manier waarop hij dit benaderde, stuitte haar tegen de borst. Wéér begon hij over geld, zelfs op een moment als dit.

'Ik weet niet of ik daar al aan toe ben, we kennen elkaar nauwelijks,' zei ze dan ook aarzelend.

'We hebben het toch goed samen?' meende Martin. 'We zijn graag bij elkaar, bovendien is het veel praktischer. Als ik toch steeds bij jou blijf slapen omdat je me 's nachts niet weg wilt brengen, kan ik op deze manier makkelijk mijn huur uitsparen.'

'We zien wel,' hield Connie een slag om de arm. 'Voorlopig heb ik even andere zaken aan mijn hoofd.'

'Zoals je broer en je schoonzus?' begreep Martin. 'Kom op zeg, die twee zijn volwassen, die hebben jou toch niet nodig om hun handjes vast te houden?'

'Ik heb het ook erg druk met mijn werk momenteel. Je weet dat we willen uitbreiden, er gaat veel tijd zitten in de voorbereidende werkzaamheden.'

'Des te beter juist dat ik dan bij je kom wonen. Dan kan ik voor het eten zorgen en de boel hier een beetje bijhouden, dat scheelt jou enorm veel tijd.'

'Ik mag toch hopen dat jij binnenkort ook weer een baan hebt,' kon Connie niet nalaten om op te merken. 'Dan heb je geen tijd meer om huisman te spelen.'

'Dat kan nog wel een tijdje duren, de arbeidsmarkt zit niet echt om me te springen, heb ik gemerkt.'

Connie kwam overeind en trok haar ochtendjas aan. 'Solliciteer je eigenlijk wel?' vroeg ze zonder hem aan te kijken.

'Wat is dat nou voor onzinnige opmerking?' vroeg Martin kwaad. 'Is dit een verhoor of zo? Ik doe het voorstel om samen te gaan wonen en jij begint meteen te zeuren over werk. Ben ik niet goed genoeg omdat ik geen baan heb, is dat het?'

'Ach nee, natuurlijk niet,' bond Connie direct weer in. Ze wilde hem absoluut niet de indruk geven dat zij belang hechtte aan wat hij verdiende. Dat interesseerde haar ook werkelijk niet, het stond haar alleen tegen dat hij daar zelf steeds zo de nadruk op legde. Bovendien had ze niet echt het idee dat hij veel moeite deed om werk te vinden, al moest ze meteen toegeven dat die gedachte nergens op gebaseerd was. Ze had geen flauw benul van wat hij overdag allemaal deed, misschien was hij wel voortdurend bezig met het afstruinen van het internet, op zoek naar een vaste baan.

'Voor samenwonen vind ik het nog veel te vroeg,' zei ze beslist. 'Laten we elkaar eerst wat beter leren kennen voor we dergelijke verregaande stappen nemen. Tot die tijd kom jij gewoon zo veel mogelijk hierheen.'

'Wat dus eigenlijk op hetzelfde neerkomt,' merkte Martin op.

Connie gaf daar geen antwoord meer op. Ze vroeg zich af waarom ze zijn voorstel eigenlijk niet met beide handen aannam. Tenslotte wilde ze al heel lang niets liever dan een vaste partner om haar leven mee te delen.

HOOFDSTUK 12

'Goedemiddag, Connie, mag ik twee broodjes ham en een kop koffie van je?' Opgewekt als altijd leunde Ralph Meerman tegen de counter aan. Hoewel er aan tafel bediend werd door de serveersters Kelly en Mariska, bestelde Ralph zijn lunch altijd bij Connie en nam hij zijn bord zelf mee naar een tafeltje. Hij verklaarde dat hij dat gezelliger vond, maar volgens Kelly en Mariska deed hij dit alleen omdat hij een oogje op Connie had en graag een praatje met haar maakte.

'Komt er aan,' zei Connie. 'Wat ben je trouwens laat vandaag. Ik dacht al dat je niet meer kwam.'

'Aha, dus je miste me? Een goed teken.' Ralph knikte minzaam. 'Dus alle hoop is nog niet verloren voor me?' Hij maakte vaak dergelijke opmerkingen, maar Connie nam ze geen seconde serieus.

'Het is altijd vervelend als je klanten niet meer op komen dagen. Slecht voor de verdiensten,' zei ze effen.

Ralph schudde zijn hoofd. 'Connie, Connie, kun je nou niet gewoon verklaren dat je me ontzettend miste en dat je heel erg bang was dat ik niet meer op zou komen dagen? Of dat je je huilend op de grond hebt gestort toen ik niet op de normale tijd op kwam dagen, vol wroeging omdat je nooit op mijn uitnodiging ingegaan bent?'

'Eigenlijk is dat wel zo, ja, maar ik bezit te veel trots om daar openlijk voor uit te komen,' vertrouwde Connie hem lachend toe. 'Gelukkig ben je er nu, dus kan ik mijn tranen drogen en overgaan tot de orde van de dag.' Ondertussen had ze zijn broodjes klaargemaakt en de koffie ingeschonken.

'Dus de wroeging die je voelde heeft je niet geleerd dat je in het moment moet leven, dat je je kansen moet grijpen als ze voor het oprapen liggen en dat je alsnog een avondje op stap moet gaan met mij?' wilde Ralph weten.

'Nee, helaas. Sorry, Ralph.'

'Dan heb ik die vergadering dus voor niets zo lang uit laten lopen. Jammer.' Met een knipoog in haar richting pakte hij zijn bord en zijn kopje en hij liep naar een tafel toe.

Connie ging verder met opruimen. Het drukste gedeelte van de dag, de lunch, was voorbij en ze wist dat er nu een rustig uurtje kwam voordat de zaak opnieuw gevuld zou zijn met vrouwen die, vermoeid van het winkelen, nog iets wilden drinken voor ze terug naar huis gingen.

Behalve Ralph waren er op dit moment maar twee andere klanten in de zaak aanwezig. Terwijl haar handen automatisch het werk verrichtten, wierp ze een steelse blik op hem. Ralph staarde schijnbaar gedachteloos naar buiten, kauwend op zijn broodje. Ineens draaide hij zijn hoofd echter om en hij keek haar vol aan. Hij lachte toen hij zag dat ze hem stond te bekijken. Snel draaide Connie zich om, ze voelde dat haar wangen vuurrood kleurden. Wat stom om hem zo aan te gapen, straks dacht hij nog dat ze zijn geflirt serieus nam en dat ze halsoverkop verliefd geworden was op hem. Gelukkig maar dat ze hem van het begin af aan duidelijk had gemaakt dat ze een vriend had, hij zou anders weleens bang kunnen worden dat ze inderdaad op zijn uitnodiging in zou gaan.

Hoewel haar relatie met Martin momenteel niet alleen uit rozengeur en maneschijn bestond, moest Connie zichzelf toegeven. Hij bleef maar aandringen op samenwonen, met als belangrijkste argument de kosten die hij daarmee zou besparen. Connie had hem al eens gefrustreerd toegeroepen dat hij zijn energie beter kon gebruiken om werk te zoeken, in plaats van haar te proberen over te halen tot een stap waar ze nog niet aan toe was. Dat was uitgelopen op een heftige ruzie, waarna ze elkaar een week niet gezien of gesproken hadden. Daarna was hij naar haar toegekomen om zijn excuses aan te bieden en was hun relatie weer hersteld, maar echt dolgelukkig was ze niet meer met hem. Zijn eeuwige geklaag over zijn geldgebrek en de maatschappij die hem afgedankt had, stond haar enorm tegen en belette haar om definitieve plannen voor de toekomst met hem te maken. De eerste verliefdheid was er wel af, toch wilde ze niet meteen éen punt achter hun relatie zetten. Misschien werd hij wat positiever als hij eenmaal een nieuwe baan had gevonden, hoopte ze.

Tot op zekere hoogte kon ze er begrip voor opbrengen als hij zichzelf weer eens zat te beklagen omdat hij een afwijzing op een sollicitatie had gekregen, maar dat moest toch niet te lang duren. Opties als omscholing of werken via een uitzendbureau, die zij geopperd had, had hij resoluut van de hand gewezen. Wat Martin wilde was een vaste betrekking in de branche waar hij voor geleerd had, met een hoog salaris en zonder dat hij daar veel moeite voor hoefde te doen. Het liefst kreeg hij alles op een presenteerblaadje aangereikt en hoe meer hij erachter kwam dat het zo niet werkte, hoe negatiever hij werd.

Buiten deze problematiek om was hij echter een leuke man waar ze mee kon lachen, kon praten en kon vrijen en waarbij Connie zich op haar gemak voelde. Al was haar eerste, heftige verliefdheid dan wat afgesleten onder druk van de omstandigheden, ze was nog steeds graag in zijn gezelschap. Het stemmetje in haar hoofd dat haar weleens probeerde te waarschuwen dat hij van haar profiteerde, legde ze zo veel mogelijk het zwijgen op. Dat wílde ze niet denken. De zaken zouden vast ten goede keren als Martin eenmaal weer werk vond en hij niet voortdurend op haar zak hoefde te teren. Dat laatste vond ze overigens helemaal niet erg, hield ze zichzelf voor. Zo lag de situatie nu eenmaal op dit moment, daar had ze nog nooit een punt van gemaakt.

Connie draaide zich om omdat het belletje bij de deur haar waarschuwde dat er een klant binnenkwam. Ze kon haar ogen niet geloven toen ze zag wie er op haar toe kwam lopen. Dat was wel de laatste persoon die ze hier verwacht had, na al die maanden.

'Hallo, Connie,' begroette Jerry haar. Hij liep om de counter heen, stak beide armen naar haar uit en zoende haar op haar wangen. Vanuit haar ooghoeken zag Connie dat Ralph dit tafereeltje belangstellend bekeek.

'Jerry, wat kom jij hier in vredesnaam doen?' vroeg Connie beduusd. Ze onderging zijn hartelijke omhelzing zonder hem terug te zoenen. Het was heel onwerkelijk om haar vroegere vriend zo onverwachts terug te zien.

'Ik was bij mijn ouders op bezoek en besloot eigenlijk impulsief om jou even gedag te komen zeggen,' zei hij. 'Tenslotte zijn we destijds niet als vijanden uit elkaar gegaan en ik vind het fijn om je weer eens te zien. Hoe gaat het met je?'

'Goed,' antwoordde ze, nog steeds verward. 'Ik heb een nieuwe vriend.' Ze wist zelf niet goed waarom ze dit nieuws er meteen uitflapte, toch was ze blij dat ze dit naar waarheid kon zeggen. Ze maakte nu in ieder geval niet de indruk van een zielige vrijgezel, die nog steeds smachtte naar haar vroegere geliefde.

'Fijn voor je,' reageerde Jerry hartelijk. 'Ik hoop dat hij je wel kan geven waar ik niet toe in staat was.'

'Je bedoelt een huwelijk en kinderen?' begreep Connie. Hun discussies over deze onderwerpen stonden haar nog levendig voor de geest. Zij wilde niets liever, maar Jerry beweerde destijds dat hij helemaal niet van plan was om zich te binden. Ze lachte gemaakt. 'Martin heeft me net voorgesteld om samen te gaan wonen,' zei ze. In ieder geval was dit geen leugen. Ze kon het naar eer en geweten zeggen, al verzweeg ze bewust haar eigen bezwaren en gevoelens op dit gebied.

'Ik ben blij dat het goed met je gaat, daar hoopte ik al op. De situatie tussen ons was op een gegeven moment zo gecompliceerd dat ik vreesde dat je voorgoed je buik vol had van mannen.'

'Daar hoef je niet bang voor te zijn. Wat gebeurd is, is gebeurd, daar laat ik mijn toekomst niet door beïnvloeden. Wat dat betreft heb ik het verleden afgesloten en een plek gegeven,' zei Connie.

Terwijl ze het zei ontdekte ze dat ze dit oprecht meende. Jerry was gewoon een ex en ze kon met hem praten zonder dat alle gebeurtenissen die tot hun breuk hadden geleid haar weer levendig voor ogen stonden. Verdriet had ze er allang niet meer van en er voortdurend met bitterheid aan terugdenken deed ze ook niet, ook niet nu hij zo onverwachts voor haar stond. Van haar gevoelens voor hem was niets meer over. Niet van haar verliefdheid, maar ook niet van haar verdriet, haar wantrouwen en haar kwaadheid. Het was gewoon leuk om hem weer eens te zien, zoals het altijd leuk was om mensen van vroeger tegen te komen en bij te praten.

'En hoe is het met... eh...?' Jerry stokte, maar Connie begreep precies wat hij bedoelde. Ze aarzelde met haar antwoord. Graag had ze hem verteld dat het uitstekend ging met Arnoud, Judy en Julian en dat ze een hecht gezinnetje vormden, maar dat was wel erg ver bezijden de waarheid. Regelrecht liegen ging haar wat te ver, ze kon echter ook moeilijk plompverloren met de waarheid voor de dag komen. Tenslotte waren het zijn zaken niet. Niet meer. Jerry's *timing* om weer op te komen dagen was dan ook wel erg slecht gekozen. Connie koesterde nog altijd de hoop dat het weer goed zou komen tussen haar broer en haar schoonzus, maar daar zag het nu nog niet naar uit. Ze waren beiden te koppig om de ander tegemoet te komen en weigerden zelfs stelselmatig om contact met elkaar te zoeken.

Het geven van een rechtstreeks antwoord werd haar bespaard omdat Arnoud vanuit de keuken de zaak in kwam lopen, met een bestellijst in zijn handen. Hij hield onmiddellijk zijn pas in bij het ontwaren van Jerry.

'Wat doe jij hier?' Het klonk ronduit vijandig. Zijn ogen flikkerden van woede en zijn mond vertrok tot een rechte streep.

'Hallo Arnoud,' zei Jerry kalm. Hij stak zijn hand naar hem uit, maar liet die langzaam weer zakken toen Arnoud geen aanstalten maakte om hem te grijpen. Hij keek ernaar alsof het een vies insect was. 'Ik begrijp hieruit dat nog niet iedereen het verleden goed heeft verwerkt,' zei Jerry ironisch. 'Vind je het niet eens tijd worden om alles wat er gebeurd is achter je te laten en normaal te doen?'

'Vent, sodemieter op,' siste Arnoud. 'Heb je nog niet genoeg aangericht? Moet je weer zo nodig komen stoken en nog meer problemen veroorzaken?' Met het oog op de klanten moest hij zich inhouden, het liefst had hij Jerry echter vastgepakt en de zaak uitgegooid. Die gedachte was zo duidelijk op zijn gezicht te lezen dat Connie haastig tussenbeide kwam.

Ze legde kalmerend haar hand op Arnouds arm.

'Houd je in,' verzocht ze dringend. 'Jerry heeft gelijk, het heeft geen enkel nut om als vijanden tegenover elkaar te staan.'

'Natuurlijk geef jij Jerry gelijk, ik had niet anders verwacht,' hoonde Arnoud door het dolle heen. 'Laat je maar weer inpakken door hem, net als vroeger. Daar schijnen meer vrouwen last van te hebben.' Hij smeet de bestellijst op de counter en beende weg.

'Oké, wat Arnoud betreft ben ik dus niet welkom,' constateerde Jerry op droge toon. 'Hij voelt zich blijkbaar nog steeds bedreigd door mij, hoewel Judy toch duidelijk voor hem gekozen heeft. Ik had niet verwacht dat hij me met open armen zou ontvangen, maar dit is wel het andere uiterste.'

'Sorry,' verontschuldigde Connie zich namens haar broer. Ze voelde zich behoorlijk opgelaten door deze scène, vooral omdat Ralph alles nog steeds zat te bekijken. Hij deed zelfs geen moeite om net te doen of hij niets in de gaten had, maar keek geïnteresseerd toe. Ze voelde zijn ogen in haar rug branden. Om Arnouds gedrag te verklaren vertelde ze nu toch maar wat er aan de hand was. 'Er is op dit moment geen redelijk gesprek met Arnoud te voeren. Judy en hij zijn uit elkaar en dat breekt hem behoorlijk op.'

'Zijn ze uit elkaar?' verbaasde Jerry zich hardop. 'Die had ik niet aan zien komen. Ze zijn nog maar pas getrouwd en ze leken zo gelukkig met elkaar.'

'Dat waren ze ook, ja. Met de nadruk op waren,' zei Connie somber.

'Wat is er gebeurd?'

'Het geijkte verhaal, dat je zo vaak hoort bij stellen die net een kindje hebben gekregen. Julian huilt heel veel en omdat ze geen nacht meer door konden slapen raakten ze allebei oververmoeid en daardoor lichtgeraakt. Op een gegeven moment konden ze niets meer van elkaar hebben,' vertelde Connie summier. Het leek haar niet verstandig om die ene opmerking die daadwerkelijk tot hun breuk geleid had, openbaar te maken.

'Er zijn dus geen onherstelbare dingen voorgevallen tussen hen, zoals overspel of zo?' wilde Jerry weten.

'Zeg, ze blijft niet aan de gang,' flapte Connie er ongewild humoristisch uit.

'Het was maar een vraag,' meende Jerry schouderophalend. 'Jammer, het was zo'n leuk stel samen. Enfin, misschien komt het ooit weer goed. Ik kan me niet voorstellen dat de liefde over is, ze waren altijd zo gek op elkaar,' herinnerde hij zich.

'Dat is nóg zo, alleen zijn ze allebei zo koppig als een ezel,' zuchtte Connie.

'Dat merkte ik net aan Arnoud, ja,' knikte Jerry. 'Hij blijft maar volhouden dat hij me niet mag.' Hij grijnsde breed. Jerry leek niet bepaald onder de indruk van Arnouds vijandige houding.

'Hoe gaat het eigenlijk met jou op het gebied van de liefde?' wilde Connie nu weten.

'Ik heb in ieder geval geen trouwplannen, evenmin heb ik iemand voorgesteld om samen te gaan wonen. Nee, wat dat betreft wil het niet erg vlotten bij mij. Sinds wij uit elkaar zijn ben ik niemand meer tegengekomen die ik de moeite waard vind,' vertelde Jerry openhartig.

'Dat klinkt alsof je het jammer vindt, terwijl jij toch degene was die zich niet wilde binden.'

'O, ik ben nog steeds niet op zoek naar een huwelijkspartner,' haastte Jerry zich te verklaren. 'Ik zie vanzelf wel of er ooit nog iets op mijn pad komt en zo niet, dan treur ik daar ook niet om.'

'Vrijheid, blijheid,' zei Connie luchtig.

'Dat niet helemaal. Ik zou best een leuke vriendin willen hebben, maar ze moet zich niet om mijn nek werpen, verwachten dat ik direct bij haar intrek en eeuwige trouw afdwingen.'

'Daar ben je dus nog steeds allergisch voor.'

'Het past gewoon niet bij me, ik ben geen gezinsman.' Jerry keek op zijn horloge. 'Ik moet er weer vandoor. Wil je Judy mijn groeten overbrengen? Ze verblijft nu zeker bij haar ouders?'

'Nee, bij haar zus,' zei Connie onbevangen. Ze gaf hem een kus op zijn wang als afscheid en zwaaide door het grote zijraam nog even naar hem terwijl hij de winkelstraat uit liep.

Als een duveltje uit een doosje kwam Arnoud ineens weer tevoorschijn. Connie verdacht hem ervan dat hij achter de keukendeur had staan wachten tot Jerry wegging. 'Dat wil ik dus niet meer hebben,' zei hij kortaf. 'Sommige mensen zijn nu eenmaal niet welkom in deze zaak en hij is er één van.'

'Doe normaal,' snauwde Connie. 'Je hebt je gewoonweg onbeschoft gedragen tegenover hem.'

'Ik?' Arnoud lachte cynisch. 'Dan zullen we het maar niet hebben over zijn gedrag ten opzichte van mij. Ik mag hopen dat je hem niet verteld hebt dat Judy bij me weg is. Ik vertrouw die vent nog steeds voor geen stuiver.'

'Jij bent degene die Judy niet meer wilt zien of spreken, dus wat kan het jou schelen of ze eventueel weer voor zijn charmes valt?' zei Connie fijntjes. Bij het zien van de trek van pijn die over zijn gezicht gleed kreeg ze spijt van deze opmerking. 'Je hoeft overigens niet bang te zijn dat hij iets gaat proberen in die richting,' haastte ze zich dan ook haar woorden te verzachten. 'Jerry is helemaal niet op die manier in Judy of Julian geïnteresseerd. Hij vroeg niet eens naar hem.' Dat laatste realiseerde ze zich pas toen ze dat zei. Jerry had inderdaad geen enkel woord aan Julian gewijd, alsof het hem niets kon schelen. Was het werkelijk mogelijk dat het bestaan van Julian, die toch zijn zoon was, hem volkomen koud liet? Zou Jerry er überhaupt ooit bij stilstaan dat hij vader was? Het leek er niet op.

'Het kan me inderdaad niets schelen, als hij maar bij haar uit de buurt blijft,' snauwde Arnoud onlogisch.

'Zoals jij, bedoel je.' Connie zuchtte diep. 'Man, waarom ga je toch niet naar haar toe om alles eens goed uit te praten? Je houdt van Judy, je houdt van Julian en Judy houdt van jou. Wat is het probleem? Het is te gek om los te lopen dat die ene opmerking voorgoed een wig tussen jullie drijft. Slik je trots in en praat met haar.'

'Het is niet zozeer die opmerking op zich, maar alles wat erachter ligt.' Arnoud keek triest voor zich uit, de kwaadheid was van zijn gezicht afgegleden. Connie had zielsmedelijden met hem. Het was overduidelijk dat haar broer diep ongelukkig was.

'Kun je haar niet gewoon vergeven dat ze in de chaos van dat moment iets gezegd heeft wat ze niet kan verantwoorden?' vroeg ze zacht. 'Tenslotte heb je haar wel ergere dingen vergeven.'

'Waarschijnlijk had ik dat beter niet kunnen doen, dan was me een hoop ellende bespaard gebleven,' antwoordde Arnoud stug. Hij draaide zich om en liep weg, daarmee duidelijk te kennen gevend dat hij er niet over wilde praten. Zoals gewoonlijk. Connie keek hem hoofdschuddend na.

'Problemen?' klonk ineens de stem van Ralph achter haar. Hij keek haar peilend aan.

'Ben jij hier nog steeds?' vroeg Connie overbodig. 'Volgens mij kom jij veel te laat terug op je werk.'

'Soms zijn andere dingen belangrijker dan werk,' meende hij. 'Ik kan het niet helpen dat ik sommige gedeelten van jullie gesprekken opving.'

'Je hoopte zeker op een bloederig einde, dus ben je blijven kijken,' zei Connie vinnig.

'Ik hield de boel inderdaad in de gaten, ja, voor het geval het uit de hand zou lopen,' zei hij rustig en niet onder de indruk van haar uitval. 'Is die ene man een vriend van je?'

'Jerry is mijn ex.' Ineens flapte Connie zomaar het hele verhaal eruit. 'Tijdens een dronken bui is hij naar bed gegaan met de vrouw van Arnoud, die toen nog zijn vriendin was. Zij is zwanger geraakt, hij heeft haar vergeven en is alsnog met haar getrouwd, maar sinds kort zijn ze uit elkaar omdat Judy hem tijdens een ruzie voor de voeten gooide dat hij niet de echte vader van Julian is. Vandaar dus dat Arnoud op zijn zachtst gezegd niet vriendelijk voor Jerry was.'

'Mijn hemel!' De mond van Ralph zakte open. 'Wat jammer dat ik geen scenarioschrijver van beroep ben. Hier zou ik een complete soapserie van kunnen maken.'

'Ik ben blij te horen dat onze problemen een bron van vermaak voor anderen zijn,' zei Connie wrang.

'Zo bedoel ik het niet, maar het is zeker geen alledaags verhaal. Dat slippertje was er zeker de reden van dat jouw relatie met hem verbroken werd?'

'Het was één van de oorzaken. We pasten totaal niet bij elkaar, maar dat kwam veel later eigenlijk pas tot uiting. Het maakt ook niet meer uit. Jerry is voltooid verleden tijd, hij doet me niets meer. Voor Arnoud geldt dat duidelijk niet.'

'Als je er ooit over wilt praten, ik heb heel brede schouders,' bood Ralph aan.

Connie schudde haar hoofd, ze had er alweer spijt van dat ze hun familieperikelen er zo uitgegooid had tegenover een betrekkelijk vreemde. 'Dat is niet nodig,' zei ze afwerend. 'Als je me nu wilt excuseren, ik moet weer aan het werk.' Ze knikte kort naar hem en wendde zich tot het groepje mensen dat binnen-kwam. Toch kon ze niet nalaten hem na te kijken toen hij de zaak verliet. Hij keek nog een keer om, lachte naar haar en klop-te met een veelbetekenend gezicht op zijn eigen schouder, alsof hij zijn aanbod nog eens wilde bevestigen. Onwillekeurig glim-lachte ze naar hem, waarna hij zijn duim omhoogstak.

HOOFDSTUK 13

Judy woonde tijdelijk bij haar zus, had Connie gezegd. Aarzelend stuurde Jerry zijn wagen door de wijk heen waar Marsha moest wonen. In de tijd dat het nog goed was tussen Arnoud en Judy en hem en Connie, had hij haar weleens bij haar zus afgezet, maar waar het precies was wist hij niet meer. Hij hoopte iets bekends te zien terwijl hij door de straten reed.

Plotseling trapte hij hard op zijn rem, zonder te kijken of er iemand achter hem reed. Gelukkig was dat niet het geval, al tikte een passerende fietser even veelbetekenend op zijn voorhoofd. Jerry zag het niet eens. Die vrouw daar met die kinderwagen... Was dat...? Gespannen hield hij de jonge vrouw in de gaten, maar op het moment dat ze rechtsaf een zijstraat in sloeg zag hij dat hij zich vergist had.

Langzaam trok hij weer op, nog steeds zoekend om zich heen kijkend. De kruidenierswinkel op de hoek was een herkenningspunt dat hij zich plotseling weer herinnerde. Deze straat was het, daar was hij zeker van.

Jerry parkeerde zijn wagen op de eerste vrije plek die hij zag. Het huisnummer van Marsha wist hij ook niet, maar hij herinnerde zich nog wel dat ze ergens in het midden van deze straat woonde. Als hij langs de deuren liep, zou hij ongetwijfeld haar huisdeur wel herkennen of in ieder geval haar naambordje zien. Hij wist nog dat Marsha een opvallend, donkerrood naambordje naast haar deur had hangen, met zwarte letters en witte bloemen erop. Dat kón hij niet missen.

Toch maakte hij nog geen aanstalten om uit te stappen. Nu hij zijn doel zo dicht genaderd was, twijfelde hij of hij er goed aan deed om Judy op te zoeken. Wat had het voor nut? Ze hadden elkaar niets meer te zeggen en hun relatie ten opzichte van elkaar was niet bepaald van dien aard dat het leuk was om weer eens bij te kletsen over het verleden. Ondanks al deze rationele gedachten was hij toch in zijn auto gestapt, zonder zelf goed te weten waarom.

Tot nu toe had hij eerlijk gezegd nog geen enkele gedachte aan Julian gewijd, die toch zijn zoon was. Connies verhaal had hem echter aan het denken gezet. Op de een of andere manier voelde hij zich toch verantwoordelijk. In de wetenschap dat Julian het goed had bij zijn ouders, had hij zijn eigen leven prima voort kunnen zetten, maar nu vroeg hij zich de hele dag al af of Julian niets tekortkwam.

Judy had haar baan opgezegd na zijn geboorte, dat wist hij. Arnoud zou ongetwijfeld bereid zijn om een goede alimentatie te betalen, maar zover Jerry Judy kende, zou ze dat niet willen. Ze zou zelf voor haar zoon willen zorgen, zelf alles willen betalen in plaats van haar hand op te houden. Zeker in de gegeven omstandigheden. Voor een vader was het uiteraard niet meer dan normaal dat hij ook na een scheiding meebetaalde aan de opvoeding van zijn kind, maar in dit geval lag dat toch anders. Jerry voelde geen enkele band met zijn zoon en hij was daar ook zeker niet naar op zoek, toch wilde hij zich niet zonder meer aan alles onttrekken als bleek dat Judy en Julian hulp nodig hadden, op welk vlak dan ook. In ieder geval kon hij haar financieel steunen, dat was wel het minste wat hij kon doen.

Plotseling resoluut stapte hij uit. Hij moest dit doen, voor zijn eigen gemoedsrust. Destijds had hij Judy in de steek gelaten omdat hij zelf veel te overdonderd was door het nieuws van haar zwangerschap en alle gevolgen die daaruit voortgevloeid waren om helder na te kunnen denken, dat wilde hij geen tweede keer op zijn geweten hebben.

Judy en Marsha hadden net gegeten en opgeruimd. Omdat Judy zich bezwaard voelde tegenover haar zus vanwege haar onverwachte, langdurige logeerpartij hield ze haar huis keurig bij en zorgde ze iedere avond voor een warme maaltijd, zodat Marsha vanuit haar werk zo aan kon schuiven aan een gedekte tafel.

'Ik ga je nog missen als je straks een eigen plekje hebt gevonden,' grinnikte Marsha dan ook nadat Judy had afgewassen en koffie had gezet terwijl Marsha aan de eettafel over een stapel papieren gebogen zat.

'Daar meen je niets van, je kunt niet wachten tot het zover is,' wist Judy. 'Wat ik me overigens prima voor kan stellen hoor, het is niet bedoeld als verwijt. Het is voor jou toch een hele aanslag op je privacy, zeker omdat Julian nog iedere nacht wakker wordt.'

'Dat is een nadeel, ja,' gaf Marsha ronduit toe. 'Toch moet ik zeggen dat het me nog wel meevalt, ik had het veel erger verwacht. Zo veel huilt hij niet.'

'Dat is inderdaad een stuk minder geworden sinds ik hem niet meer bij iedere kik uit zijn bed haal. Hij begint eraan te wennen dat mama niet op afroep beschikbaar is om hem te troosten,' zei Judy met een wrang glimlachje. 'Hij slaapt nu ook beter en soms ligt hij zelfs een uur gewoon op de grond te spelen.'

'Hij wordt natuurlijk ouder, dat scheelt ook.' Marsha schoof haar papierwerk opzij en dronk met kleine slokjes van de hete koffie die Judy bij haar neer had gezet.

'Toch wilde ik dat ik het eerder op die manier aangepakt had,' zei Judy somber. 'Dat had een heleboel ellende gescheeld.'

'Dan hadden jullie waarschijnlijk toch ruzie gemaakt om niets. Het krijgen van een baby gooit nu eenmaal je hele leven overhoop. Bovendien was je dan toch ook niet ontkomen aan de nachtvoedingen en juist die zorgen ervoor dat jonge ouders oververmoeid raken en niets meer van elkaar kunnen hebben,' meende Marsha.

Judy zweeg. Ze had haar zus niets verteld over de directe aanleiding van haar breuk met Arnoud. Behalve Connie, Jerry, Arnoud en zij wist niemand dat Arnoud niet de biologische vader van Julian was, zelfs Marsha niet. Met zijn vieren hadden ze het bewust verzwegen voor de buitenwereld en het zwijgen over dat onderwerp was zo'n gewoonte geworden dat ze daar nog steeds mee doorging. Judy wilde absoluut niet dat Julian ooit via anderen te horen zou krijgen hoe de vork in de steel zat, dus hoe minder mensen de waarheid wisten, hoe beter het was, al voelde ze zich weleens bezwaard tegenover Marsha. Die had haar toch maar in huis genomen, al was het dan niet helemaal van harte gegaan.

De deurbel haalde haar uit haar overpeinzingen. 'Ik ga wel,' zei Judy terwijl ze opstond. Het zou Connie wel zijn, die kwam regelmatig 's avonds even langs. Ze hoopte dat het schelle geluid van de bel Julian niet gewekt had. Het was bijna tijd voor zijn fles, dus hij moest er straks toch uit, maar ze vond het altijd prettig om na het avondeten eerst rustig een kop koffie te drinken voor ze zich weer met haar zoon bezighield. Na een drukke dag was dat moment altijd even een rustpuntje.

Nietsvermoedend over wat haar te wachten stond, trok ze de voordeur open. Ze verschoot van kleur toen ze zag wie er op de stoep stond.

'Jerry!' Ze wist zelf niet of ze fluisterde of schreeuwde.

'Dag Judy,' zei hij kalm, hoewel zijn nekharen overeind stonden van de zenuwen. 'Mag ik binnenkomen?'

'Waarom?'

'Omdat ik graag even met je wil praten. Ik hoorde van Connie wat er aan de hand is.'

'Dat zijn jouw zaken anders niet.'

'Toch wel een beetje, dat kun je niet ontkennen.'

'Daar heb ik dan nog nooit iets van gemerkt.'

'Dat was ook nooit nodig, tot nu toe,' zei Jerry. 'De zaken liggen nu echter wel anders.'

'Julian en ik redden het prima samen, als dat is wat je wilt weten,' zei Judy koeltjes.

'Moeten we dit werkelijk aan de deur afhandelen?' vroeg Jerry. 'Er is heel wat gebeurd, maar ik kom met oprechte bedoelingen.

Als het niet goed gaat met Julian, ben ik mede verantwoordelijk en daar wil ik me niet aan onttrekken.'

'Julian komt niets tekort.'

'Behalve dan zijn vader.'

'En die rol wil jij nu opeens op je gaan nemen?' Judy lachte schamper. 'Daar ben je dan maanden te laat mee, Jerry. Toen Arnoud onze relatie verbroken had nadat hij ontdekte dat wij hem bedrogen hadden, had ik wel wat steun kunnen gebruiken, nu hoeft het niet meer.'

'Ik weet dat ik toen tekortgeschoten ben en die fout wil ik geen tweede keer maken,' zei Jerry ernstig. 'We zijn volwassen mensen, Judy, we kunnen er toch op zijn minst over praten. Binnen,' voegde hij daar aan toe.

Judy aarzelde. Dit was een complicatie waar ze niet echt op zat te wachten, aan de andere kant bevond ze zich in een situatie waarin ze het zich niet kon veroorloven om aangeboden hulp te weigeren. Ze had dringend woonruimte en een baan nodig, misschien wist Jerry wel iets voor haar. Ieder middel om te vinden wat ze zocht was in deze omstandigheden geoorloofd. Bovendien zag ze de buren aan de overkant al nieuwsgierig hun gordijn opzijschuiven en ze had zeker geen behoefte aan een openbare scène, nog afgezien van het feit dat ze er rekening mee moest houden dat dit Marsha's huis was en het Marsha's buren waren.

'Oké dan,' gaf ze met tegenzin toe terwijl ze de deur voor hem openhield. Voor ze hem kon waarschuwen dat Marsha niet van alle feiten op de hoogte was kwam haar zus de gang al in.

'Wie hebben we daar?' vroeg ze.

'Dit is Jerry. Een eh... een oude kennis van me,' stelde Judy hem voor, hopend dat Jerry de hint zou begrijpen.

'Jerry Dijkman,' zei hij zelf nog een keer terwijl hij zijn hand uitstak en de hare greep.

'Marsha Jacobs, de zus van Judy.' Ze beantwoordde zijn handdruk en merkte dat hij haar hand langer vasthield dan noodzakelijk was. Met tegenzin trok ze hem los, want het voelde zeker niet onaangenaam. Leuke vent, oordeelde ze snel. 'Kom binnen. Wil je koffie?'

'Als het niet te lastig is,' antwoordde Jerry charmant. 'Ik kom zo onverwachts aanwaaien.'

'Vrienden van Judy zijn hier altijd welkom,' lachte Marsha.

Judy kon haar oren niet geloven. Zei Marsha dat werkelijk? Dezelfde Marsha die voortdurend liep te mopperen omdat Connie hier zo vaak over de vloer kwam en die als voorwaarde voor haar logeerpartij had gesteld dat ze geen zin had om allerlei vreemde mensen in haar huis uit te moeten nodigen?

'Jerry was niet van plan om lang te blijven,' zei ze strak.

'Ik heb geen haast,' zei hij echter, met zijn ogen vast in die van Marsha. Zij beantwoordde die blik met een glimlach.

Judy sloot haar ogen terwijl ze tegen de muur aan leunde. Haar zus en de biologische vader van haar kind... Ze zag de vonk tussen die beiden gewoonweg overspringen en wist niet wat ze moest doen om deze ontwikkeling tegen te houden. Tot overmaat van ramp begon Julian op dat moment te brullen om zijn voeding.

'Haal jij hem maar uit bed, dan schenk ik de koffie in,' zei Marsha opgewekt.

Judy kon niet anders doen dan naar de logeerkamer lopen en Marsha en Jerry samen achterlaten. Dit kon weleens een zeer gecompliceerde avond worden, vreesde ze.

Met Julian in haar armen keerde ze even later terug in de huiskamer. Marsha en Jerry zaten naast elkaar op de bank te kletsen alsof ze elkaar al jaren kenden. Jerry schoot echter direct overeind bij haar binnenkomst.

Met gemengde gevoelens keek hij naar de baby. Dit was hem dus, zijn zoon. Bizar. Met zijn verstand wist hij dat Julian zijn kind was, maar hij voelde niets. Geen herkenning, geen verwantschap, geen bloedband, helemaal niets. Waarschijnlijk was het ook niet realistisch om iets dergelijks te verwachten, maar het was wel vreemd. Julian riep dezelfde gevoelens bij hem op als iedere andere willekeurige baby. Grappig om te zien, maar meer niet. Als Jerry in zijn omgeving werd geconfronteerd met een baby, was hij altijd blij dat hij zelf de verantwoordelijkheid ervoor niet had en nu hij Julian in levenden lijve zag, was dat niet anders. Julian was in zijn beleving de zoon van Judy en Arnoud, zo had hij er vanaf het eerste moment over gedacht. De omschakeling naar toegeven dat hij wel degelijk medeverantwoordelijk was voor dit ventje, was hem niet meegevallen en werd zeker niet makkelijker nu hij voor het eerst oog in oog stond met zijn zoon. 'Dit is... eh, een rare situatie,' zei hij schor. Hij schraapte zijn keel. 'Niemand heeft je gevraagd om hierheen te komen,' reageerde Judy koel terwijl ze ging zitten en Julian liet drinken.

'Ik vond dat ik het moest doen. Judy, is het echt nodig dat we als vijanden tegenover elkaar staan? Arnoud reageerde ook al zo. Nu kan ik het me van hem wel voorstellen, gezien het feit dat jullie uit elkaar zijn, maar van jou had ik iets anders verwacht. Je hoeft geen gat in de lucht te springen van dankbaarheid omdat ik mijn hulp aan kom bieden, maar we kunnen toch op zijn minst normaal tegen elkaar doen. Wat gebeurd is, is gebeurd. Niemand kan dat uitvlakken, maar we hoeven elkaar echter ook niet ten koste van alles te mijden.'

'Dat klinkt makkelijker dan het is,' zei Judy zacht.

'Het hoeft niet zo gecompliceerd te zijn. We hebben altijd goed met elkaar overweg gekund, ook nog na die bewuste vakantie. Misschien kunnen we die vriendschap herstellen, ook ter wille van Julian. Nu Arnoud uit zijn leven verdwenen is...' Hij maakte een hulpeloos gebaar met zijn handen.

'Dat wil niet zeggen dat jij nu als vaderfiguur op moet komen draven.'

'Dat wil ik ook niet. Wat dat betreft ben ik nog steeds niet van gedachten veranderd, maar ik voel me wel verantwoordelijk.'

'Dat komt dan wel heel plotseling opzetten bij jou.'

'Dat klopt, ik ben er zelf ook verbaasd over,' gaf Jerry eerlijk toe. 'Tot vanmiddag had ik daar nog geen last van, maar toen ik hoorde dat jij en Arnoud uit elkaar waren, ben ik na gaan denken. Ik wil niet dat Julian iets tekortkomt als gevolg van jullie scheiding.'

Marsha keek van de één naar de ander, haar verbazing groeide met de seconde.

'Mag ik ook weten wat er aan de hand is?' vroeg ze ten slotte. 'Als ik jullie conversatie zo hoor, zou ik bijna gaan denken dat Jérry de vader van Julian is.'

Jerry keerde zich met een ruk naar haar toe. 'Wist je dat dan niet?' vroeg hij verbijsterd.

Judy's wangen kleurden donkerrood. 'Het spijt me dat je het op deze manier moet horen, Marsha, maar het klopt. Het is niet dat ik het je niet wílde vertellen, maar niemand buiten de directe betrokkenen wist er vanaf.'

'Ik ben dus blijkbaar geen betrokkene, maar slechts degene die haar huis heeft opengezet,' zei Marsha wrang. Uit alle macht probeerde ze haar werkelijke gevoelens te verbergen, maar het duizelde haar. Dus Jerry, de man waar ze als een blok voor gevallen was en bij wie ze in zijn ogen had gelezen dat dit wederzijds was, was de vader van haar neefje! De klap kwam hard aan bij haar, niet in het minst omdat Judy daar nooit iets over gezegd had.

'Sorry,' mompelde Jerry. 'Ik had geen idee...'

'Het is jouw schuld niet, maar de mijne,' zei Judy. Julian had zijn fles leeg en ze legde hem tegen haar schouder om hem zijn boertje te laten doen. 'Biologisch gezien is Jerry de vader, maar gevoelsmatig is Arnoud het. De waarheid vertellen zou Arnoud tekortdoen, zelfs nu.'

'Arnoud is hier wel van op de hoogte?' wilde Marsha weten.

'Natuurlijk,' antwoordde Judy verontwaardigd.

'Geen wonder dan dat jullie problemen hebben. Een kind krijgen

is op zich al een aanslag op een relatie, laat staan op deze manier.'
'Arnoud is voor de volle honderd procent Julians vader. Het ligt
niet aan hem dat het fout liep tussen ons. Ik heb... Nou ja, tijdens
een ruzie heb ik hem voor de voeten gegooid dat hij geen recht
heeft om hard tegen Julian op te treden omdat het zijn zoon niet
is en toen...' Judy stokte, de tranen liepen ineens over haar wangen. Snel kwam ze overeind. 'Ik waardeer het heus wel dat je
gekomen bent,' zei ze tegen Jerry. 'Maar zoals de zaken nu liggen
lijkt het me niet verstandig dat wij de oude vriendschapsbanden
weer aanknopen. Het is allemaal al moeilijk genoeg zonder dat jij
er tussenkomt.' Haastig liep ze de kamer uit.
In de logeerkamer snikte ze het uit, met Julian dicht tegen zich
aan gedrukt. Met alles wat in haar was wenste ze dat ze de tijd
terug kon draaien naar vóór die fatale nacht waarin ze Arnoud zo
gekwetst had dat hij haar, en zelfs Julian, niet meer wilde zien. Ze
miste hem zo ontzettend dat het lichamelijk pijn deed, maar de
enige die ze iets kon verwijten was zichzelf. Ze had een puinhoop
van haar leven gemaakt, tot twee keer toe. En het ergste was dat
zowel Arnoud als Julian daar de dupe van werd.
'Dat was behoorlijk heftig,' zei Jerry tot Marsha. 'Het spijt me. Ik
ging ervan uit dat jij van alles op de hoogte was. Is het een erge
schok voor je?'
'Nogal, ja. Ik had geen idee van wat er werkelijk aan de hand was,
ik dacht dat Judy en Arnoud de gebruikelijke strubbelingen hadden die in ieder gezin weleens voorkomen. Haar zoektocht naar
een baan en een eigen woning nam ik eigenlijk ook niet zo serieus, want ik was ervan overtuigd dat het wel weer goed zou
komen tussen die twee. Nu ben ik daar niet meer zo zeker van.
Het is niet niks allemaal. Ik kan me wel voorstellen dat Judy jou
momenteel liever niet ziet.'
'Ik hoop niet dat dit voor jou ook geldt,' zei Jerry ronduit.
'Wat bedoel je?' vroeg Marsha van haar stuk gebracht.
'Laten we er niet omheen draaien, Marsha, daar lijk jij me hele-

maal geen type voor. Er gebeurt iets tussen ons. Iets wat ik niet kan en niet wil negeren.' Jerry pakte haar hand en streelde die. Marsha trok hem niet terug.

'Het zou waarschijnlijk verstandiger zijn om dat wel te doen,' merkte ze voorzichtig op.

'Ik heb nog nooit de verstandigste weg gekozen in mijn leven. Wat ik vanavond deed, naar Judy toegaan om mijn hulp aan te bieden, bleek toch verstandig omdat ik achteraf kan zeggen dat ik dolblij ben dat ik die ingeving gevolgd heb. Ondanks alles. Ik ben blij dat ik jou ontmoet heb,' zei Jerry eenvoudig.

'Jij bent de vader van Julian, ik ben zijn tante. Dit maakt de zaak er niet eenvoudiger op, Jerry. Zeker niet voor Judy en Arnoud.' Marsha beet op haar onderlip. 'Stel dat het weer goed komt tussen hen, dan worden ze via mij voortdurend met jou geconfronteerd.'

'Als het echt goed zit tussen hen zou dat geen verschil moeten maken,' meende Jerry. 'Ik voel me absoluut niet de vader van Julian, die gevoelens heb ik trouwens nooit gehad. Ik vrees dat ik geen vaderfiguur ben. Valt dat je erg tegen?'

'Integendeel, het is een punt in je voordeel,' grijnsde Marsha.

Jerry was precies de man die ze altijd voor ogen had gehad als ze aan een partner dacht. Hij zag er goed uit, had een vlotte babbel, draaide nergens omheen en hij was beslist geen type die avond aan avond hand in hand met zijn geliefde op de bank wilde zitten. Hij was het soort man waar ze de relatie mee op kon bouwen die ze zich altijd gewenst had. Geen knellende band, geen loodzware verplichtingen in de vorm van een koophuis, een trouwboekje en kinderen, maar wel de wetenschap dat ze bij elkaar hoorden zonder dat ze verplicht alles samen moesten doen. Instinctief voelde ze precies aan hoe hij in elkaar stak en dat was exact wat ze wilde. Moest ze hem nu laten schieten omdat zijn aanwezigheid problemen veroorzaakte in het leven van haar zus?

'Ze heeft mij niet nodig om in de problemen te raken,' merkte

Jerry nuchter op toen ze daar een aarzelende opmerking over maakte. 'Dat heeft ze wel bewezen.' Hij boog zich naar haar toe en op het moment dat zijn lippen zacht de hare raakten, voelde Marsha haar twijfels wegvloeien. Vol overgave sloeg ze haar armen om zijn hals.

Judy, in de logeerkamer, wachtte vergeefs op het moment dat ze de buitendeur open- en dicht hoorde gaan en ze terug kon naar de huiskamer. Vaag hoorde ze de stemmen van Marsha en Jerry door de muur heen, tot het stil werd. Moedeloos leunde ze tegen de muur van de logeerkamer. Ook dat nog! Je hoefde geen helderziende te zijn om te weten wat zich in de huiskamer afspeelde, ze had het al aan zien komen op het moment dat die twee zich aan elkaar voorstelden. Een typisch geval van liefde op het eerste gezicht. Een slechtere partner had Marsha niet uit kunnen zoeken wat Judy betrof.

HOOFDSTUK 14

'Nee, dat meen je niet!' Connie zat de avond erna met haar oren te klapperen. Ze was naar Judy toegegaan om haar op de hoogte te stellen van het feit dat Jerry langs was geweest in de lunchroom, maar hoorde nu dat die informatie te laat kwam. Judy had haar net in geuren en kleuren verteld wat zich hier afgespeeld had de avond daarvoor. 'En nu? Is Marsha naar hem toe?'

'Volgens mij wel. Ze zei dat ze een vergadering had, maar die is dan wel heel plotseling uit de lucht komen vallen,' zei Judy somber. 'O Con, ik weet niet wat ik hier mee aan moet.'

'Je kunt ze toch moeilijk verbieden om iets met elkaar te beginnen,' meende Connie nuchter.

'Dat begrijp ik, maar wat moet ik ermee? Ik wil Jerry het liefst helemaal niet meer zien en nu wordt hij misschien mijn zwager wel.'

'Nu loop je wel heel erg hard van stapel. Laten we eerst maar eens afwachten of het serieus wordt tussen die twee,' adviseerde Connie.

'Jij hebt ze niet gezien samen. Echt, het knetterde gewoon tussen hen. Het was zo'n rare avond. Kun jij het je trouwens voorstellen, Jerry die zich opwerpt als vaderfiguur?'

'Nee,' antwoordde Connie naar waarheid. 'Hij wilde helemaal geen kinderen.'

'Nog steeds niet, hij voelt zich alleen verantwoordelijk voor Julian omdat die nu geen vader in zijn leven heeft. Hij was echter niet al te teleurgesteld toen ik hem liet weten dat ik niet wil dat hij die rol op zich gaat nemen. Hij kan trouwens toch niet tippen aan Arnoud.'

'Probeer Arnoud dat dan eens te vertellen. Hij loopt nog steeds met een gezicht van zeven dagen onweer door de zaak heen en doet niets anders dan werken, alleen maar om afleiding te hebben van zijn verdriet.'

'Arnoud wil niet met me praten, dat heb ik voorgoed verbruid. Ik koester geen enkele illusie meer op dat gebied,' zei Judy hard. Zoals gewoonlijk wanneer Connie haar probeerde te overreden tot een gesprek met haar echtgenoot, veranderde ze van onderwerp.

'Hoe gaat het eigenlijk tussen jou en Martin? Wanneer krijg ik hem trouwens eens te zien?'

Connie schrok op. 'Over Martin gesproken, die staat nu waarschijnlijk voor mijn deur op me te wachten. Ik wist niet dat het al zo laat was, dat heb je met al die nieuwtjes. Sorry Juud, ik moet gaan.' Jachtig trok ze haar jas aan en binnen enkele tellen was ze verdwenen.

In de auto wilde ze Martin bellen om te vertellen dat ze er aankwam, maar ze zag dat haar batterij leeg was. De kans was groot dat hij haar al geprobeerd had te bellen om te vragen waar ze bleef. Ze hadden om zeven uur afgesproken, en het was nu bijna halfacht, zag Connie in het klokje van haar dashboard.

Hij zat inderdaad op het portiek aan de overkant van Connies woning te wachten, met een ontevreden trek op zijn gezicht.

'Sorry, sorry,' riep Connie direct bij het uitstappen. 'Ik was even bij Judy langsgegaan en zij had me zo veel te vertellen dat ik de tijd vergat.'

'Ik word die problemen van jouw familieleden een beetje zat,' reageerde Martin narrig. 'Altijd en eeuwig is er iets. Wanneer ga je onze relatie eens op de eerste plaats in je leven zetten?'

'Jij staat bovenaan mijn lijst, maar ik zal er altijd voor mijn familie zijn als ze me nodig hebben,' wees Connie hem met een strak gezicht terecht. Dat Martin chagrijnig was omdat hij een halfuur had zitten wachten terwijl ze afgesproken hadden, vond ze nog wel logisch, ze wist echter uit ervaring dat hij hier eindeloos over door kon blijven zeuren als zij dat niet onmiddellijk afkapte. 'Heb jij eigenlijk al gegeten?' veranderde ze dan ook snel van onderwerp.

'Nee, natuurlijk niet. Ik heb op jou zitten wachten,' bromde hij. 'We hadden om zeven uur afgesproken, normaal gesproken heeft iedereen zijn avondmaaltijd dan al achter zijn kiezen.' Connie haalde haar schouders op. 'Enfin, ik heb ook nog niets op. Laten we maar een paar boterhammen nemen, ik heb nu echt geen zin meer om de keuken nog in te duiken.'

'Als we nu hadden samengewoond, had ik een maaltijd klaar kunnen maken voor je. Dan had je zo bij je thuiskomst aan tafel kunnen schuiven,' merkte Martin op. 'Geef me op zijn minst een sleutel van je woning,' vervolgde hij toen hij merkte dat Connie totaal niet op die opmerking reageerde. 'Dan kan ik tenminste naar binnen in dit soort gevallen. Nu voelde ik me net zo'n bedelaar in dat portiek.'

'Hoe vaak komt dit soort situaties voor?' meende Connie echter achteloos. 'Dit was de eerste keer pas, dus zo'n drukte hoef je er niet over te maken. Je had ook in het café op de hoek kunnen wachten.'

Als hij nu gaat zitten klagen dat hij dan een drankje had moeten nemen en dat hij daar geen geld voor heeft, krijgt hij ruzie, dacht ze strijdlustig bij zichzelf. Tenslotte had hij die dag, alweer, zijn avondeten uitgespaard, iets wat tegenwoordig meer regel dan uitzondering was. Hij kwam meestal tegen etenstijd bij haar opdagen en behalve die eerste keer nam hij zelf nooit boodschappen mee.

Het leek wel of Martin haar gedachten kon lezen, want hij ging er wijselijk niet op in. 'Zal ik koffiezetten?' vroeg hij alleen met een blik op haar gezicht.

'Goed, dan zal ik brood maken.' Samen gingen ze het kleine keukentje in. 'Wat wil je erop?'

'Doe maar twee met fricandeau en eentje met ham,' antwoordde Martin.

'Dat heb ik niet meer,' zei Connie, de inhoud van haar koelkastje inspecterend. Daar was het bedroevend mee gesteld, ontdekte

141

ze. Er lag nog een stuk kaas en een bolletje smeerleverworst, dat was alles wat broodbeleg betrof. En een paar plakjes salami, maar die zagen er niet echt fris meer uit, dus die gooide ze in de afvalbak. Gelukkig had ze nog wel eieren en een paar tomaten, dus ze kon in ieder geval een omelet bakken, dat smaakte ook goed. Misschien was er ook nog wel ergens een blik soep dat ze erbij op kon warmen.

Wat Connie betrof een uitstekende maaltijd.

'Brood met gebakken ei?' vroeg Martin echter met een vies gezicht. 'Heb je niets anders?'

'Is het te min voor je?' hoonde Connie. Ze begon knap genoeg te krijgen van dit soort gesprekken. Martin had een dure smaak als het om eten ging, hij was niet snel ergens tevreden mee. Jammer alleen dat zij het altijd op moest hoesten.

'Dat zeg ik toch niet? Maar brood met gebakken ei eet ik minstens tweemaal per week, daar heb ik nu geen trek in.'

'Dan zeker alleen wanneer je thuis eet, hier ligt je eisenpakket een stuk hoger.' Met een kwaad gezicht smeet Connie de deur van de koelkast dicht. Zij had al geen honger meer.

'Wat heb jij vandaag?' vroeg Martin zich hardop af. Hij zag er gekwetst uit. 'Volgens mij ben je behoorlijk moe, je maakt je ook veel te druk om alles en iedereen. Ga lekker zitten en laat mij maar overal voor zorgen.' Met een hand tegen haar rug aan leidde hij haar de keuken uit en in de kamer liet hij haar met zachte dwang op de bank plaatsnemen. Hij schudde een kussen op en legde dat achter haar rug.

Ze was inderdaad moe, ontdekte Connie. Met gesloten ogen leunde ze achterover terwijl Martin verder rommelde in de keuken. De situatie tussen Judy en Arnoud begon haar langzamerhand behoorlijk op te breken, niet in het minst omdat ze de hele dag met Arnoud samenwerkte en voortdurend tegen zijn norse gezicht aan moest kijken. Een normaal gesprek was er niet meer met hem te voeren en de hechte band die ze altijd hadden gehad, begon behoorlijk af te brokkelen. De afgelopen week hadden ze al een paar keer een stevig verschil van mening gehad en Connie vreesde dat die uiteindelijk uit zouden monden in heftige ruzies. Het was weer bijna net als vroeger, voordat hun ouders om het leven waren gekomen. Toen maakten ze ook ruzie om niets en die kant ging het nu weer op. Haar frustraties daarover vierde ze bot op Martin, dacht ze in een vlaag van schuldbesef. Dat was niet eerlijk. Martin was niet de perfecte man waar ze altijd van gedroomd had, maar hij kon er ook niets aan doen dat het momenteel allemaal niet zo lekker liep. En hij mocht dan af en toe net een verongelijkt kind zijn dat om niets liep te klagen en te zeuren, hij was ook erg lief en zorgzaam.

Zoals nu, soesde Connie. In plaats van boos te reageren op haar vinnige opmerkingen, wat ongetwijfeld tot een fikse ruzie geleid zou hebben, toonde hij begrip voor het feit dat ze moe was en liet hij haar rustig bijkomen terwijl hijzelf het eten regelde. De geur van gebakken eieren drong haar neus binnen en ze begon te watertanden. Ze merkte nu pas, door die geur, wat een honger ze had, al had ze tien minuten geleden nog gedacht dat ze niet meer hoefde te eten.

'Dat ruikt zalig,' zei ze toen Martin met een vol blad de kamer binnenkwam.

'Ik kan ook wel wát,' grijnsde hij. Hij overhandigde haar een vol bord, bestek en een beker hete koffie. Precies wat ze op dat moment nodig had, dacht Connie dankbaar. Ze viel er met smaak op aan.

'Zie je wel hoe handig het is als je iemand hebt die dat voor je doet als je 's avonds moe uit je werk komt?' zei Martin voldaan. 'Dan kun je heerlijk gaan zitten en hoef je zelf niets te doen. Ik snap niet hoe je zo'n aanbod kunt weigeren.' Hij lachte erbij alsof hij een grapje maakte, maar Connie wist heel goed dat hij het meende. Hij bleef erover doorzeuren en zou waarschijnlijk niet rusten voor hij zijn zin had doorgedreven. Weer drong de vergelijking met een verwend kind zich aan haar op. Haar mildere gedachten van daarnet vervaagden alweer.

'Als jij straks weer een baan hebt, heb je 's avonds geen zin meer in huishoudelijke taken,' reageerde ze dan ook bot. 'En dan ben ik verder van huis dan nu, want dan moet ik voor twee personen zorgen.'

'Voorlopig heb ik nog geen baan, dus dat is niet aan de orde.'

'Over een baan gesproken.' Ze viste haar tas naast de bank vandaan, haalde er een krant uit en schoof die over de tafel naar hem toe. 'Hier staat een aantal interessante advertenties in voor jou. Ik heb de meest relevante al voor je omcirkeld, het enige wat jij nog hoeft te doen is solliciteren.'

'Wat is dat voor onzin?' Met gefronste wenkbrauwen keek Martin naar de krant, waar rode cirkels hem uit leken te dagen. Hij pakte hem niet op. 'Sinds wanneer bepaal jij waar ik wel en niet op solliciteer? Ik ben geen onmondig kind, Connie, en ik kan heel goed zelf beslissen wat ik doe.'

'Ik zat die krant te lezen in mijn lunchpauze, dus toen ik die vacatures zag besloot ik hem mee naar huis te nemen voor je. Ik weet dat je zelf geen krant hebt. Daar heb je geen geld voor.' Dat laatste klonk behoorlijk hatelijk, dat hoorde Connie zelf.

'Om een baan te vinden heb je tegenwoordig geen krant meer nodig, op internet staan meer dan genoeg vacatures.'

'Dan snap ik niet dat je inmiddels niet allang werk gevonden hebt.'

'Wat is dit? Een kruisverhoor?' vroeg Martin nijdig. 'Denk jij soms dat ik de hele dag computerspelletjes zit te spelen en dat ik geen enkele moeite doe om werk te vinden?'

'Eerlijk gezegd begin ik dat inderdaad te denken, ja,' knikte Connie. 'Je reactie op het feit dat ik een krant voor je meeneem is behoorlijk overtrokken. Iedere andere werkeloze zou blij zijn als iemand die moeite had genomen. Als ik trouwens zie hoeveel mensen er gevraagd worden, snap ik al helemaal niet dat

144

jij nog steeds duimen zit te draaien thuis.'

'Werk in mijn branche is moeilijk te vinden,' zei Martin hoog.

'Zoek dan wat anders!' viel Connie uit. 'Je bent jong en gezond en kunt alles aanpakken, maar in plaats daarvan leef je liever op kosten van de gemeenschap. Je zou je moeten schamen!'

'Dus zo denk jij erover?' zei Martin langzaam terwijl hij opstond. 'Ik heb altijd gewerkt, maar nu ik een tijdje niets doe en de uitkering incasseer waar ik recht op heb omdat ik daar altijd premies voor heb betaald, word ik een profiteur genoemd.'

'Je redenering klopt niet,' wees Connie hem terecht. 'En dat is nu precies datgene wat me tegenstaat aan je, ondanks dat ik verliefd op je ben geworden. Je hébt geen recht op een uitkering, je hebt de plicht om te werken als je daartoe in staat bent. Dat is heel iets anders. Je moppert voortdurend op de maatschappij, maar ondertussen houd je wel iedere week je hand op. Je klaagt dat je weinig te besteden hebt, maar je wilt niet werken om het wat ruimer te krijgen. Je teert op andermans zak, namelijk van iemand die wél hard werkt en daardoor dus ook meer inkomsten heeft. Lekker makkelijk, Martin. Misschien zou je de verantwoordelijkheid van je leven eens in eigen hand kunnen nemen en wat gaan doen, in plaats van altijd maar te zeuren en te jammeren en jezelf als slachtoffer te beschouwen. Je bent niet zielig en afgeschreven, dat roep je alleen maar als excuus om een tijdje te luieren.' Nu ze haar grieven eenmaal op tafel gooide, was Connie niet meer te stuiten. In één adem kwam alles er uit wat haar dwarszat.

'Je hebt nogal wat op me tegen, hè?' zei Martin met een strak gezicht. 'Eigenlijk begrijp ik dan niet goed wat je bij me zoekt.'

'Ik de laatste tijd ook niet meer,' gaf Connie toe. 'Zoals ik zei ben ik verliefd op je geworden, maar daar is het bij gebleven. Die verliefdheid is niet uitgegroeid tot houden van.'

'Omdat ik geen werk heb, je niet kan trakteren en geen cadeaus voor je kan kopen,' constateerde hij op bittere toon.

'Nee, omdat je lui bent, geen enkele ambitie toont en het allemaal wel best vindt zo. Je hebt er zelfs geen enkel probleem mee om financieel te leunen op je vriendin,' gaf Connie kwaad terug. 'Als twee mensen van elkaar houden maakt het niet uit wie wat betaalt. Dat heb je zelf gezegd,' hielp Martin haar herinneren.

'Als je van elkaar houdt, juist. Dat is nu net ons probleem, ook dat heb ik gezegd.'

'Dan heb ik hier dus niets meer te zoeken.' Martin stond op, zijn gezicht was bleek.

'Dat denk ik ook niet,' zei Connie zacht.

'Dan ga ik maar.' Ondanks die bewering bleef Martin staan. Afwachtend keek hij haar aan, alsof hij verwachtte dat ze op zou springen om hem tegen te houden. Connie bleef echter zitten en sprak hem niet tegen. Hij deed een paar passen naar de deur, waar hij zich weer omdraaide. 'Zou het iets tussen ons veranderen als ik snel werk vind?'

Verbaasd keek ze op. Meende hij dat werkelijk? Had hij dan niets begrepen van wat ze had gezegd?

'Het gaat niet om het wel of niet hebben van werk,' begon ze vermoeid nog eens uit te leggen. 'Iedereen kan in de situatie terechtkomen dat hij om wat voor reden dan ook ontslagen wordt, het ligt eraan hoe je ermee omgaat. Jij bent gewoon te beroerd om iets aan te pakken, dát is het probleem.'

'Maar als ik nu wél een baan vind?' hield hij aan.

Connie zuchtte diep. Hier had ze dus helemaal geen zin in. Deze discussie leidde nergens toe, bovendien hoefde dat voor haar ook niet meer. Wat ze voor Martin had gevoeld, was verdwenen. Vakkundig had hij zelf haar verliefdheid op de vlucht gejaagd en al deed hij nog zo veel pogingen om haar terug te krijgen, dat zou nooit meer lukken. Het was over.

'Dag Martin,' zei ze dan ook alleen nog maar.

'Ach barst!' schreeuwde hij. De deur van de huiskamer viel met een smak achter hem dicht. Ze hoorde hem de trappen af denderen, daarna volgde de klap van de buitendeur. Het was maar goed dat mevrouw Grauw niet thuis was, die zou er ongetwijfeld iets van gezegd hebben.

Hoewel de vuile borden en kopjes nog op tafel stonden, maakte Connie geen aanstalten om op te staan en op te ruimen. Ze was doodmoe, zowel lichamelijk als geestelijk. Weer een relatie voorbij, dacht ze wrang. Eerst Jerry, toen Boris, nu Martin. Wat mankeerde er aan haar? Ze wilde zo graag een vaste partner en een gezin, maar iedere keer opnieuw liep het op een teleurstelling uit. Toch voelde ze zich niet echt verdrietig vanwege deze breuk, ontdekte ze na een grondige zelfanalyse. Het voelde eerder als een bevrijding. De relatie met Martin was al enige tijd niet leuk meer geweest. Ze ergerde zich meer aan hem dan dat ze blij was met zijn aanwezigheid. Niet voor niets was ze niet ingegaan op zijn voorstel om samen te gaan wonen. Dat had heus niet alleen te maken met het feit dat hij dat voorstel weinig romantisch verpakt had als kostenbesparing. Als ze echt van hem had gehouden, had dat haar niet gedeerd.

Ook al had ze zo haar wensen betreffende een gezin, ze zou nooit genoegen nemen met iemand waar ze niet genoeg om gaf, alleen maar om onder de pannen te zijn. Zo wanhopig was ze gelukkig nog niet. Ze wilde niet ten koste van alles een man, ze wilde een man waar ze van kon houden en die op zijn beurt van haar hield. Ze wilde een huwelijk zoals Arnoud en Judy hadden voordat het daar misging. Een huwelijk zoals haar ouders hadden gehad.

Een man hoefde niet perfect te zijn om dat te kunnen bereiken. Juist niet, daar was Connie nuchter genoeg in. Ze wilde gewoon een man met goede en verkeerde karaktereigenschappen. Iemand die zijn trouwdag vergat, maar dat goedmaakte door een verrassingsfeestje te geven voor je verjaardag. Iemand die opstond met een ochtendhumeur, maar dat compenseerde door af en toe een bos bloemen mee te nemen. Iemand die zijn vuile sokken op de grond gooide in plaats van in de wasmand, maar die wel uit zichzelf de stofzuiger door het huis heen trok wanneer dat nodig was.

Iemand die chagrijnig kon zijn als het druk was op zijn werk, maar die je wel aan het lachen wist te maken als je zelf eens down was. Een gewone man, geen prins op het witte paard.

Zuchtend stond Connie uiteindelijk toch maar op. Zoals het er nu uitzag bleef ze voorlopig vrijgezel. Misschien wel voor altijd, dacht ze somber bij zichzelf. Op dit moment had ze in ieder geval schoon genoeg van mannen en van relaties.

HOOFDSTUK 15

'Hoe is dit mogelijk?' Met een mengeling van liefde, tederheid en verwondering keek Marsha Jerry aan. 'Twee weken. Ik ken je pas twee weken, maar het lijkt alsof je altijd al een deel van mijn leven bent geweest.'

'Ik weet het,' zei Jerry eenvoudig. Hij drukte snel een kus op haar hand, die hij vasthield tijdens hun wandeling over het strand. 'Het is onvoorstelbaar, maar waar. Wat ik voor jou voel is zo intens dat ik het amper kan bevatten. Voor het eerst in mijn leven heb ik het gevoel dat ik de vrouw heb gevonden waar ik oud mee wil worden. Ik zou zelfs met je trouwen als je dat zou willen.'

Marsha glimlachte. 'Dat klinkt wel heel erg romantisch, ik kan er bijna geen weerstand aan bieden,' plaagde ze hem. 'Maar als ik dat echt zou willen, zou je waarschijnlijk minder om me geven dan je nu doet, want dan zou ik een andere persoon zijn dan degene die ik ben.'

Jerry liet haar hand los, sloeg zijn arm om haar schouder heen en drukte haar tegen zich aan. 'Daarom passen wij ook zo goed bij elkaar. We hebben dezelfde instelling en dezelfde verwachtingen. Als dat niet zo is gaat het fout, dat heb ik met Connie gezien. Wat zij wilde in het leven stond in regelrecht contrast met mijn wensen en dan kun je nog zo verliefd zijn op elkaar, dat geeft onherroepelijk problemen. Bij jou heb ik niet het gevoel dat ik me moet verdedigen voor mijn keuzes.'

'Zo voelt het voor mij ook. Bij jou kan ik mezelf zijn.'

Zwijgend liepen ze een tijdje langs de vloedlijn, tot Marsha opnieuw begon te praten.

'Maar dat jij het nu juist moet zijn, dat is wel een wrede speling van het lot. Zeker nu Judy voorlopig bij me woont, komt het heel erg slecht uit.'

'Als ze niet bij je zou wonen, hadden wij elkaar nooit ontmoet. Dit heeft zo moeten zijn,' meende Jerry.

'Je bedoelt dat ze expres ruzie met Arnoud gemaakt heeft zodat wij de kans kregen elkaar te leren kennen?' Marsha grinnikte. 'Dan kan ze het nu wel weer goedmaken met hem, haar taak is volbracht.'

'Nou, als dat zou kunnen. Het zou de zaken misschien wat minder gecompliceerd maken, hoewel ik betwijfel of Arnoud mij ooit zal vergeven wat er gebeurd is,' zei Jerry. 'Hij is nog steeds woest op me.'

'Judy is ook niet echt blij met deze situatie.'

'Zij was er zelf anders ook bij toen deze hele onverkwikkelijke geschiedenis begon, de schuld ligt niet alleen bij mij. Eerlijk gezegd vind ik haar reactie een beetje hypocriet wat dat betreft. Als ik jou 's avonds voor je huisdeur afzet zonder dat ik binnen mag komen voel ik me net zo'n misdadiger.'

'Ik zal ook blij zijn als ze woonruimte voor zichzelf gevonden heeft, dan heb ik mijn privacy tenminste weer terug,' beaamde Marsha dat meteen. 'Het vinden van een baan valt echter niet mee voor haar en zonder inkomsten kan ze geen woonruimte huren.'

'Arnoud betaalt toch zeker wel alimentatie?'

'Hij stort iedere week geld op haar rekening, ja, maar Judy wil daar zo weinig mogelijk van gebruiken. Alleen het hoogstnodige, zoals geld voor eten, haalt ze eraf. Ze wil het zelf doen. Vorige week is haar een baan aangeboden, maar dat ketste af omdat ze geen opvang voor Julian had. Op de crèche waar ze hem inge-schreven heeft is nog geen plek beschikbaar en dat bedrijf wilde niet wachten tot het zover is.'

'Misschien weet ik wat voor haar,' peinsde Jerry. 'Bij ons op het hoofdkantoor zoeken ze iemand voor de personeelsadministratie en wij hebben een bedrijfscrèche. Ik weet niet of er al een adver-tentie uit is gegaan, maar als ze morgen meteen belt maakt ze een goede kans. Ik kan sowieso een goed woordje voor haar doen.'

'Dat zou geweldig zijn. Als je nu ook nog woonruimte voor haar weet ben ik helemaal de gelukkigste vrouw op aarde,' reageerde Marsha enthousiast.

'Was dat maar waar. Dan kun je me tenminste eens uitnodigen om nog iets te komen drinken als ik je thuisbreng,' grinnikte Jerry.

'Dat is eigenlijk precies wat ik vanavond wel van plan ben,' zei Marsha ineens resoluut. 'Het is natuurlijk te gek voor woorden dat jij niet bij mij over de vloer kunt komen omdat we Judy willen ontzien. Wat je net al zei: ze is net zo schuldig als jij aan dit alles. Bovendien is het niet zo dat ze verliefd op je was en nog niet over die gevoelens heen is. Ze zal zich toch moeten schikken, want ik ben niet van plan om je ooit nog te laten gaan. Als het haar niet bevalt dat je bij me thuis komt, zoekt ze maar een ander logeeradres. Kom, dan gaan we.' Ze trok hem aan zijn hand mee naar de parkeerplaats aan het einde van de boulevard.

Jerry sprak haar niet tegen. Hoewel hij Marsha nog niet zo lang kende, wist hij inmiddels al uit ervaring dat dit toch geen nut had. Dat was juist een van de kanten van haar karakter waar hij bewondering voor had. Ze nam nooit een blad voor haar mond, vormde haar eigen mening zonder zich door anderen te laten beïnvloeden en was standvastig. Je wist altijd precies wat je aan haar had.

Judy zat tv te kijken toen ze binnenkwamen. De blik in haar ogen bij het ontwaren van Jerry was veelzeggend, maar ze hield haar mond, in tegenstelling tot Marsha.

'Je hoeft niet zo afkeurend te kijken,' zei ze. 'Jerry hoort voortaan bij mij en daar zul je aan moeten wennen. Als je dat niet wilt of niet kunt, zijn de consequenties voor jou. Hij hoeft zich niet te verstoppen omdat jij er moeite mee hebt om hem te zien.'

Er verscheen een wrang lachje om Judy's mond. 'Ik vroeg me al af waar je bleef met deze tirade, want jou kennende had ik die al veel eerder verwacht. Het is dus serieus tussen jullie.' Het was geen vraag, meer het vaststellen van een feit.

Marsha knikte. 'Behoorlijk serieus, ja. Kun jij normaal tegen Jerry doen of ga je me dwingen om tussen jullie te kiezen?' Ze keek Judy doordringend aan en die twijfelde er niet aan dat die keus in dat geval niet op haar zou vallen.

'Ik vind het niet makkelijk,' zei ze toch.

'Misschien kan ik het simpeler voor je maken door je te helpen,' bemoeide Jerry zich nu met het gesprek.

'Ik heb je al verteld dat ik jouw hulp niet nodig heb,' weerde Judy dat met een strak gezicht af.

'Niet in financieel opzicht, maar wellicht weet ik een baan voor je. Een baan mét kinderopvang.'

Een baan... Judy beet op haar onderlip. Die had ze hard nodig. Té hard om nu trots te roepen dat ze zijn hulp niet wilde, al zou ze dat wel het liefste willen doen. Ze wilde absoluut niet afhankelijk van Jerry zijn, ze kon het zich echter niet veroorloven om dit te weigeren.

'Hoezo?' vroeg ze onwillig.

Hij vertelde haar hetzelfde als hij eerder die avond aan Marsha had gedaan en beloofde een goed woordje voor haar te doen. 'Voor zover ik weet is de vacature nog niet aangemeld, dus je maakt een goede kans. Je hebt alle benodigde papieren en een aantal jaren ervaring, dus dat moet geen probleem zijn. Wil je dat ik een gesprek voor je regel?' Hij keek haar afwachtend aan.

'Goed,' gaf Judy schoorvoetend toe. 'Dank je.' Dat laatste klonk niet echt gemeend.

'Graag gedaan,' zei Jerry desondanks. 'Het is het minste wat ik voor je kan doen.'

Judy haalde even diep adem. Dit was nu precies waar ze bang voor was. Hulp aanvaarden was één ding, maar hulp aanvaarden van iemand die zich verplicht voelde je te helpen vanwege het verleden was iets anders. Het laatste waar ze behoefte aan had was dat ze Jerry voortdurend dankbaar moest zijn.

'Laten we één ding duidelijk stellen,' zei ze dan ook. 'Jij bent op geen enkele manier verplicht om iets voor me te doen. Wellicht worden we ooit familie van elkaar en in die hoedanigheid is het niet vreemd dat je dingen voor elkaar regelt als het zo uitkomt, maar ik wil absoluut geen extra steuntje in de rug van je omdat je toevallig Julians biologische vader bent. We zullen via Marsha altijd met elkaar te maken blijven hebben, maar dat aspect wil ik helemaal buiten beschouwing laten. Je bent gewoon Marsha's vriend, niets meer.'

'Ik ben bang dat dit simpeler klinkt dan dat het in de praktijk is,' zei Jerry nadenkend. 'Het verleden is niet uit te vlakken, Judy.'

'Maar we kunnen het wel achter ons laten en ons op de toekomst richten,' verklaarde Judy beslist. 'Ik wil het in ieder geval niet opgerakeld hebben en ik heb ook geen behoefte aan bemoeizucht van jouw kant.'

'En als Julian opgroeit en wil weten wie zijn echte vader is? Ooit zul je hem toch de waarheid moeten vertellen.'

'Dat zien we dan wel weer, dat duurt nog zo lang,' wimpelde Judy dat af.

'In ieder geval zal ik mijn verantwoordelijkheden tegenover hem niet ontlopen als het zover is,' zei Jerry.

Judy zuchtte. Daar had je het al. Kon ze de tijd maar terugdraaien naar voor die ene avond waarop alles veranderde. Het was een afschuwelijk idee dat Jerry überhaupt verantwoordelijkheid voor Julian voelde. Dat zou niet nodig moeten zijn, hij zou Julians verwekker niet moeten zijn. Maar zonder dat slippertje was Julian er nooit geweest, dacht ze toen. En ondanks alles was zijn komst iets waar ze nooit spijt van kon hebben. Als die ene avond er niet geweest was, zou ze nooit moeder geworden zijn, want Arnoud kon haar geen kind geven. Er was zelfs een periode geweest dat ze blij was omdat haar leven zo'n wending genomen had, omdat Arnoud en zij op deze manier toch een gezinnetje konden stichten. Dat uitgerekend Jerry nu echter de uitverkorene van haar zus moest zijn maakte alles onnodig gecompliceerd. Arnoud zou hier op zijn zachtst gezegd niet blij mee zijn, wist ze. Maar Arnoud had hier helemaal geen stem meer in.

Een felle pijnscheut trok door haar lijf heen bij deze gedachte. Ze kon nog steeds niet wennen aan het feit dat Arnoud geen deel meer uitmaakte van haar leven. Iedere ochtend werd ze wakker in zalige onwetendheid, denkend dat hij naast haar lag, tot de bittere waarheid langzaam tot haar doordrong. Arnoud wilde haar niet meer, dat was wel duidelijk. Niet één keer had hij een poging ondernomen om met haar te praten of zelfs om Julian te zien. Hij had hen beiden blijkbaar resoluut uit zijn hart en zijn hoofd gezet na haar aftocht uit de flat.

In het begin had ze voortdurend de hoop gehad dat Arnoud naar haar toe zou komen zodra de ergste pijn vanwege haar ondoordachte opmerking gezakt zou zijn, inmiddels vervloog die hoop iedere dag een beetje meer. Het zat waarschijnlijk te diep bij hem om haar ooit te kunnen vergeven. Daar moest ze zich bij neerleggen, hoe moeilijk dat ook was. Een baan zou in ieder geval een goed begin zijn om haar leven weer op te pakken. Als dat eenmaal geregeld was, kon ze woonruimte zoeken en een heel nieuwe start maken. Dat ze die eventuele baan dan aan Jerry te danken had, moest ze maar op de koop toe nemen.

'Dan hoor ik het wel van je,' zei ze zo nonchalant mogelijk terwijl ze opstond. 'Ik zal jullie nu alleen laten.'

'Je hoeft van mij niet weg te gaan,' zei Jerry meteen. 'Ik hoop toch dat we in het vervolg op een normale manier met elkaar om kunnen gaan, ondanks alles. We hebben dit beiden veroorzaakt, Judy, we zullen ook allebei een manier moeten vinden om het een plek te geven.'

'Ik ga ook niet weg omdat jij hier zit, ik moet even een telefoontje plegen.' Ze vluchtte bijna de kamer uit, naar de logeerkamer waar Julian heerlijk lag te slapen. Ondanks het late uur pakte ze inderdaad haar telefoon en toetste ze het nummer van Connie in.

Ze moest even haar hart luchten en de laatste ontwikkelingen vertellen.

'Dus het is inderdaad serieus en ik heb dat maar te accepteren,' eindigde ze somber.

'Kun je dat ook?' wilde Connie weten.

'Daar heb ik weinig keus in, vrees ik. Marsha was daar erg duidelijk in.'

'Dat vroeg ik niet.'

'Het móét me lukken, hoe dan ook. En ach, het had erger kunnen zijn,' zei Judy met alweer iets van haar oude nuchterheid. 'Hij had ook de vaderrol op kunnen eisen en me verplichten tot een bezoekregeling. Dat doet hij in ieder geval niet. Julian is wat dat betreft gewoon het neefje van zijn vriendin, meer niet.'

'Jerry wordt dus Julians oom. Het zal bij ons ook eens een keer normaal gaan,' zei Connie met een spottende ondertoon in haar stem. 'Wie had anderhalf jaar geleden toch kunnen denken dat het zo zou lopen? We waren zo gelukkig en zorgeloos met zijn vieren tijdens die ene zomer.'

'Daarbij vergeleken zijn we nu wel in een winterstorm beland,' beaamde Judy. Ze werd alweer wat kalmer nu ze er met Connie over gepraat had. 'Ik kom gewoon nooit meer van Jerry af, wat ik ook probeer.' Ineens drong het tot haar door dat dit voor Connie ook consequenties had. Zij ging niet echt met Marsha om, maar als zus van Judy kon ze haar ook niet voortdurend ontlopen. 'Voor jou moet dit ook niet meevallen,' zei ze dan ook.

'Maak je daar maar geen zorgen over,' beweerde Connie echter. 'Jerry betekent niets meer voor me, niet in die zin tenminste. Hij is gewoon een oude vriend, meer niet. Ik hoop dat jij hem ook ooit zo zal kunnen beschouwen. En Arnoud, niet te vergeten.'

'Arnoud staat hierbuiten. De combinatie Jerry en Marsha zal hem weinig interesseren, want hij wordt er niet direct mee geconfronteerd. Hij wil toch niets meer met me te maken hebben.'

Van dat laatste was Connie echter niet zo zeker. Hoewel ze met

Arnoud tegenwoordig helemaal niet meer over privézaken sprak en hun eens zo hechte band razendsnel afbrokkelde, kende ze hem goed genoeg om te weten dat hij nog net zo veel van Judy hield als vóór ze vertrok. Judy zat in zijn bloed, dat ging niet zomaar over. Als ze hem er maar eens toe kon bewegen om te praten, om zijn gevoelens te uiten. Misschien kon ze hem dan ook overhalen om naar Judy toe te gaan. Het leek haar nog steeds onmogelijk toe dat de breuk tussen haar broer en schoonzus definitief was, al werd de kans op een verzoening op deze manier steeds kleiner. Allebei leken ze de eerste stap niet te willen zetten. De volgende dag, op het werk, begon ze erover. 'Jerry is naar Judy toegegaan en hij...' Ze wilde hem vertellen dat hij wellicht een baan voor haar wist, maar Arnoud gaf haar die kans niet.

'Daar hoef ik niets over te horen,' onderbrak hij haar stug.

'Je weet niet eens wat ik je wil vertellen.'

'Ik heb sowieso geen enkele behoefte om verhalen over Judy aan te horen, laat staan over Jerry.'

'Je breekt je harde kop nog eens op deze manier!' riep Connie gefrustreerd uit. 'Ik probeer al weken met je te praten, maar alles ketst af op je kille houding.'

'Misschien zou je daar de conclusie uit kunnen trekken dat ik niet wíl praten,' zei hij ijzig.

'Goed dan,' zei Connie nijdig. 'Ik wilde je zelf op de hoogte stellen van de laatste ontwikkelingen, maar als jij het liever via het roddelcircuit hoort, wat nooit uit kan blijven, dan moet je dat zelf maar weten. Ik bemoei me nergens meer mee.'

'Eindelijk, dat ik dat nog eens mee mag maken,' hoonde hij. Hij sprak tegen haar rug, want Connie was kwaad de keuken uit gelopen.

Zodra hij alleen was, liet hij zijn stugge houding varen. Hij smeet de bakplaat die hij in zijn handen hield op de werkbank en zakte met afhangende schouders op een stoel neer. Op dit soort momenten wenste hij dat hij kon huilen, dan zou die strakke band die hij om zijn hoofd heen voelde misschien eens verdwijnen.

Jerry en Judy... Arnoud meende onmiddellijk te begrijpen wat Connie hem had willen vertellen. Die conclusie was niet moeilijk te trekken, dacht hij bitter bij zichzelf. Zodra Jerry had gehoord dat Judy bij hem, Arnoud, weg was, was hij naar haar toe gesneld en Judy had zich waarschijnlijk maar al te graag in zijn troostende armen gestort. Tenslotte waren die armen al niet onbekend voor haar.

Arnoud wond zich steeds meer op naarmate hij er langer over nadacht. In zijn overspannen verbeelding van dat moment ging hij zelfs zo ver om te denken dat het slippertje tussen Judy en Jerry niet eenmalig was gebleven. Wellicht hadden ze zelfs een langdurige verhouding gehad met elkaar, een verhouding die ze nu vrolijk voort konden zetten, nu hij uit de weg was. Hij stond er geen seconde bij stil dat dit een zeer onlogische redenering was, want in dat geval zou Judy nooit met hem getrouwd zijn. Het enige wat zijn gedachten beheerste was het feit dat hij haar nu voorgoed kwijt was. Al die tijd had hij gehoopt dat ze naar hem toe zou komen, dat ze bereid was om moeite te doen om hun huwelijk te redden, maar die kans was nu verkeken. Vanaf nu hoorde ze, samen met Julian, bij Jerry. Een vader, een moeder en het kindje dat van hen samen was, mooier kon het niet.

Connie was inmiddels met driftige gebaren bezig de counter bij te vullen. De eerste klanten druppelden al binnen, geholpen door Mariska. Ze was blij dat zij zich even niet met de klanten hoefde te bemoeien, want één onredelijke opmerking en ze zou ontploffen, wist ze. Al haar zintuigen stonden op scherp en de adrenaline stroomde met een razende vaart door haar lichaam heen.

'Gaat het wel goed met jou?' klonk het ineens achter haar.

Zich omdraaiend zag Connie Ralph voor de counter staan. Hij keek haar onderzoekend aan.

'Niet echt, nee,' bekende ze eerlijk.

'Het wordt je allemaal te veel,' concludeerde hij. 'Niet zo vreemd natuurlijk, na alles wat ik van je gehoord heb. Volgens mij ben jij aan alle kanten bezig de brokstukken van je omgeving te lijmen, zonder dat je aan jezelf toekomt. Heb jij wel iemand om mee te praten? O ja, je hebt een vriend,' gaf hijzelf dat antwoord al.

Connie knikte zonder hem te verbeteren. Als ze hem nu uit de doeken ging doen dat haar relatie voorbij was, zou ze zeker in tranen uitbarsten en daar was dit niet de plaats en de tijd voor.

'Het gaat wel weer,' bracht ze manmoedig uit. 'Ik had net een aanvaring met Arnoud, vandaar. Kan ik je helpen?'

'Ik wil graag twee broodjes om mee te nemen. Mijn ontbijt; ik kwam namelijk net tot de ontdekking dat ik geen brood meer in huis had,' antwoordde hij, begrijpend dat ze er niet verder over wilde praten. Hij begon er dan ook niet meer over en praatte luchtig over een tv-programma terwijl hij wachtte tot zijn bestelling klaar was.

Even later keek Connie hem door het grote raam na terwijl hij naar zijn werk ging. Zijn aanbod van enige weken geleden, dat ze met liefde zijn schouders mocht gebruiken om op uit te huilen, had hij niet meer herhaald. Jammer, dacht ze nu bij zichzelf. Hoewel ze even schoon genoeg had van mannen, leek hij haar iemand toe met een groot inlevingsvermogen, iemand die niet snel een ander veroordeelde. Het zou waarschijnlijk best prettig zijn om haar hart bij hem uit te storten.

HOOFDSTUK 16

Na een vlot verlopen sollicitatiegesprek kon Judy de bewuste baan op het hoofdkantoor van Jerry's firma de hare noemen. Als administratief medewerkster kreeg ze een groot deel van de personeelsadministratie onder haar hoede, in een functie van tweeëndertig uur per week, terwijl Julian gedurende die dagen ondergebracht kon worden in de bedrijfscrèche. Mooier had ze het nooit kunnen treffen, dacht Judy dankbaar terwijl ze met een licht, blij gevoel naar buiten liep. Vooral het feit dat ze maar vier dagen in de week hoefde te werken sprak haar aan. Nu hield ze toch nog tijd over voor Julian, zonder dat ze alles in een weekend moest proppen. Natuurlijk was het salaris daar ook naar, maar Judy kon met weinig toe als het moest en ze had allang berekend dat ze met haar toekomstige inkomen redelijk kon leven. Een kleine huurwoning moest er in ieder geval vanaf kunnen, al zou het dan niet in het beste deel van de stad zijn.

Met pijn in haar hart dacht ze aan de gerieflijke flat waar ze met Arnoud had gewoond, een flat in een rustige wijk met voldoende speelgelegenheid voor kleine kinderen. Maar dat was verleden tijd, het had geen nut om vergelijkingen te trekken met haar huidige leven. De mooie tijd die ze met Arnoud had gehad, was toch nergens mee te vergelijken, die was uniek geweest. Helaas zou dat nooit meer terugkomen. Het werd juist hoog tijd dat ze dat eens definitief af gingen handelen. Zoals de toestand nu voort sudderde was het ook geen doen. Er moesten nodig eens spijkers met koppen geslagen worden.

Na een blik op haar horloge, dat bijna halfzes aanwees, besloot Judy impulsief om naar de lunchroom toe te gaan. Nu ze die baan op zak had kon ze Arnoud meedelen dat hij geen geld meer over hoefde te maken voor haar en hem meteen vertellen dat ze na de scheiding geen prijs stelde op alimentatie. Ook niet voor Julian. Tenslotte had Arnoud in al die tijd nog niet één keer te kennen gegeven dat hij Julian miste en hem graag wilde zien. De aanvankelijke spijt die ze over haar bewuste opmerking had gevoeld, was zelfs al aan het zakken daardoor. Arnoud had dan wel van het begin af aan beweerd dat hij gevoelsmatig de echte vader van Julian was, in de afgelopen maanden had ze daar niets van gemerkt. Hij had het kind net zo hard uit zijn leven gebannen als hij haar had gedaan. Het deed haar bijna plezier dat ze hem nu recht in zijn gezicht kon gaan vertellen dat zowel zij als Julian hem niet meer nodig had.

Het was net na sluitingstijd toen Judy bij de lunchroom arriveerde. Connie stond op het punt de deur dicht te draaien, ze stopte met die handeling bij het zien van haar vriendin.

'Kom je voor mij of...?'

'Nee, voor Arnoud. Ik heb een baan, dus ik kom hem vertellen dat hij geen geld meer hoeft te storten voor me.' Judy hield haar hoofd fier omhoog bij die woorden. Ze hoopte dat ze die houding tegenover Arnoud ook vol kon houden. Voor geen prijs wilde ze hem laten merken hoe diep het verdriet om hun breuk zat en hoe graag ze alles terug wilde draaien. Dat had hij niet verdiend na al die maanden van stilzwijgen van zijn kant.

'Succes dan,' zei Connie gemelijk. Zij zou zich nergens meer mee bemoeien, dat was wel zeker. 'Wacht even met naar de keuken gaan tot ik weg ben. Ik heb er helemaal geen behoefte aan om getuige te moeten zijn van jullie gesprek.' Haastig pakte ze haar jas en haar tas. Het opmaken van de kas zou ze morgenochtend vroeg wel doen, ze wist van tevoren dat ze haar gedachten daar toch niet bij zou kunnen houden in de wetenschap dat Arnoud en Judy een paar meter verderop een definitief einde aan hun huwelijk maakten.

Aarzelend liep Judy naar de keuken. Haar trotse houding tegenover Connie volhouden was één ding, maar het moeilijkste moest nog komen.

'Ik kom zo,' zei Arnoud met zijn rug naar haar toe toen hij

gerucht bij de deur hoorde. 'Begin maar vast aan de kas.'

'Ik ben het,' zei Judy zacht.

Arnoud draaide zich niet om, maar zijn lichaam verstarde. Zonder dat Judy het kon zien, lichtten zijn ogen blij en hoopvol op. Meteen herinnerde hij zich echter weer wat Connie gezegd had over Judy en Jerry. Als Judy hierheen was gekomen om hem dat in zijn gezicht te wrijven, zou hij haar niet laten merken hoe erg hij dat vond, nam hij zich ter plekke grimmig voor. Aan zijn gezicht was dan ook niets af te lezen toen hij zich naar haar omkeerde. Het stond strak en onbewogen.

'Judy, wat verschaft mij de eer?' vroeg hij koeltjes.

Het was of Judy een klap in haar gezicht kreeg bij deze houding. Alles had ze verwacht, maar niet deze onverschilligheid nu ze elkaar voor het eerst in maanden weer zagen. Het maakte haar meteen duidelijk hoe de zaken stonden. Wat Arnoud betrof hoefde ze niets meer te verwachten, dat was wel zeker. Die gedachte hielp haar om haar eigen houding te bepalen tegenover hem. Ze hief haar gezicht trots omhoog en keek hem recht aan.

'Ik heb een baan gevonden, dus je kunt stoppen met geld te storten op mijn rekening. Het meeste staat er trouwens nog op, dat zal ik terugboeken naar je. Wat mij betreft kunnen we de rest van de zaken regelen.'

'Welke rest?' vroeg Arnoud. Hij ging ondertussen stug door met het schoonmaken van de bakplaat en ontweek haar ogen. Haar koude blik was bijna niet te verdragen voor hem. Niet te geloven dat diezelfde ogen hem nog maar zo kort geleden vol liefde aan hadden gekeken. Hij wilde echter niet laten merken hoe veel pijn hem dit deed.

'De scheiding,' zei Judy stug. 'Ik neem tenminste aan dat dat is wat je wilt.'

'Ik geloof niet dat het er veel toe doet wat ik wil,' zei Arnoud. 'Maar ik vind het best. Nemen we samen een advocaat of ieder apart?'

'Wat mij betreft kunnen we een advocaat delen. Ik verwacht niet veel problemen op dat gebied. Je hoeft in ieder geval niet bang te zijn dat ik je financieel uit zal kleden, ik heb niets van je nodig,' zei Judy hoog. Het kostte haar moeite om haar stem in bedwang te houden en ze had al haar krachten nodig om dit te kunnen zeggen.

'Nee, dat heb ik gemerkt,' mompelde Arnoud.

'Wat bedoel je daarmee?' Judy kon het niet laten, ze moest het vragen. Tegen beter weten in hoopte ze toch nog steeds op een opening voor een normaal gesprek. Ook al zat een verzoening er niet meer in, dit was liever niet de manier waarop ze haar huwelijk wilde beëindigen.

Arnoud schudde echter zijn hoofd. 'Niets, laat maar. Neem jij contact op met een advocaat? Jij hebt meer tijd dan ik.'

'Vanaf volgende week ben ik anders ook weer aan het werk,' antwoordde Judy daar op. Ze keek naar zijn strakke gezicht, waar nog steeds niet op af te lezen was hoe hij zich voelde. Ze wilde dat ze door die barrière heen kon breken en zei dan ook het eerste wat in haar opkwam waarmee ze wist dat ze hem zou raken. 'Ik heb de baan via Jerry gekregen, het is bij hem in het bedrijf.'

Tot haar voldoening zag ze dat deze opmerking effect had. Arnoud gooide de bakplaat waar hij mee bezig was neer en vloekte hartgrondig.

'Natuurlijk, ik had niet anders verwacht,' zei hij kwaad. 'Het is nu natuurlijk Jerry voor en Jerry na. De grote redder in nood, nadat hij eerst alle ellende veroorzaakt heeft. Hij kon natuurlijk niet wachten om zich op te werpen als begripvolle, liefhebbende vriend. Nou, ik hoop dat jullie heel gelukkig worden met zijn drieën, maar ik hoef er geen getuige van te zijn. Laten we zo snel mogelijk de hele scheiding afhandelen, dan kan Jerry zich tenminste ook officieel Julians vader noemen.'

'Wat bedoel je daar in vredesnaam mee?' vroeg Judy stomverbaasd. Ze sperde haar ogen wijd open. 'Je denkt toch niet...

Jerry en ik... Hoe kom je dáár nou bij?'
'Die conclusie was niet zo moeilijk te trekken.'
'Maar je hebt het helemaal mis! Ik moet er niet aan dénken om iets met Jerry te beginnen, dat heb ik nog nooit gewild. Jerry was een eenmalige fout, onder invloed van te veel drank.' Judy schudde haar hoofd. 'Niet te geloven dat je dat dacht, zeker nu niet. Heeft Connie je dan niets verteld?'
'Ze heeft wel een poging gedaan, maar ik wilde er niet over praten,' bekende Arnoud. 'Wat is er dan? Vertel alsjeblieft dat hij inmiddels op mannen valt, dan zou ik me een stuk geruster voelen.'
'Bijna.' Onwillekeurig begon Judy te giechelen. 'Jerry en Marsha zijn als een blok voor elkaar gevallen. Sinds hun eerste ontmoeting zitten ze aan elkaar vastgeplakt als door superlijm.'
'Dus jullie hebben helemaal niets samen?' vroeg Arnoud nog eens voor de zekerheid.
'Hoe zou dat kunnen? Het idee alleen al. Hoe kan ik iets met een ander doen terwijl jij... ik... Ik kom toch nooit los van jou?' zei Judy ineens hulpeloos. Ze maakte een machteloos gebaar met haar handen. Tot haar ontzetting voelde ze dat de tranen die ze al die tijd manmoedig in had gehouden, hun eigen weg zochten.
'Laat maar zitten,' zei ze gesmoord terwijl ze zich omdraaide. Ze moest hier weg voor ze zich volkomen belachelijk maakte tegenover Arnoud. Met haar laatste woorden had ze al veel te veel bloot gegeven van haar gevoelens.
'Judy, wacht!' Arnoud snelde achter haar aan. Net voor ze de buitendeur bereikte, was hij bij haar. 'Ga niet weg. Alsjeblieft. Niet op deze manier.'
'Er valt toch niets meer te zeggen tussen ons,' zei Judy moedeloos. Van haar trotse houding was niets meer over. Triest staarde ze voor zich uit.
'Ik wil helemaal niet scheiden,' zei Arnoud zacht. 'Maar ik dacht... dat jij en Jerry... Het deed zo ontzettend veel pijn. Ik houd van je,

163

Judy. Daar ben ik nooit mee gestopt. Ik vrees zelfs dat het onge-neeslijk is.' Dat laatste voegde hij er met een klein glimlachje aan toe. Hij legde zijn vinger onder haar kin en hief haar gezicht omhoog, zodat ze hem wel aan moest kijken. Wat hij in haar ogen las, benam hem de adem. 'Het is niet voorbij tussen ons, dat kan niet.'

'Ik dacht dat je me nooit meer wilde zien,' bekende Judy klein-tjes. 'Je nam totaal geen contact op.'

'Dat kon ik niet. Wat jij gezegd hebt zat zo diep.'

'Het spijt me. Ik weet niet waarom ik dat eruit gooide, want ik meende er geen woord van.'

'Laten we het erop houden dat we allebei fout zaten. Ik had nooit zo tekeer mogen gaan, maar dat gehuil van Julian zoog me leeg. Ik kon er simpelweg niet meer tegen, vooral niet op dat moment.'

'Hij huilt nu een heel stuk minder.'

'Dat is fijn, maar ik wil het nu even over jou en mij hebben. Klinkt dat erg egoïstisch?'

'Nee.' Er brak een brede lach door op Judy's gezicht. 'Dat klinkt eigenlijk alleen maar heerlijk.'

Voor het eerst sinds een paar lange maanden lagen ze in elkaars armen en vonden zijn lippen de hare. Het was een eindeloos durende kus, waarin al hun liefde voor elkaar besloten lag. Een liefde die al vele stormen had doorstaan, maar die ondanks alles stand had gehouden.

'Laten we nu nooit meer zo stom zijn,' zei Arnoud vanuit de grond van zijn hart. 'Wát er ook nog te gebeuren staat in ons leven, het is nu toch wel overduidelijk dat wij bij elkaar horen. Tot nu toe heeft niets ons nog echt kapot kunnen maken, dus laten we dat vooral zo houden. Voortaan praten we als er iets mis is. Doe het me nooit meer aan om weg te gaan.'

'Op dat moment kon ik voor mijn gevoel niet anders. Wat ik gezegd had stond tussen ons in en dat kon niet goedgemaakt worden met een verontschuldiging en een etentje. Je keek die ochtend dwars door me heen, dat kon ik geen moment langer verdragen,' zei Judy peinzend.

'Toen de tijd verstreek zonder dat je iets van je liet horen, gaf ik de hoop op. Ik dacht dat je wel zou komen als je het verwerkt had.'

'Jij was weggegaan, mijn trots verbood het me om de eerste stap te zetten,' bekende Arnoud.

'Dat kan ik me wat mezelf betreft nog wel voorstellen, maar waarom wilde je Julian niet meer zien?' Ernstig keek Judy hem aan. 'Misschien klinkt dit nu heel hypocriet, maar hij is je zoon. Hij kon niets aan de hele situatie doen.'

'Het was makkelijker als ik hem niet zag. Bovendien was ik bang dat jij me af zou wijzen als ik om contact met hem zou vragen. Er speelden zo veel factoren mee in mijn beslissing jullie met rust te laten. Stel je voor dat je een ander zou ontmoeten, dan zou Julian een biologische vader en een stiefvader hebben, plus nog een man die zich ooit, in zijn prilste levensfase, zijn vader genoemd had. Dat kind zou gek worden.'

Judy begon te lachen. Wat heerlijk dat ze dat weer kon, lachen met Arnoud. Intens gelukkig kroop ze tegen hem aan.

'Laten we het maar bij een echte papa en een verwekker houden,' besloot ze. 'Dat is al verwarrend genoeg als straks het moment aanbreekt waarop we hem de waarheid moeten vertellen. Jerry wil nog steeds geen rol in zijn leven hebben, al heeft hij aangegeven dat hij er is wanneer dat nodig mocht zijn.'

'Als ik het goed begrijp, wordt Jerry zijn oom,' zei Arnoud met een duister gezicht.

'Een oom waar hij niet zo veel contact mee zal hebben, want zo goed gaan Marsha en ik nu ook niet met elkaar om, al ben ik haar dankbaar voor het feit dat ze me zo lang onderdak geboden heeft,' merkte Judy op. 'Trouwens, moet je je daar nu, op dit moment, druk over maken?'

'Nee,' gaf Arnoud met een brede lach toe. 'Ik ben nu zo gelukkig dat ik zelfs Jerry op de koop toe neem in mijn leven.' Weer lag zijn mond vast op die van haar.

Zo, in de donkere lunchroom, beleefden Arnoud en Judy de gelukkigste momenten van hun leven. Na de zwarte tijd die achter hen lag, genoten ze hier dubbel van. Allebei beseften ze hoe kostbaar hun geluk was en tevens hoe broos. Het had weinig gescheeld of het was voorgoed kapotgegaan. Onafhankelijk van elkaar namen ze zich voor om er voortaan behoedzamer mee om te gaan.

Het duurde een tijdje voor Judy geschrokken tot de ontdekking kwam dat ze al heel lang in de lunchroom was, terwijl Marsha op Julian paste en niet wist waar ze gebleven was.

'Ik moet haar bellen,' zei ze, haastig haar telefoon pakkend. Op het scherm zag ze dat Marsha haar al twee keer geprobeerd had te bellen. In alle commotie had ze dat niet eens gemerkt. Tijdens het sollicitatiegesprek had ze haar telefoon op de trilstand gezet, zodat ze niet gestoord kon worden door de beltoon. Daarna was ze vergeten om hem terug te zetten. Snel toetste ze het nummer in.

'Vraag of ze nog wat langer op kan passen, dan gaan wij samen uit eten,' fluisterde Arnoud haar nog haastig in.

'Marsha, met mij. Het spijt me,' zei Judy in haar telefoon, met een knipoog naar Arnoud. 'Ik had je eerder moeten bellen, maar het gesprek is nogal uit de hand gelopen. Nee, niet het sollicitatiegesprek, iets anders. Vind je het erg om nog even op Julian te passen? Ik ga uit eten. Met Julians vader,' voegde ze er met een sardonische grijns aan toe. Ze kon het niet laten.

'Wat?' kreet Marsha zo hard dat Arnoud haar kon verstaan. Hij keek Judy bestraffend aan, maar met plezierige lichtjes in zijn ogen. 'Ga jij met Jerry uit eten? Waar slaat dat op? Is hij nu bij je? Geef hem eens aan de telefoon!'

Judy liet expres even een stilte vallen. 'Jerry?' zei ze toen. 'Ik zei toch Julians váder, niet Julians verwekker? Ik ben hier met

Arnoud. We hebben lang gepraat en ja, het zit weer goed tussen ons. Bedankt voor het oppassen, Marsh. Ik zie je vanavond.' Met een brede grijns verbrak Judy de verbinding.

'Je bent door en door slecht,' zei Arnoud streng. 'Marsha schrok zich wild.'

'Dat mocht best eens een keertje,' lachte Judy. 'Ik vind het ontzettend lief dat ik bij haar terechtkon, maar de band die ik bijvoorbeeld met Connie heb, zal ik nooit met Marsha krijgen. Daarvoor is ze te dominant. Haar hulp werd ook niet echt spontaan aangeboden, ik moest haar er zowat om smeken. Dus vandaar deze kleine wraak.' Vrolijk stak ze haar telefoon weer in haar tas.

'Over Connie gesproken... Zullen we haar eerst even op de hoogte stellen voor we uit eten gaan?' stelde Arnoud voor. 'Ze zal best een beetje goed nieuws kunnen gebruiken na alles wat ze over zich heen gekregen heeft de laatste tijd. Ik ben niet echt gezellig voor haar geweest.' Dat laatste voegde hij er berouwvol aan toe.

'Dat geloof ik onmiddellijk. Ik ken je inmiddels een beetje, mannetje. Je hebt haar ongetwijfeld het leven zuur gemaakt hier op het werk. Eigenlijk zouden we haar mee moeten nemen naar een restaurant.'

'Zo erg was ik nu ook weer niet,' reageerde Arnoud meteen. Nu hij zijn Judy eindelijk terug had, wilde hij in zijn eentje van haar genieten, zonder het gezelschap van Connie. Hij had haar nog zo veel te zeggen.

Na het telefoontje naar Connie liepen ze met de armen om elkaar heen, lachend en kletsend, naar buiten. Arnoud was zo in de wolken dat hij er niet eens bij stilstond dat de kas van die dag nog niet opgemaakt was en al het geld nog in de kassalade lag. Als hij er wel aan gedacht had, had het hem waarschijnlijk niet eens iets kunnen schelen. Judy moest hem erop attent maken dat de buitendeur op het nachtslot gedraaid moest worden, anders had hij hem alleen achter zich dichtgetrokken. Vergeleken bij het feit dat hij zijn Judy terug had, was niets anders meer belangrijk voor Arnoud.

Connie legde peinzend haar telefoon terug op het tafeltje, nadat ze zowel met Judy als met Arnoud gesproken had. Het was dus weer goed tussen die twee, het beste nieuws dat ze sinds tijden gehoord had. Alleen jammer dat ze niemand had om het mee te delen. Sinds Martin uit haar leven was, was ze eenzamer dan ooit, dat besef drong ineens in volle hevigheid tot haar door. Niet dat zijn aanwezigheid overigens veel verschil had gemaakt, want hij had nooit echt belangstelling getoond voor het wel en wee in het gezin van haar broer en schoonzus. Hij vond het alleen maar lastig dat die twee problemen hadden en Connie daardoor veel tijd aan hen besteedde. Op dit nieuws zou hij waarschijnlijk ook lauw reageren en hoogstens iets zeggen in de trant van: 'Gelukkig, dan ben jij tenminste wat vaker thuis.'
Nee, Martin was duidelijk niet de ware voor haar geweest, Connie stelde hogere eisen aan een levenspartner. Maar wie was dan wel de ware voor haar, de man waar ze haar leven mee kon delen, waar ze een gezin mee kon stichten en die er voor haar was als ze hem nodig had? Onwillekeurig verscheen het gezicht van Ralph Meerman op haar netvlies, maar resoluut schudde ze haar hoofd. Daar wilde ze niet eens aan denken. Na al die teleurstellingen op dat gebied was het toch wel duidelijk dat er iets mis was met haar. Geen man hield het bij haar uit, dacht ze met galgenhumor. Dat hoofdstuk kon voorlopig beter even gesloten blijven voor haar.

HOOFDSTUK 17

Ondanks die stoere gedachten sprong haar hart de dag erna toch eventjes blij op toen Ralph de lunchroom binnen kwam lopen.
'Zo, jij ziet er een stuk beter uit dan gisteren,' was zijn begroeting. 'En hij zéker.' Hij knikte naar Arnoud, die fluitend met een volle bakplaat aan kwam lopen om de croissants in de vitrine bij te vullen. 'Laat me raden: hij heeft zich verzoend met zijn vrouw?'
'Valt het op?' Connie schoot in de lach. 'Het is wel een verschil van dag en nacht, hè?'
'Fijn voor ze. Voor jou ook trouwens, want je zat er behoorlijk mee in je maag, volgens mij.' Ralph knikte haar hartelijk toe.
'Natuurlijk. Arnoud is mijn broer en Judy mijn beste vriendin. Met allebei heb ik een heel sterke band, het was vreselijk om toe te kijken hoe ze hun huwelijk naar de rand van de afgrond brachten. Met allebei was amper een verstandig woord te wisselen over dat onderwerp.'
'Wat jij waarschijnlijk wel voortdurend geprobeerd hebt. Kijk niet zo verbaasd, ik verbeeld me dat ik je al aardig ken ondertussen. Heb je trouwens nog iets gehoord van die andere man die hier laatst was? De echte vader van de baby?' vroeg Ralph belangstellend.
Connie trok een gezicht. 'Dat geloof je nooit. Hij heeft nu een relatie met de zus van Judy, dus hij wordt Julians oom. Jerry is net zo'n spookbeeld in hun leven, iemand waar je nooit meer van afkomt, ondanks alle pogingen daartoe.'
Ralph schoot in de lach. 'Ik zei vorige keer al dat ik dit hele verhaal net een soap vind en het wordt zelfs steeds beter. Heb jij geen schrijfaspiraties? Hier kun je een schitterend verhaal over schrijven.'
'Dat is meer iets voor Judy, die wilde die richting op. Nou, inspiratie genoeg,' lachte Connie met hem mee. Het verbaasde haar

zelf hoe makkelijk ze met Ralph kon praten. Tijdens de uurtjes die hij in de lunchroom doorbracht, kletsten ze heel wat af, over de meest uiteenlopende onderwerpen. Er was nog nooit een vervelende stilte tussen hen gevallen. Zelfs over dit precaire onderwerp kon ze met hem praten en, belangrijker nog, het relativeren door er grapjes over te maken, zonder dat ze het gevoel kreeg dat hij haar niet serieus nam. Ralph was de enige persoon buiten hen vieren en Marsha, die van het hele verhaal op de hoogte was, maar Connie had zichzelf nooit afgevraagd waarom dat zo was. Het leek op dat moment vanzelfsprekend om het aan Ralph te vertellen. Ze had er overigens nooit spijt van gehad. Hij was altijd oprecht belangstellend als hij informeerde hoe het ging en had nog nooit een oordeel over een van hen uitgesproken.

'Dus iedereen leeft nog lang en gelukkig,' zei hij nu. 'Judy en Arnoud, jouw ex met de zus van Judy en jij met je vriend. Het verhaal heeft tenminste een *happy end.*'

'Niet wat mij betreft,' flapte Connie er uit. 'Martin en ik zijn uit elkaar. Niet op de manier zoals Judy en Arnoud, vanwege een misverstand dat uiteindelijk weer uit te praten is, maar voorgoed.'

'Werkelijk? Heb je er veel hartzeer van?' De stem van Ralph klonk gespannen.

'Absoluut niet,' antwoordde Connie luchtig. 'We pasten niet bij elkaar en daar ben ik gelukkig achter gekomen voordat we samen gingen wonen. Mijn verliefdheid op hem was al lang over voor ik dat echt besefte. Het is veel beter zo. Hij hield ook niet echt van mij, ik was gewoon een wandelende portemonnee voor hem.' Ze lachte even wrang. 'Ik schijn een hopeloos geval te zijn, geen enkele man wil een echte relatie met mij.'

'Ik wel.' De woorden schoten eruit voor Ralph er erg in had, maar hij nam ze niet terug. Over de counter heen keek hij haar recht aan.

'Dat eh... Dat meen je niet,' haperde Connie beduusd. 'Dit slaat nergens op. Je kent me niet eens. Tot nu toe heeft niet één man het lang met me uitgehouden, daar zul jij vast geen uitzondering op zijn.'

'Er is maar één manier om daar achter te komen, hè?' Hij lachte breed naar haar.

'Vind je dit werkelijk de meest geschikte plek om zoiets te bespreken?' ontweek Connie een rechtstreeks antwoord. Terwijl hij haar nog steeds aankeek, vlogen haar ogen alle kanten op, behalve naar hem. Ze voelde dat haar wangen vuurrood werden. 'Nee, daar heb je gelijk in. Dus wordt het hoog tijd dat wij eindelijk eens samen uitgaan. Vanavond?' stelde Ralph voortvarend voor.

'Ik eh... Ik weet niet...' stotterde Connie onbeholpen. Zijn herhaaldelijke uitnodigingen, meestal op luchtige of plagende toon geuit, had ze nooit serieus genomen. Ze had altijd vermoed dat hij haastig terug zou krabbelen als ze er werkelijk op in zou gaan. Dat het tegendeel het geval bleek te zijn, overviel haar nogal.

'Ik meen het,' zei Ralph nu serieus, alsof hij haar gedachten kon lezen. 'Ik wil echt graag met je uit. Toen je de eerste keer weigerde omdat je een vriend had, baalde ik daar verschrikkelijk van. Ik vind je erg leuk, Connie, en ik wil je graag beter leren kennen.'

'Oké dan,' gaf Connie onverwachts toe. Ze schrok er zelf van. Plotseling voelde ze zich overmoedig worden. Wat maakte het ook eigenlijk uit? Illusies koesterde ze niet meer, maar wat was er op tegen om een avond uit te gaan met een leuke man? Ralph zag er goed uit en ze kon prima met hem praten, bovendien deelden ze hetzelfde gevoel voor humor. Een saaie avond zou het zeker niet worden en ze was weleens toe aan wat onbezorgd plezier. In ieder geval kon ze ervan genieten zolang het duurde, dacht Connie bij zichzelf. Zonder verwachtingen, zonder toekomstplannen, zonder illusies en zonder in de verte de bruidsklokken al te horen luiden, wat Boris haar zo weinig subtiel verweten had.

'Echt waar? Met die leuke man?' Judy reageerde enthousiast op Connies mededeling dat ze weinig tijd had omdat ze zich om moest kleden voor haar avondje uit.

'Hoe weet jij dat nou? Je kent hem niet eens,' hielp Connie haar herinneren.

'Wel uit jouw verhalen. Heb je enig idee hoe vaak je zijn naam genoemd hebt de laatste tijd?' zei Judy nuchter.

'Nee,' antwoordde Connie naar waarheid. Was dat echt zo? vroeg ze zich af. Ze had weleens over Ralph verteld, dat wist ze, maar zoals Judy het nu voorstelde, praatte ze nergens anders meer over. Het zou Judy's beroemde manier van overdrijven wel zijn, vermoedde ze.

'Dan zal ik je niet langer ophouden,' klonk haar stem door Connies telefoon. 'Heel veel plezier vanavond. Dat zal wel lukken, denk ik. Ik heb zo het idee dat jullie heel goed bij elkaar passen.'

'Je bent gek,' was Connies onparlementaire commentaar. 'Ik ben van plan om me met hem te vermaken, maar ik maak me helemaal geen illusies. Daar heb ik leergeld mee betaald.' Onwillekeurig klonk die laatste zin enigszins bitter.

'Dit is Ralph, niet Jerry, Boris of Martin,' wees Judy haar terecht. 'Je kunt hem niet afrekenen op wat zij gedaan hebben. Iedere man is anders en ergens op deze aardbol loopt de ware voor jou rond.'

'Lieve schat, ik waardeer je pogingen, maar je lijdt aan de kwaal die iedere gelukkig getrouwde vrouw heeft. Je denkt dat anderen dat ook willen,' lachte Connie.

'Is dat niet zo dan? Jouw wensen zijn altijd heel duidelijk geweest.'

'Tot nu toe dan. Het enige wat ik nu nog wil is een leuke tijd hebben zonder mijn toekomst helemaal uit te stippelen. We zien wel hoe het loopt, ik ben in ieder geval niet verliefd op Ralph.'

'Hm, daar ben ik niet zo zeker van,' mompelde Judy.

'Hoe is het trouwens bij jullie?' veranderde Connie haastig van onderwerp. 'Bevalt het om weer in je eigen huis te zijn, of verlang je stiekem terug naar het gezelschap van Marsha?'

'Ik mis haar natuurlijk ontzettend,' beleed Judy met een lach in haar stem. 'Maar Arnoud en ik zijn gelukkiger dan ooit. Je had hem moeten zien toen hij Julian weer voor het eerst in zijn armen hield.'

'Hij lijkt nu waarschijnlijk in niets meer op de man die tijdenlang heeft lopen snauwen en grauwen,' grinnikte Connie. 'Gelukkig maar, want het had niet lang meer geduurd voor ik hem aangevlogen was. Hij was een wandelende ramp. Nu ga ik echt ophangen, want Ralph staat over een kwartier al voor de deur.'

'En je wilt er natuurlijk op je best uitzien, ook al ben je niet verliefd op hem,' kon Judy niet nalaten nog even op te merken.

'Dag Judy,' zei Connie nadrukkelijk voor ze met een glimlach het gesprek verbrak.

Het was wel te merken dat Judy weer gelukkig was, ze kon tenminste weer lachen en plagen, iets wat Connie lange tijd gemist had bij haar vriendin. Zelfs het feit dat Jerry inmiddels weer in beeld was en, zoals het er nu naar uitzag, ook zou blijven, raakte haar niet meer. Arnoud had daar waarschijnlijk wat meer moeite mee, maar Connie was ervan overtuigd dat ook hij wel zou leren om daarmee om te gaan. Hij moest wel. Jerry was er nu eenmaal en ze konden hem moeilijk verbieden om een relatie met Marsha te onderhouden. Het contact met Marsha verbreken zou ook veel te ver gaan. Ze was en bleef Judy's zus, al hadden die twee dan geen hechte band met elkaar. Arnoud was er nu in ieder geval helemaal van overtuigd dat Judy het verleden achter zich kon laten en dat ze op geen enkele manier gevoelens voor Jerry koesterde.

Het verleden was voorbij en al zou het af en toe nog weleens de kop opsteken, ze moesten allemaal vanaf dit punt verder. Achteromkijken had geen nut, dat hadden ze wel van deze periode geleerd.

Terwijl Connie dit allemaal overpeinsde kleedde ze zich snel om en bracht ze wat make-up aan. Ze was daar nog niet helemaal mee klaar toen Ralph aanbelde.

'Sorry, ik heb nog een paar minuten nodig,' verontschuldigde ze zich. 'Ik zat met Judy aan de telefoon en zoals gewoonlijk liep dat wat uit.' Martin zou daar chagrijnig om geworden zijn, wist ze. Gespannen wachtte ze af hoe Ralph zou reageren. Als hij ook maar één negatieve opmerking maakte, kon hij gelijk weer rechtsomkeer maken, dacht Connie strijdlustig bij zichzelf. Ze liet zich door niemand meer de wet voorschrijven.

Ralph begon echter te lachen. 'Raken jullie dan ooit uitgepraat?' vroeg hij zich af. 'Ik ken dat van mijn zus. Die heeft ook zo'n vriendin waar ze oeverloos mee kan kletsen. Het gebeurde vroeger nog weleens dat ze rustig anderhalfuur aan de telefoon zaten om vervolgens na het ophangen tot de ontdekking te komen dat ze het niet gehad hadden over de reden waarom ze elkaar belden.'

'O ja, dat klinkt bekend. Judy en ik hebben dat ook weleens gehad. We bellen elkaar dan gewoon weer,' lachte Connie terug, opgelucht dat hij er geen punt van maakte.

'Als ik het goed begrijp, moet de man die jouw hart verovert Judy erbij nemen?'

'Niet alleen Judy, ook Arnoud,' bereidde Connie hem vast voor. 'Arnoud en ik zijn heel hecht met elkaar sinds onze ouders overleden zijn. Sommige mensen noemden onze band zelfs ziekelijk, maar zo hebben wij dat zelf nooit ervaren. Toen hij Judy leerde kennen, was ik dan ook in eerste instantie behoorlijk jaloers. Gelukkig konden wij het samen heel goed vinden en toen ik vlak daarna Jerry leerde kennen, was die jaloezie helemaal weg. We hebben een heel leuke tijd gehad met zijn vieren, totdat... Nou ja, dat verhaal ken je,' eindigde ze schouderophalend.

'En je hebt nooit ruzie met Arnoud gehad?' vroeg Ralph verder.

'O jawel. Ik voelde me vreselijk verraden nadat hij het weer goed had gemaakt met Judy en ze besloten te gaan trouwen,' vertelde

174

Connie openhartig. Het was helemaal geen probleem om dit met Ralph te bespreken, het voelde juist vertrouwd. Met Jerry had ze nooit zo openlijk over haar gevoelens kunnen praten omdat hij er zelf te veel bij betrokken was; het contact met Boris was te vluchtig geweest om persoonlijk te worden en Martin had er nooit enige belangstelling voor gehad. Hij deed dit soort onderwerpen altijd af als gezeur. Ralph was anders, hij was oprecht geïnteresseerd in alles wat ze te vertellen had.

'Gelukkig hebben jullie het weer bijgelegd,' constateerde hij.

'Na veel verdriet en ellende. Het is echt aan Arnoud en Judy te danken dat ik me er op een gegeven moment overheen wist te zetten en onze band niet voorgoed doorgesneden werd. Ze bleven naar me toekomen en op me inpraten, net zo lang tot ik de stap kon en durfde te zetten om ze weer helemaal toe te laten in mijn leven.'

'Zulke mensen moet je in ere houden,' zei Ralph ernstig.

'Dat ben ik ook van plan,' beleed Connie rustig. 'Mijn vorige vriend vond dat ik veel te veel met ze omging en verweet me dat ik te weinig tijd voor hem had. Hij klaagde erover dat hij op de tweede plaats kwam voor mij, terwijl hij wist hoe de situatie op dat moment was tussen Judy en Arnoud. Hij probeerde me constant zover te krijgen dat ik ze links liet liggen.'

'Dat zou ik nooit doen,' zei Ralph ernstig. Connie zag dat hij het meende en dit niet alleen zei om een goede indruk op haar te maken. 'Echte vrienden zijn zeldzaam, daar moet je heel zuinig op zijn. Maar misschien zei hij dat alleen maar om jou te ontzien. Omdat Jerry destijds jouw partner was, moet het voor jou toch ook heel moeilijk zijn geweest. Je bent er nog meer bij betrokken dan normaal al het geval zou zijn geweest en wellicht wilde je vriend je beschermen.'

'Dat lijkt me stug, want daar wist hij helemaal niets vanaf,' zei Connie luchtig. 'Niemand buiten onze eigen kring weet het hele verhaal. Sinds kort is Marsha natuurlijk op de hoogte, dat kon niet anders, maar voor de rest ben jij de enige.'

Ralph maakte een lichte buiging. 'Ik voel me vereerd,' zei hij simpel.

Ondertussen was Connie klaar met haar make-up en haar kapsel. Ralph had tijdens het praten aandachtig toegekeken.

'Je ziet er fantastisch uit,' zei hij nu. 'Ik ben blij dat je er eindelijk in hebt toegestemd om met me uit te gaan, Connie. Daar durfde ik niet meer op te hopen. Tevens wil ik je bedanken voor je vertrouwen. Het betekent veel voor me dat je je gevoelens aan me durft te tonen en dat je me genoeg vertrouwt om alles te vertellen. Het moet ontzettend zwaar geweest zijn voor je, zwaarder dan iemand zich voor kan stellen.'

'Het was een zwarte periode,' beaamde Connie dat. 'Maak je overigens verder geen zorgen om me. Ik heb het al een tijdje achter me gelaten en het deed me absoluut niets meer om Jerry terug te zien. Wat achter ons ligt is voorbij, ik richt me alleen nog op de toekomst.'

'Ik ben blij om dat te horen.' Hoffelijk bood Ralph haar zijn arm. 'Zullen we nu dan maar gaan? Ik hoop dat ze de tafel die ik gereserveerd heb inmiddels niet aan een ander gegeven hebben. Ik had natuurlijk kunnen weten dat ik er een halfuurtje bij moest tellen. Tenslotte ben je een vrouw.'

Connie gaf hem een stomp. 'Jij bent een man, dus je weet niet beter en ik zal je deze opmerking dan ook vergeven. Maar kijk uit wat je voortaan zegt. Ik kan heel erg vervelend zijn.'

'Ongetwijfeld,' mompelde Ralph nog en daarmee had hij het laatste woord tot ze in zijn auto zaten.

In het restaurant kletsten ze honderduit. Connie vertelde over haar jeugd en het vliegtuigongeluk, waarbij hun ouders om het leven waren gekomen.

'Het is al jaren geleden, maar ik kom nog regelmatig bij hun graf,' zei ze. 'Het is een onderdeel van mijn leven geworden. Als ik even met mijn moeder wil kletsen of mijn vader om advies wil vragen ga ik altijd naar ze toe. Vind je dat erg vreemd?'

'Helemaal niet,' antwoordde Ralph daarop. 'Ik heb zelf een goede vriend verloren, drie jaar geleden. Naar zijn graf ga ik niet, maar in gedachten hou ik nog steeds hele gesprekken met hem. Jullie zouden elkaar vast graag gemogen hebben.'

'Ik denk dat mijn ouders Judy ook wel zouden mogen. Gek eigenlijk, dat Judy en Arnoud elkaar waarschijnlijk nooit ontmoet hadden als dat ongeluk er niet was geweest. Vroeger vochten Arnoud en ik als kat en hond, pas na de dood van onze ouders zijn we heel hecht geworden en zodoende zijn we samen de lunchroom begonnen.'

'Dan hadden wij elkaar dus ook nooit leren als het anders gelopen was,' haakte Ralph daar op in. 'Het leven moet gaan zoals het gaat, Connie.'

'Denk jij dat sommige zaken voorbestemd zijn?' Ze keek hem vragend aan.

Hij knikte peinzend. 'Soms zou je dat inderdaad wel denken, ja. Vroeger was ik heel erg sceptisch in dat soort dingen, maar als je genoeg meemaakt ga je jezelf toch dit soort vragen stellen. Ik geloof wel dat veel dingen schijnbaar onafhankelijk van elkaar gebeuren, maar dat je daar later een patroon in ziet. Alsof de stukjes dan allemaal op zijn plaats vallen.'

'Dat heb ik ook vaak,' zei Connie verrast. 'Kijk nou alleen maar hoe het gelopen is tussen Judy en Arnoud en Jerry en mij. Dat kan niet allemaal alleen maar toeval zijn.'

'Ik moet zeggen dat ik het heel erg knap vind hoe jullie, en jij vooral, met die situatie om zijn gegaan. Je had makkelijk een heel verbitterd mens kunnen worden na Jerry's bedrog.'

'Bitterheid zit geloof ik niet in mijn aard, hoewel ik wel dat soort momenten heb gehad,' bekende Connie. 'De eerste tijd ging ik echt als een zombie door het leven. Het feit dat Arnoud hetzelfde verdriet voelde, troostte en steunde me, totdat hij het Judy vergaf. Toen werd het pas echt zwaar voor me.'

'Hoe is het je uiteindelijk gelukt om eroverheen te komen?' vroeg Ralph geïnteresseerd.

'Jerry en ik maakten het ook weer goed. Hij kwam naar me toe op de trouwdag van Judy en Arnoud en we besloten er samen weer voor te gaan. Uit eenzaamheid, weet ik achteraf. Het werkte niet tussen ons, daar kwamen we al snel achter. Toen we voor de tweede keer een eind aan onze relatie maakten, dit keer met wederzijds goedvinden, zoals dat zo mooi heet, kon ik er echt een punt achter zetten. Het was klaar, over. We zijn niet kwaad uit elkaar gegaan en daar ben ik heel blij om. Zeker nu. Ik zal hem in de toekomst niet altijd kunnen ontlopen. De levens van Judy, Arnoud, Jerry en mij zullen op de één of andere manier altijd met elkaar verweven blijven.'

Ralph legde zijn hand op die van Connie. Er trok een plezierige rilling over haar rug bij dit simpele gebaar. Ze trok haar hand niet terug en keek hem afwachtend aan. 'Ik hoop dat ik daar ook deel van uit ga maken in de toekomst,' zei hij eenvoudig.

'We zullen af moeten wachten hoe het leven verder loopt,' zei Connie luchtig. Zijn woorden deden haar hart opspringen van puur geluk, maar daar besteedde ze geen aandacht aan. 'Als ik iets geleerd heb van het verleden, is het wel dat je niets kunt plannen. Ik maak me niet meer druk over mijn toekomst, maar probeer te genieten van het heden.'

Ze hief haar glas naar hem op en nam vervolgens een flinke slok van haar wijn, terwijl ze net deed of ze de pijnlijke grimas op zijn gezicht niet zag. Misschien was haar reactie op zijn openhartige bekentenis inderdaad erg bot, maar ze wist inmiddels beter dan meteen op dit soort woorden in te gaan. Uiteindelijk zou ze dan weer achterblijven met de brokstukken van opnieuw een gebroken hart, die steeds moeilijker weer aan elkaar te lijmen waren.

HOOFDSTUK 18

Julian sliep. Er heerste een ongekende rust in de ruime flat nu hij zijn laatste voeding voor die dag had gehad en Arnoud naar een vergadering van de winkeliersvereniging was. Een rust die ze al lang niet meer ervaren had, dacht Judy tevreden. Het was heerlijk om terug te zijn en haar leven weer te delen met haar eigen, kleine gezinnetje. Nu Julian groter werd en lang niet meer zo veel huilde, waren alle strubbelingen naar de achtergrond verdwenen. Hij sliep nu zelfs regelmatig 's nachts door, zodat zij en Arnoud weer aan hun rust toekwamen. Dit was het leven zoals ze zich had voorgesteld tijdens haar zwangerschap, maar dat in de eerste maanden daarna zo bitter tegen was gevallen.

De baan die Jerry voor haar geregeld had, had ze afgezegd omdat ze haar tijd liever aan haar kind wilde besteden. Hij was er behoorlijk kwaad om geweest, maar daar kon ze zich niet druk om maken. Er stonden genoeg anderen in de rij om die baan aan te pakken, ze bracht het bedrijf echt niet in grote problemen door het af te ketsen. Met de weergekeerde rust in huis had Judy nu tenminste wel tijd om eindelijk haar studie op te pakken. Tijdens Julians middagslaapjes dook ze in de boeken en als Arnoud 's avonds weg moest, zoals nu, werkte ze aan haar opdrachten. In de twee maanden sinds haar terugkeer in de flat was ze op deze manier aardig opgeschoten.

Ze zette net haar computer aan om wat aantekeningen uit te werken toen de bel ging. Connie, zag ze door het ruitje van de voordeur.

'Stoor ik?' vroeg die.

'Dat niet, maar ik had je niet verwacht. Sinds jij Ralph hebt, zien we je hier haast niet meer. Je bent een ontaarde tante geworden.'

'Dat zal wel meevallen.' Connie grinnikte. 'Trouwens, ik héb Ralph niet, zoals jij dat zo mooi uitdrukt. We zijn gewoon heel goede vrienden.'

'Vrienden die zowat iedere avond samen zijn en die regelmatig bij elkaar blijven slapen?' Judy trok haar wenkbrauwen hoog op. 'Oké, als jij dat wilt, mag je het een relatie noemen,' gaf Connie toe. 'Als je maar niet alvast de bruidscatalogus erbij pakt, want daar is geen sprake van.'

'Wat niet is kan komen.'

'Daar ga ik niet meer standaard vanuit.' Connie trok met haar schouders. 'Je weet inmiddels wel hoe relaties bij mij verlopen. Net als ik denk dat het voor altijd is, word ik gedumpt.'

'Je overdrijft verschrikkelijk,' zei Judy kalm. 'Boris was een *one night stand* waar je veel te veel van verwachtte en met Martin heb je het zelf uitgemaakt.'

'En Jerry wist niet hoe snel hij van me af moest komen toen ik hem vertelde dat ik een kind wilde,' vulde Connie aan.

'Jerry en jij hebben jullie relatie na die eerste breuk om heel verkeerde redenen weer opgepakt,' weerlegde Judy dat. 'Wat wil je nou eigenlijk? Jerry was je eerste serieuze relatie, had je daar echt onmiddellijk mee willen trouwen, zonder verdere ervaringen op te doen? Dat lijkt me ook niet helemaal gezond. Door Boris en Martin weet je nu tenminste wat je wel en niet binnen een relatie wilt en voor zover ik het kan bekijken, past Ralph perfect in het plaatje van wat jij verlangt.'

'Je bent nogal hard bezig om me aan de man te krijgen.'

'Ralph houdt van je en ik kan me niet voorstellen dat jij die gevoelens niet beantwoordt. Ik zie hoe je naar hem kijkt. Ik begrijp niet zo goed wat je tegenhoudt.'

'Ik wil gewoon niet meer zo hard van stapel lopen, dat is toch niet vreemd?' verdedigde Connie zichzelf. 'We hebben het hartstikke leuk samen, ik zie wel hoe het verder loopt.'

'Is dit niet precies dezelfde houding die jij Jerry destijds verweet?' zei Judy fijntjes. 'Wel de lusten, maar niet de lasten van een vaste verbintenis. Als je dat te ver doordrijft, kan Ralph er weleens genoeg van krijgen. Wil je trouwens koffie?' Judy stond op en liep naar de keuken zonder het antwoord af te wachten. Connie dronk altijd liters koffie, dus ze kon het antwoord wel raden.

Terwijl zij in de keuken bezig was, overdacht Connie alles wat haar vriendin gezegd had. Er zat een kern van waarheid in, dat moest ze toegeven. Maar het was zo moeilijk om zich totaal te geven na de teleurstellingen die ze op dat gebied achter de rug had. Ralph was inderdaad de perfecte man voor haar, toch bleef ze afstandelijk wat betreft hun relatie. Iedere opmerking van zijn kant over hun toekomst kapte ze af, en als hij over zijn gevoelens wilde praten, begon ze haastig over iets anders. De angst dat hij haar op een dag, om wat voor reden dan ook, aan de kant zou zetten, was voortdurend op de achtergrond aanwezig.

Voor de rest ging het perfect tussen hen. Haar hart sprong nog steeds iedere keer blij op als ze hem zag en ze was het liefst iedere minuut van de dag bij hem. Hij trouwens ook bij haar, wist ze. Hun omgang beperkte zich niet tot oppervlakkige gesprekken en vrijpartijen, ze gingen echt de diepte in. Connie had nog nooit iemand ontmoet waar ze zo goed mee kon praten en die haar zo in haar waarde liet.

Daarnaast deelden ze veel interesses, konden ze lachen om niets en klikte het ook lichamelijk prima tussen hen. Wat weerhield haar er eigenlijk van om dat laatste stukje beton om haar hart af te breken en het volledig aan hem te geven? Ze wist het zelf niet eens goed, behalve dan dat ze voortdurend het gevoel had dat er iets stond te gebeuren wat een einde aan dit geluk zou maken. Iets waar ze geen grip op had en wat ze niet kon voorkomen.

'Zouden jullie vanavond trouwens niet naar die verjaardag van het nichtje van Ralph gaan?' herinnerde Judy zich bij haar terugkomst in de kamer.

'Klopt, maar hij belde net dat het later wordt. Zijn baas wilde hem spreken,' vertelde Connie. 'Vandaar dat ik hierheen kwam om even bij te kletsen. Ralph komt me hier straks halen als hij klaar is.'

'Meestal is het geen goed teken als je baas na werktijd met je wil praten. Als er maar geen problemen zijn.'

'Er is een kans dat Ralph weer overgeplaatst wordt,' wist Connie. 'Die oliemaatschappij waar hij voor werkt heeft diverse vestigingen en hij werkt overal een tijdje om genoeg ervaring op te doen om zelf zo'n vestiging te kunnen leiden.'

'Dan hoop ik maar voor jou dat hij niet te ver weg moet. O, wacht. Ik heb nieuwe foto's van Julian.' Judy sprong overeind en pakte een mapje uit de kast. 'Arnoud heeft ze gisteravond uitgeprint.'

Ze verdiepten zich samen in de nieuwste afbeeldingen van een lachende Julian, die aarzelend probeerde zijn eerste wankele stapjes te zetten. Zo vond Ralph hen even later toen hij Connie kwam halen.

'Kijk eens hoe schattig.' Lachend hield Connie hem een foto voor van Julian in zijn zwembroekje, met een brede lach op zijn gezichtje.

'Ja, leuk,' reageerde Ralph afwezig. Hij wierp slechts een vluchtige blik op de foto. 'Zullen we gaan? Het is al vrij laat.'

'Kalm aan, ik heb mijn koffie nog niet eens op,' protesteerde Connie. 'Kijk nou even. Die paar minuten maken ook niets meer uit.'

'Ik wil liever gaan.' Ralph rammelde met zijn autosleutels en hij tikte ongeduldig met zijn voet op de vloer.

'Ben je zo verlangend om je familie weer eens te zien?' vroeg Connie spottend.

Hij schudde zijn hoofd. 'Daar gaan we niet heen. Ik heb al afgebeld. Ik moet met je praten, Con.' Hij keek haar ernstig aan en de schrik sloeg Connie om het hart.

'Is er iets aan de hand? Iets ergs?' wilde ze weten.

'Niet per definitie iets ergs, maar er is wél iets, ja. Ga je mee?'

'Natuurlijk.' Ze stond al overeind en liet zich zwijgend in haar jas helpen, die Ralph voor haar omhooghield. Onderweg naar de auto durfde ze niets te vragen. Stiekem keek ze even opzij naar zijn gezicht, waar ze echter niets uit op kon maken. Ralph staarde ondoorgrondelijk voor zich uit. Als hij maar niet ontslagen was. Straks zat ze weer opgezadeld met een man die geen werk had en ook geen moeite deed om het te vinden. Maar zo was Ralph niet. Ralph was veel te ambitieus om maar een beetje rond te lummelen. Ze probeerde een gesprek op gang te brengen, maar hij bleef zwijgen. Pas nadat hij de auto geparkeerd had en ze hand in hand door een schemerig park liepen, begon hij te praten.

'Je weet dat ik een gesprek met mijn baas had vanavond,' begon hij, zoekend naar de juiste woorden.

'Ben je ontslagen?' viel Connie hem in de rede.

'Natuurlijk niet, gekkie.' Hij lachte alsof dat een onmogelijkheid was. 'Ik kan mijn eigen vestiging krijgen,' zei hij toen.

'Dat is geweldig!' Connie wist hoe hard hij daarvoor gewerkt had en ze was dan ook oprecht blij voor hem. 'Dit is wat je altijd hebt gewild, fantastisch.'

'Er is nóg iets.' Hij beet op zijn onderlip. 'Het gaat om een van onze vestigingen in Amerika.'

'Amerika?' Connie hapte naar adem. In één klap stortte haar hele wereld in. Dit was het dus, dreunde het door haar hoofd. Datgene waar ze zo bang voor was geweest, de doodsteek voor hun relatie. Het was maar goed dat ze zich geen illusies had gemaakt, dacht ze even moedeloos bij zichzelf.

'Zeg alsjeblieft iets,' verzocht Ralph.

'Zoals wat? Gefeliciteerd? Is dat wat je wilt horen?' vroeg ze cynisch. 'Of had je werkelijk verwacht dat ik een gat in de lucht zou springen omdat jij duizenden kilometers van me vandaan gaat?'

'Ik hoopte eigenlijk dat we samen zouden gaan.' Midden op het pad hield hij haar staande. Zijn ogen boorden zich in die van haar. 'Ik houd van je, Connie. Meer dan ik kan zeggen, meer dan ik je ooit duidelijk kan maken. Trouw met me en ga met me mee.'

'Ik kan niet zonder meer alles hier opgeven,' zei Connie in paniek. Ze had het gevoel dat ze een harde klap op haar hoofd had gekregen. Er gebeurde ineens zoveel, ze kon het niet zo snel verwerken.

'Waarom niet? Houd je van me?' vroeg Ralph gespannen.

'Ja. Nee. Ik weet het niet. Naar Amerika...' Ze begon te huiveren, ondanks de zoele temperatuur.

'Met mij naar Amerika,' zei Ralph daarop. 'Ben ik je dat niet waard? Geef je niet genoeg om mij om alles hier achter te laten, is dat het? Ik wil graag dat je het eerlijk zegt.'

'Geef jij niet genoeg om mij om hier te blijven?' antwoordde Connie met een tegenvraag. Haar hoofd duizelde en het enige wat ze wilde was dat ze wakker zou worden uit deze nachtmerrie.

'Als jij dat echt wilt, dan weiger ik die baan en blijf ik hier,' zei Ralph zonder ook maar één seconde te aarzelen. 'Maar dan niet op basis van de losse relatie die we nu hebben. Dan wil ik dat we er helemaal voor gaan, met alles wat daarbij hoort.'

'Je hebt zo hard gewerkt voor deze kans, dit is wat je wilde. Dat moet je niet laten schieten voor mij,' zei Connie.

Ralphs gezicht verstrakte. 'Is dat alles wat je te zeggen hebt op mijn ontboezemingen? Ik leg mijn hart voor je neer, maar jij weigert nog steeds om het aan te pakken. Ik denk dat ik genoeg weet. Laten we maar gaan.'

Met grote passen liep hij terug in de richting van zijn wagen. Connie kon hem slechts met moeite bijhouden.

'Ik heb hier mijn eigen lunchroom, mijn familie, het graf van mijn ouders. Dat kan ik niet zomaar allemaal achterlaten. Mijn hele leven ligt hier.'

'Ik weet het. Dat alles is belangrijker voor je dan ik ben, dat heb je me voldoende duidelijk gemaakt. Je hoeft je niet te verontschuldigen, Connie. Waarschijnlijk verlangde ik te veel van je,' zei Ralph strak.

'Het spijt me.' Connie maakte een onbeholpen gebaar met haar handen.

'Mij ook. Ik had het graag anders gezien.'

'We kennen elkaar nog maar zo kort.'

Hij reageerde niet op die opmerking, maar hield zwijgend het portier voor haar open. Eveneens zwijgend reed hij naar haar huis.

'Wanneer ga je weg?' waagde Connie het te vragen toen ze voor haar deur stonden en hij nog steeds geen woord gezegd had.

'In principe over twee à drie maanden,' antwoordde hij vlak. 'Ik heb tegenover mijn baas nog even een slag om de arm gehouden, omdat ik niet wist wat jij ervan vond. Dat heb je me nu duidelijk gemaakt, dus ik zal hem zo snel mogelijk op de hoogte stellen dat ik klaar ben om te vertrekken.'

'Ben je boos op me?' vroeg ze kleintjes.

'Natuurlijk niet.' Met een gezicht dat iets vriendelijker stond dan daarnet, keerde hij zich naar haar toe. 'Gevoelens zijn niet af te dwingen en ik heb er alle begrip voor dat je niet staat te springen om je hele leven achter te laten om ergens anders opnieuw te beginnen. Alleen... Ik dacht dat je van me hield.'

'Dat doe ik ook.' Ze was bijna niet te verstaan, zo zacht klonk het.

'Genoeg van me hield om mee te gaan, of genoeg om me te vragen hier te blijven, zodat we samen hier onze toekomst op kunnen bouwen,' vervolgde Ralph alsof ze niets gezegd had. 'Maar jij wilt geen van beide, daar zal ik me bij neer moeten leggen.'

'Ik kan niet van je verlangen dat je deze kans laat schieten, alleen maar omwille van mij.'

'Dat zou ik anders onmiddellijk willen doen als ik jouw onvoorwaardelijke liefde daarvoor terugkrijg.'

'Je zou het me ooit gaan verwijten.'

Ralph schudde moedeloos zijn hoofd. 'Volgens mij ben je nu alleen excuses aan het verzinnen. Dat is niet nodig, Connie. Het antwoord is ja of nee, daar hoef je niet allemaal argumenten bij aan te dragen.'

Hij reikte voor haar langs en opende haar portier. Connie kon niet anders doen dan uitstappen. Wezenloos staarde ze de snel wegrijdende auto na. Dit was het dan. Het absolute einde van iets wat heel mooi had kunnen worden. Als zij het de kans maar gegeven had. Ze wist heel goed dat het aan haar lag en dat zij de macht in handen had om deze situatie te doen keren, maar ze kon het niet. Dit was ook zo volslagen onverwachts gekomen, ze had zich er op geen enkele manier op voor kunnen bereiden.

Ze deed die nacht geen oog dicht. Zittend op haar bank, met een beker hete thee in haar handen, liet ze het hele gesprek met Ralph nogmaals de revue passeren. Ze voelde zelfs niet de behoefte om Judy te bellen. Die kon haar trouwens toch niet helpen, de uiteindelijke beslissing moest van haar alleen komen. Ondanks alles voelde ze een vreemd soort geluk bij de wetenschap dat Ralph alles op had willen geven voor haar, maar ze had het echt gemeend toen ze hem zei dat ze dat niet van hem wilde vragen. Het offer was te groot. Ongetwijfeld zou er ooit een moment komen dat hij haar dit voor de voeten zou werpen en dat zou alles tussen hen kapotmaken.

Maar nu was het ook stuk, peinsde ze. Onherroepelijk voorbij, tenzij zij bereid was haar hele leven met alles wat haar lief was hier achter te laten en met hem mee te gaan. Kon ze dat? Wilde ze dat überhaupt wel? De lunchroom die ze samen met Arnoud met hart en ziel had opgebouwd, Judy, Julian. De gedachte dat ze haar kleine neefje niet op zou zien groeien als ze met Ralph meeging, deed haar even ineenkrimpen van verdriet. Die prijs was veel te hoog, dat kon ze niet aan. Met Ralph meegaan betekende dat ze zich onvoorwaardelijk aan hem moest binden en dat ze niet meer kon volharden in haar vrijblijvende houding tegenover hem. De angst sloeg haar om het hart bij dat idee.

Piekerend en heen en weer geslingerd tussen haar angst om zich aan Ralph te binden enerzijds en haar verdriet omdat ze hem kwijt was anderzijds, bracht Connie de nacht door. Zodra het eerste ochtendlicht door de ramen begon te gloren trok ze haar jas aan. Door de stille straten van de stad liep ze naar het kerkhof. Ze was hier al zo vaak geweest in de loop der jaren dat haar voeten automatisch de juiste richting opgingen. Bij het graf van haar ouders liet ze zich op haar knieën vallen, zich niet bekommerend om de modder op haar lichte spijkerbroek. De tranen die de hele nacht al hoog hadden gezeten, maar die niet wilden komen, stroomden nu rijkelijk over haar wangen.

'Wat moet ik doen? Wat moet ik doen?' snikte ze.

'Doe wat je gelukkig maakt.'

Verbijsterd keek Connie om zich heen. Het was alsof ze de stem echt had gehoord, alsof er iemand naast haar stond die haar dit influisterde. Op haarzelf na was het kerkhof echter leeg.

Het was de stem van haar moeder geweest, realiseerde Connie zich. Zij had deze woorden vroeger zo vaak tegen haar gezegd dat ze zich nu onontkoombaar manifesteerden in haar hoofd. Uitgeput leunde ze tegen de grafsteen aan. Als een film zag ze de afgelopen tijd op haar netvlies afspelen. Zijzelf en Ralph, uitgelaten rennend over het strand, met een flinke wind in hun rug, zodat ze moesten schreeuwen om zich verstaanbaar te maken. Zij en Ralph in een ernstig gesprek gewikkeld, waarbij zij haar benen onder zich had getrokken op de bank en Ralph iets voorovergebogen zat, aandachtig luisterend naar wat zij te vertellen had. Zij en Ralph in de auto, waarbij ze soms zo in elkaar opgingen dat hij de wagen aan de kant zette om haar te kunnen zoenen. Zij en Ralph samen in bed, met zijn armen om haar heen geslagen, waardoor ze zich volkomen veilig en gelukkig voelde. Zij en Ralph op de dansvloer, waarbij hij constant op haar tenen trapte en zich uitputte in verontschuldigingen omdat hij niet kon dansen. Zij en Ralph, voortdurend zij en Ralph. Zei dat eigenlijk niet genoeg? Ondanks heel haar afwerende houding had hij toch een vaste plek in haar leven veroverd.

Connie probeerde zich haar leven voor te stellen zonder Ralph, een beeld dat haar allerminst beviel. Wat voor waarde had haar werk nog als er 's avonds niemand was om bij thuis te komen? En Arnoud en Judy, konden die haar het gemis van Ralph vergoeden? Nee, wist ze opeens heel zeker. Alles wat ze hier had, viel in het niet bij Ralph. Zonder hem was er niets meer over.

Met moeite kwam ze overeind. Ze had zo lang in gebukte houding gezeten dat haar spieren stijf en pijnlijk aanvoelden. Met een liefdevol gebaar streek Connie over de grafsteen.

'Dit is misschien wel de laatste keer dat ik hier bij jullie ben geweest,' zei ze zacht. 'Maar ik heb geen andere keus. Ik moet dit doen.'

Het was of ze haar ouders goedkeurend zag knikken toen ze het kerkhof verliet.

'Daar gaan we dan. Eindelijk.' Met zijn arm vast om haar schouders heen geslagen drukte Ralph Connie tegen zich aan. 'Een onbekende bestemming tegemoet. Ik hoop dat ons huis in Amerika in het echt net zo mooi is als op de foto's.'

Connie knikte. Haar gezicht was bleek en ze kon maar met moeite een glimlachje tevoorschijn toveren. Met haar ogen volgde ze een opstijgend vliegtuig. Nog even, dan zou ze zelf in zo'n vliegend monster zitten, op weg naar een onbekend land, een onbekend huis en een onbekende toekomst. Ze rilde even, ondanks de warmte op het vliegveld.

'Heb je het koud?' vroeg Ralph meteen bezorgd.

Connie schudde haar hoofd, niet in staat om te praten vanwege de brok in haar keel. Nu het moment van vertrek naderde sloeg de twijfel ineens weer hard toe. De afgelopen weken had ze geen tijd gehad om te piekeren, zo vol waren hun dagen met alles wat er geregeld moest worden. Hun spullen moesten verkocht, weggegooid of ingescheept worden, er moest een vervangster voor haar in de lunchroom komen en ze moesten duizend en één formulieren invullen. Daarnaast was er ook nog het afscheid van alle bekenden geweest, iets wat Connie niet in haar koude kleren was gaan zitten.

'Gaat het een beetje, mevrouw Meerman?' vroeg Ralph plagend, maar met een bezorgde ondertoon in zijn stem. Hij keek haar onderzoekend aan. 'Het valt niet mee, hè?'

'Nee. Toch zou ik nergens anders willen zijn dan hier met jou. Mijn eerste reactie op jouw verhaal was zo stom.'

'Ik overviel je er dan ook enorm mee. Ik verwachtte een onmiddellijk, juichend jawoord en dat was ook niet bepaald reëel,' zei Ralph.

'Gelukkig heb ik me nog op tijd bedacht.' Connie glimlachte naar hem.

'Het gelukkigste moment van mijn leven,' beleed hij.

'O ja? Hoort het gelukkigste moment van je leven niet je trouwdag te zijn? Dat lees je tenminste altijd in alle romannetjes,' plaagde Connie hem.

'Dat ene moment waarop wij 'ja' tegen elkaar zeiden, komt er heel dichtbij in de buurt, maar dat jij voor me stond en vertelde dat je toch meeging, staat voorgoed in mijn geheugen gegrift. Daar kan niets tegenop,' verklaarde Ralph.

'Ik vond onze trouwdag anders ook fantastisch,' mijmerde Connie. Haar gedachten gingen terug naar de vorige dag, toen ze in besloten kring hun levens voorgoed aan elkaar verbonden. Met volle overtuiging, ondanks de consequenties van dat besluit. Helaas werd diezelfde dag ook overschaduwd door het afscheid. Hun trouwdag was tevens de laatste dag voor waarschijnlijk een heel lange tijd dat ze haar dierbaren in levenden lijve had gezien. Connie wilde niet dat iedereen naar het vliegveld zou komen, dat stond zo dramatisch.

Vanaf nu zou het contact bestaan uit telefoontjes en e-mails. Dankzij het internet konden ze toch volop communiceren, toch zou het anders worden. Gelukkig hadden Arnoud en Judy beloofd hun vakanties voortaan bij hen door te brengen, dat verzachtte de pijn van het afscheid enigszins.

'Hoe lang nog voor ons vliegtuig vertrekt?' Connie zuchtte diep. 'Dat wachten vind ik waardeloos.'

'Ik zie daar iets wat onze wachttijd waarschijnlijk aanzienlijk zal bekorten.' Ralph wees naar rechts. Connie kon een kreet van blijdschap niet onderdrukken toen ze zijn vinger volgde en Arnoud en Judy aan zag komen, de eerste met Julian op zijn arm. Ze rende naar ze toe en vloog eerst Arnoud en toen Judy in haar armen.

'Wat fantastisch dat jullie er toch zijn!' riep ze uit.

'Dat heb je aan je kersverse man te danken,' verraadde Arnoud. 'Ondanks je stellige bewering dat je geen dramatisch afscheid op het vliegveld wilde, heeft hij ons toch gevraagd om te komen. Hij kent je beter dan je denkt.'

Ralph stond er met een triomfantelijk gezicht naast, blij dat zijn verrassing geslaagd was. Hij had toch even in de piepzak gezeten, want Connie had ook kwaad kunnen worden omdat hij haar wensen genegeerd had.

'Dankjewel,' fluisterde Connie hem echter ontroerd toe. 'Hier ben ik dolblij mee.'

'Daar hoopte ik al op.' Hij kuste haar op het puntje van haar neus. 'Zullen we iets gaan drinken?' stelde hij toen voor.

De tijd vloog ineens voorbij. Veel te snel naar Connies zin werd hun vluchtnummer afgeroepen.

'Dag, lief zusje.' Arnoud knelde haar in zijn armen. 'Vergeet niet dat je altijd een plek hebt om naar terug te keren als het je daar niet bevalt.'

'Alleen als ik mijn echtgenoot mee mag nemen,' zei Connie schor. 'Als ik íéts geleerd heb, is het wel dat ik niet zonder hem kan.'

Ook Judy omhelsde haar hartelijk. 'We komen snel naar jullie toe,' beloofde ze.

Als laatste nam Connie Julian in haar armen. Het kleine ventje kraaide van plezier en stak vrolijk een vinger in haar oog. Connie kon hem dan ook de schuld geven van de tranen die over haar wangen biggelden. Ze deden allemaal alsof ze haar geloofden.

Zo lang mogelijk bleef Connie naar de achterblijvers zwaaien, tot ze hen echt niet meer zag.

Ze voelde de hand van Ralph vast om de hare.

'Spijt?' vroeg hij zacht.

Ondanks haar witte gezicht en roodomrande ogen schudde Connie resoluut haar hoofd.

'Nooit,' bezwoer ze hem.

Met de armen om elkaar heen geslagen liepen ze het vliegtuig in. Een onbekende, maar hopelijk gelukkige toekomst tegemoet. Samen.